黄海湿地文化丛书

葛海燕◎著

風乎舞雩

江苏人民出版社

图书在版编目(CIP)数据

风乎舞雩 / 葛海燕著. ——江苏人民出版社,
2022.9
(黄海湿地文化丛书)
ISBN 978 – 7 – 214 – 27528 – 8

Ⅰ.①风… Ⅱ.①葛… Ⅲ.①散文集－中国－当代 Ⅳ.①I267

中国版本图书馆CIP数据核字(2022)第171913号

书　　　名	风乎舞雩
著　　　者	葛海燕
责 任 编 辑	王　田
出 版 发 行	江苏人民出版社
地　　　址	南京市湖南路1号A楼,邮编:210009
照　　　排	南京东汉文化传播有限公司
印　　　刷	南京迅驰彩色印刷有限公司
开　　　本	787 mm×960 mm　1/16
总　印　张	126.75
总　字　数	1925千字
版　　　次	2022年9月第1版
印　　　次	2022年9月第1次印刷
标 准 书 号	ISBN 978 – 7 – 214 – 27528 – 8
总　　　价	474.00元(共7册)

(江苏人民出版社图书凡印装错误可向承印厂调换)

遇见孔子

我喜欢《论语》是因为喜欢孔子,是《论语》让我遇见了孔子,走近了孔子。

在我眼里,孔子是个好校长,这固然是因为他创办了世界上最早的私立学校,还因为他招生的门槛低,不问出身。王侯公子也好(譬如南宫敬叔)、商业大咖也好(譬如子贡),寒门子弟也好(譬如颜回、原宪),来呀,快来呀,带上你的志向,带上你的腊肉,来跟我孔子学文化。学而优则仕,仕而优则学。

孔子是个好班主任。他教弟子们学问,也教弟子们彼此之间好好相处:你希望同学们怎么对待你,你就怎么对待同学们;你不希望同学们怎么对待你,你自己首先就别做那些事。因此,他的学校里,像马云那样富有的子贡也不趾高气扬,身居陋巷的颜回一点也不自卑,更没有霸凌之类的事情发生。

孔子是个好老师。校长兼校工,上课带打钟。孔子上课,不要求学生整齐划一,而是根据学生的实际情况,调整自己的教学方法,不同的学生用不同的方法。一辈子下来,弟子三千,出色的七十二,桃李满天下。这些弟子还给我们留下了课堂笔记——《论语》,让我们学之、习之。

在受邀去明德书院做了讲座后,我对孔子的认识又进了一步。

明德书院,是一所公益书院,企业家殷华先生创办,文化学者冯晓晴先生受托主持,是大丰读书人的好去处。不进书院,不知自己读书不足、学艺不精。

作为明德书院2019年的读书项目,《论语》系列讲座是由冯晓晴先生主持,由8位老师主讲,我是其中之一。在这些老师身上,我学到了更多有效的读书方法,见证了精益求精的读书态度,受益匪浅。

冯晓晴先生是著名作家,大丰区阅读推广人,文采斐然,深孚众望。她每次主持,都怀着对《论语》极度虔诚的态度,这种态度鼓励着每位主讲的老师,感染着每个参加讲座的成员,君子之风蔼蔼然、蔚蔚然。

特级教师和正高级教师韦存和老师,素养不仅表现在出类拔萃的专业知识上。他酷爱读书,知识渊博,最可贵的是他治学的严谨和思维的开阔。他买来了所能买到的《论语》相关典籍,从朱熹、张居正,到钱穆、杨伯峻、南怀瑾,计20多本。他从"束脩"一词入手,比较了多种版本的解读,把对孔子、对《论语》的认识,还原到孔子生活的那个大的历史背景里,这样,我们所看到就不再仅仅是至圣先师孔子,而是一个本真、可爱的孔子。这样的读书方法,给了我很大的启发,我也买来了不同的《论语》版本,在比较、对照、辨别的过程中,去粗取精,进一步获取自己对孔子、对《论语》的独特感受。

《论语》这本中国最早的课堂笔记,距今已有两千四百多年的历史。汉武帝罢黜百家独尊儒术,使得儒家在西汉起就从百家中脱颖而出,拥有至高无上的地位,这也让《论语》从西汉起就有了官方正式的版本,此后每一种对《论语》的解读,都留有那个时代的烙印,只有回到《论语》原著本身,才能走近孔子,看到孔子本来的样子。这就是素读,即反复阅读原著,"书读百遍,其义自现",你离孔子越来越近了。

我在书院讲《颜渊篇》时遇到一位叫夏存琴的书友。她开始是为了陪伴、引导孩子读《论语》,读着读着,不知不觉受到不少启发,悟得不少人生道理。性情自此也温和了许多,遇事不那么焦躁了,说话不那些锋利了,待人不那么计较了。她对"己所不欲,勿施于人"一句,感慨万千。我并没有料到讲座中的这一句，会引起她如此强烈的共鸣。她说她开始更多地理解、宽容身边的人，家庭与工作的氛围都得到良好的改善，她感觉自己比以前开心、快乐了许多。一不留神，她道出了经典的治愈作用。

也是这位书友，2016年曾千里迢迢去厦门参加《论语》经典培训班。3年后，当她参加明德书院开展的《论语》系列讲座，讲座中一名小学生的感悟，让她有"焉知来者之不如今也"的感叹；一位退休老干部的洞见，令她豁然开朗。

我听她娓娓道来，深深震撼。惊觉自己所知甚少，对言约义丰的《论语》尚处于一个一知半解的状态，迫切需要再读、再认识。于是，从2019年12月1日开始，至2021年6月11日，我每天一章，用了560天，读完《论语》。回望来时路，我的论语阅读，大致分为三个阶段：

素读。读原文，读译文。我用的是杨伯峻的《论语译注》，参考钱穆的《论语新解》，也看南怀瑾的《论语别裁》。每天在朋友圈发一章《论语》夜读，既是记录，亦是防止自己半途而废。

学而思。素读没有放弃，只是在此基础上，加入了自己的思考，也就是每天的原文译文前加一段按语，讲身边的点滴，讲与本章内容相关的春秋故事，走近春秋，走近那个礼崩乐坏的时代；走近孔子，走近他的千姿百态的弟子。朋友们对此很感兴趣，每天互动，结识了不少读书牛人，书友四少博览群书，对于《论语》的感悟常常语出惊人，每有新意。文友张建国老师从2019年12月26日开始，先是转发了我在明德书院讲座的内容，接着又把我每天的论语夜读做成了音频，一周一次汇总，在微信公众号ZJG频率上播出。我也由每天一章，改成每周六章，另外一天发《ZJG频率》的《论语夜读》，对一周的论语学习小结回顾，也是温故知新。这样，原来《论语》492章，因为每周一天的休息，延长到560天读完，张建国老师一共推出了82期《论语夜读》。这个过程，让我充分领略到"独学而无友，则孤陋而寡闻"的个中深意；领略到"三人行，必有我师"的妙不可言。

风乎舞雩。岁月静好被突如其来的新冠肺炎疫情打破，2020年1月24日，农历大年三十，武汉封城，我们的小城也进入抗"疫"状态。宅家的日子,朋友们看手机的时间多了,围观我《论语》夜读的朋友也更多了。文友紫云庄主留言道:"节用而爱人,谨记在心!",宅家读论语,共克时艰,成为保留节目。孔子和《论语》也成为我和朋友们交流互动的重要内容。这一读就一直坚持到2021年6月11日,读完《论语》的最后一章——第492章。孔子说,生而为人,须知命、知礼、知言。知命,就会尊重规律、心存敬畏;知礼,就会懂得礼仪,进退有度;知言,就会明辨事理,应对得体。虽不能至,心向往之。这560天,是至圣先师孔子对我、对我的朋友们、对这座小城的彻照,我们都在圣贤的光芒下学习和成长。

当读完《论语》全部492章时,我的内心是喜悦、充盈的,当你想做一件事情的时候,全世界都会跳往助之。

"暮春者,春服既成,冠者五六人,童子六七人,浴乎沂,风乎舞雩,咏而归。"眼前疫情又起,想起那些宅家读经典的日子。我挑选了自己560天夜读《论语》的中的300多个片段,有论语故事,有夜读过程中的花絮,加上这几年自己写的部分散文随笔,汇集于此。这是一段生命状态的记录,是穿越时空对至圣先师的膜拜。我要告诉孔子,他不仅是我心中的校长、班主任和老师,更是历经两千多年,依然能把一群人聚到一起共读、成长的巨大磁石。

葛海燕

2022年4月

让先贤的光辉照耀着你
——《风乎舞雩》代序

那一天，恒北的梨花灿烂如雪，蜜蜂在花间飞舞。葛海燕老师开了一辆白色的车，穿一身紫白相间的连衣裙，手握书稿，满面春风地走来。我突然联想到年轻时看的一部叫《画中人》的电影，思绪在那一瞬间穿越。

后来酝酿这篇文章的时候，内容就两个字：穿越，当然还有两个字：传承。

1. 风乎舞雩，这个书名好听

葛老师说，现代人写作以看为主，古代人可能以读为主，写着写着，便手舞之、足蹈之，读着读着便拍案而起。古代文化人好像不够稳重、不成熟，没有那么顾及面子与架子，更看重骨子里的精髓，忧国忧民，慷慨激昂。

葛老师解释，风乎舞雩，神采飞扬，根本就不是一群身着长袍马褂的人在书斋翻阅古董。它所呈现的画面应该是未名湖畔，北京大学文学社的翘楚们在畅叙人生抱负。或者，画面切换到橘子洲头，湘江北去，恰同学少年，指点江山，挥斥方遒。或者是范仲淹立于我们家乡的黄海潮头，吟说先天下之忧而忧。

我们中国，两千年前，从春秋战国的诸子百家开始，就拥有世界上最庞大的知识分子阵容，形成完整的东方思想文明体系。先进的知识分子，在各个历史时期，始终站在社会重大变革的前沿，奔走呐喊，振臂高呼，招千军云集、唤万马奔腾，于大江南北和浩瀚草原。而作为先进知识分子思想旗帜的国学经典，像一盏两千年不灭的明灯，照耀着我们民族前进的方向。

可是曾几何时，知识分子有点儒了，懦了。变成了夫子，变成了老夫子，之乎者也。风乎舞雩的画风变了。嚅嚅嗫嗫，文风也变了，变成了八股。老百姓听不懂他们在说什么了。再后来，其中的一些人变成了精致的利己主义者，骨子里变质了。

从表象的迂腐，到骨质的疏松，一段时间，国学蒙垢，博大精深的国学经典被国人束之高阁。看整个社会，今天六七十岁的、四五十岁的人群中，熟读《论语》者，能有几何？

《风乎舞雩》这本书想明确表达的第一个意思，就是作为中国文化经典的《论语》，是生动的、是充满生命活力的，是和人民大众联系在一起的，是激情四射可以穿越千年的，古语"天不生仲尼，万古如长夜"是有道理的。因此，要鼓励全社会的人，尤其是年轻人读《论语》，重国学。

2. 夜读《论语》的人，是美丽的

这是一个有趣的话题。许多现代女性，何以热衷读《论语》？

前些年有个叫于丹的教授，在《百家讲坛》讲《论语》。讲得酣畅淋漓，风花雪月。也不知道为什么，后来招致漫天盖地的指责，甚至谩骂，后来就消失了。这个人我认识，其实她很有学问，人也机灵，倘若不讲《论语》，或许不会挨骂。还有一个民族大学的蒙曼，这些年活跃在国学普及的前沿。至今无恙。蒙曼也神采风扬，也风乎舞雩，但好像让人放心一些。再要举例的就是葛海燕老师，还有这本书。三位现代女性，都推崇《论语》。观察我们周围——过去的同学、今天的同事，许多现代女性热衷读《论语》，为什么啊？

新冠肺炎疫情把许许多多好动的人、善跑的人都圈在家中。整个人类活动的轨迹都改变了。很多人时间多得超过了氧气、食品、蔬菜。干点什么呢？刷微信者为第一大类，男的网上下象棋，女的对着书本练炒菜、制面点。

2020年1月24日，同样被疫情所困的葛海燕老师订了一个读书计划，即日起夜读《论语》，492篇，每周一小结，历时560天。之后，她便成功践约，一天没有拉下。

这是一间现代家庭书屋。从历史深处投射而来的一束智慧之光，在这里温暖如故。橘黄的灯光与玫瑰香茶氤氲，一个手握书卷，凝神静读；

一个铺陈宣纸，挥毫泼墨。偶尔停下来喝几口茶，聊一会儿天。作者是老师，先生是画家，一个读书、一个画画，说是琴瑟和鸣，其实不过是他们的起居日常。

葛老师说，在人们的心目中，《论语》讲述的是知人论世，军国大事。可是当你深入其间，却发现有很多篇章描绘的是待人接物，甚至有点婆婆妈妈，但述之生动，言及至理，处处闪耀人性的光芒，相较于当下电视上、微信上的心灵鸡汤，有着天壤之别。

两千年前，孔子带着学生，乘车执绥，周游列国，游说帝王将相，滔滔讲述治国明理，但是屡招冷遇。想不到两千年后斗转星移，故国神州，国学熠熠生辉。更加不可思议的是，当年弟子三千，女子几何？而今，学子万千，其中美女如云。

葛老师从教几十年，逻辑特别清晰，她编写这本书想传递的第二个信息就是：书声不匮，天下可亲。要动员全社会的人多读《论语》，干部和百姓都要读，干部读了治理强盛国家，百姓读了启迪智慧生活。

3. 国学之花，在处处开放

我们大丰是一座海滨小城。因为世间罕见的海洋潮间带和丰富的生物多样性，近年被联合国列为世界自然遗产地。通常来说，自然遗产和人文遗产都是双重存在的，因此，这几年，这个地方对历史文化的研究蔚然成风，国学的旗帜在飘扬。

在新词大酒店隔壁，有一家明德书院，由企业家殷华创办，委托文化学者冯晓晴主持。一段时间，驻城3所学校8位老师轮番到书院讲《论语》，每周不断。目前，由一位资深国学研究者惟真老师讲学。

在白驹小镇，陈谷子先生创办了皎皎书院；在小海镇有雨山书院；在全国美丽乡村恒北，有本场人书院，先贤的光芒照耀着这座小城，国学之花在处处开放。但这种文化现象主要发生在城镇，乡村还须带节奏。

这几年，我们受委托走了30多个村庄，看看在新农村建设中，楼宇庭院建设好了，文化灵魂与符号如何挖掘与植入。调查中，越发觉得国学是千古根基。

相形见绌的是,两千年前,孔子周游列国,拜访的是国王,而我们在乡村转悠,约见的是村长。但是孔子坐的是木轮车哦,而我们坐着汽车。核心的问题是,孔子虽然有时成座上宾,但屡遭冷遇,而我们无一例外受到村干部欢迎,偶尔还以酒相待。我们用村民很熟悉的本地话给他们讲孔子的故事,精彩处哄堂大笑。事实证明,国学是可以普及的。两千年前的纵横家不可能重返舞台,而先哲的智慧却流芳百世。

  本书作者是历史老师,她用"风乎舞雩"来论证国学千古长存的生命力;我以轻松的语气,稀释知识的浓度。我们都力图为普及国学尽力。这种良苦用心,不知读者诸君认可否?如有歧义,我们商榷。到明德书院或本场人书院均可。或者我们干脆到大海之滨去吧,相约潮间带,在喧嚣的海鸥和海浪声中,大声辩论,像古人那样风乎舞雩,畅谈我们的理想与抱负,雄辩各自的见解与理念,岂不快哉!

马连义

2022年4月

马连义:著名文化学者,本场人文化创始人,野鹿荡中华暗夜星空保护区创始人。

目录 / CONTENTS

《论语》夜读

- 这件赏心乐事 ……………………………… 3
- 众星拱月地拥护 …………………………… 6
- 秩序,让生活更美好 ……………………… 10
- 距离产生美 ………………………………… 16
- 孔子择婿 …………………………………… 22
- 犁牛之子 …………………………………… 36
- 我只是经典的搬运工 ……………………… 54
- 人在哪里就想哪里的事 …………………… 71
- 我轻轻念你的名字 你便翩然而至 ……… 82
- 烟火孔子 …………………………………… 98
- 生命的自由与快乐 ………………………… 110
- 做一个君子 ………………………………… 123
- 有一件事,孔子选择躺平 ………………… 135
- 万人如海一身藏 …………………………… 148
- 忍耐,人生的必修课 ……………………… 166
- 敬畏,立身之本 …………………………… 178
- 老好人,好不好 …………………………… 184
- 过去的就让它过去吧,专注当下 ………… 192
- 知错能改,堪比英雄 ……………………… 197
- 理想国 ……………………………………… 204

风乎舞雩

- 我的老师周建忠先生 ……………………… 209
- 此中有真意 ………………………………… 211
- 灵魂有香气的女子 ………………………… 214
- 谁把你的长发盘起 ………………………… 217
- 藏在鞋子里的幸福 ………………………… 219

那盏明灯	222
新绿翩翩如云起	224
我们在冬天里游戏	227
天地悠悠一白驹	229
刘庄的郢爱	232
赴一场梅花盛会	235
向星空投去惊鸿一瞥	237
鹤舞婆娑	239
皎皎白驹 踏春而来	242
如歌的行板	244
在文字里相遇	246
买菜记	248
菜花欢子	250
也傍桑阴学种瓜	252
潘园牡丹	254
橙黄橘绿柿子红	256
翠芦莉	258
海边观月	260
春风吹 茅针长	262
梦想的梯子	264
向温暖出发	266
最是书香能致远	268
带着地球去流浪	271
田纳西华尔兹	273
以诗为词 雅化登堂	275
乡恋如歌	279
生于才华，死于浮华	282

《论语》夜读

这件赏心乐事

孔子,位居世界十大文化名人之首。有一千个中国人,就有一千个孔子。史书记载,孔子是个身高九尺六的大块头,这大块头有大智慧。

这大智慧首先因为基因强大。孔子的父亲叔梁纥是宋国始祖微子的后裔,身上有商汤的血脉。叔梁纥是个公务员,是陬邑的镇长。他力大无穷,曾手撑城门,救助士兵,威名远播。可惜,孔子3岁那年,叔梁纥就去世了。孔子只好随母亲回曲阜阙里生活,小小年纪,很多粗活都会干,尝遍了人世间的酸甜苦辣,这些苦难成了他宝贵的人生财富。所以,他15岁时就知道自己到底要什么了。他的博学多才被越来越多的人知道。19岁他的儿子出生时,国君派人送了鲤鱼给他。20岁以后,孔子做了乘田、委吏之类的小官,每一样都干得很好。这时他遇到了郯子,郯子对他有问必答,孔子获益匪浅。孔子决定把自己的所学全部传授给他的弟子们,于是,世界上最早的私立学校诞生了,大块头的大智慧有了发挥的空间。

在开学第一课上,他对弟子们说,学习是一件赏心乐事。秘诀有三:学过的东西要反复去练习;别一个人瞎琢磨,要与同窗好友切磋、交流;掌握了本领自己偷着乐,人家知道不知道没关系。

弟子们张大好奇的大眼睛:还有这等好事!那就试试呗。

今天,我和孔子的弟子们一起学习《论语·学而一》。

2019.12.1

《论语》夜读1

学而篇1

子曰:"学而时习之,不亦说乎? 有朋自远方来,不亦乐乎? 人不知而不愠,不亦君子乎?"

孔子说:"学了又时常温习和练习,不是很愉快吗? 有志同道合的人从远方来,不是很令人高兴的吗? 人家不了解我,我也不怨恨、恼怒,不也是一个有德的君子吗?"

2019.12.2

《论语》夜读2

学而篇2

今天是老铁阳历生日,特地做了几个他爱吃的菜。我一边吃饭一边告诉他:"朱朱把她妈妈接到盐城去了,还为妈妈请了一个保姆。"老铁说:"做女儿做到这份上真不错,难怪她儿子那么出色,大人的样子放得好。"

作者2019年12月在明德书院作《论语》讲座

有子曰:"其为人也孝弟,而好犯上者,鲜矣;不好犯上,而好作乱者,未之有也。君子务本,本立而道生。孝弟也者,其为人之本与?"

有子说:"孝顺父母、顺从兄长,而喜好触犯上层统治者,这样的人是很少见的。不喜好触犯上层统治者,而喜好造反的人是没有的。君子专心致力于根本的事务,根本建立了,治国做人的原则也就有了。孝顺父母、顺从兄长,这就是仁的根本啊!"

2019.12.13

《论语》夜读13

学而篇13

好友季平,网名季布一诺,她跟季布一样守信。当年她孩子的爸爸遭遇车祸不幸去世,从来没有做过生意的她,花了6年时间,学做生意,吃尽了苦头,还清了孩子爸爸留下的几十万元债务,朋友们都很敬佩她。

有子曰:"信近于义,言可复也;恭近于礼,远耻辱也;因不失其亲,亦可宗也。"

有子说:"讲信用要符合于义,话才能实行;恭敬要符合于礼,这样才能远离耻辱;所依靠的都是可靠的人,也就值得尊敬了。"

众星拱月地拥护

2019.12.16
《论语》夜读16

我们大丰东面的野鹿荡是中华暗夜星空保护地,入选"世界暗夜保护地名录"了。大丰人既兴奋又感到很神秘。其实在两千多年前我们的祖先对星空就有了认识,孔子说过,治理国家的人如果讲道德,那老百姓就像小星星环绕北极星一样拥护你。

为政篇1

子曰:"为政以德,譬如北辰居其所而众星共之。"

孔子说:"用道德的力量去治理国家,自己就会像北极星那样,安然处在自己的位置上,别的星辰都环绕着它。"

2019.12.17
《论语》夜读17

《中国诗词大会》今年办到第四季了,北大工科博士陈更终于获得了总冠军。她在发表获奖感言时引用了吴均《与朱元思书》中"奇山异水,天下独绝"八个字,表达对诗词和诗词大会的喜爱。这样的陈更,我喜欢。

为政篇2

子曰:"诗三百,一言以蔽之,曰:'思无邪。'"

孔子说:"诗经三百首,用一句话概括就是,思无邪。"

2019.12.20

《论语》夜读20

"孝"是一个会意字,源于商代,像一个孩子搀扶着老人,意为尽心尽力对待老人。在孔夫子看来,孝就是无违,不要违背老人,顺则孝也。

为政篇5

孟懿子问孝。子曰:"无违。"樊迟御,子告之曰:"孟孙问孝於我,我对曰,无违。"樊迟曰:"何谓也?"子曰:"生,事之以礼;死,葬之以礼,祭之以礼。"

孟懿子问怎样才是孝。孔子说:"不违背礼,就是孝。"樊迟为孔子驾驶马车时,孔子告诉樊迟说:"孟孙问我怎么样才是孝,我对他说,不要违背礼。"

樊迟问:"是什么意思呢?"孔子说:"父母在世的时候,对父母要事之以礼。父母过世了,安葬父母要遵循丧礼。祭祀父母,要遵循祭礼。"

2019.12.22

《论语》夜读22

今天早上开车带妈妈去医院复查血糖,医生是儿时的邻居骆院长。他仔细询问了妈妈的饮食情况,称赞妈妈能管住自己的嘴,把血糖控制得很好,妈妈被夸很开心。骆院长给妈妈开了药,叮嘱妈妈要坚持吃,爸爸在一旁不住地答应着。从医院出来,陪爸爸妈妈去风波庄吃了鱼汤面,他们很开心。

为政篇6

孟武伯问孝。子曰:"父母唯其疾之忧。"

孟武伯问什么是孝,孔子说:"父母爱子心切,唯恐其生病,常常为此感到担忧。以父母之心为心,以父母之忧为忧,谨以守身修身养身治身,才能让父母免于担忧,这就是孝。"

2019.12.25

《论语》夜读25

大千世界,茫茫人海,雾里看花,怎样识人?夫子亲授三个锦囊:看他做事的出发点,观他做事的手段,洞察他做事时的心态,那么,假以时日,其为人心性必将水落石出,遁无可遁。

稻盛和夫在创办京瓷时,本着利他的原则与员工共事,每天下班时必然将工人送到门口,感谢他们为公司的付出,自己再接着加班,受到尊重的员工与稻盛和夫齐心协力,终于让京瓷跻身世界500强。

为政篇10

子曰:"视其所以,观其所由,察其所安,人焉廋哉?人焉廋哉?"

夫子说:"要观察他因何去做这一事,再观察他如何去做,再观察他做此事时心情如何,安与不安。如此这般观察,那人再向何处藏匿呢?那人再向何处藏匿呢!"

2019.12.30

《论语》夜读30

周,象形字,在"田"里加四点,郭沫若认为"周象田中有种植之形"。有稠密和周遍的意思。《说文解字》认为,善用口则周密。周到而没有疏漏。比,二人为从,反从为比。出于公心则周,出于私心则比。君子周而不比,和而不同;小人过从甚密,蝇营狗苟。

为政篇14

子曰:"君子周而不比,小人比而不周。"

孔子说:"君子所见、所闻、所知、所行周遍而没有疏漏,但不会让别人和自己步调一致、比肩而行;而小人,总是希望别人和自己步调一致、比肩而行,但所见、所闻、所知、所行却不能周遍而没有疏漏。"

2020.1.8

《论语》夜读37

礼,是中国人的仪式感,是内在修养的外在体现。时光流转,朝代更迭,礼制的内容虽有增删和损补,不变的依然是对仪式感的敬畏和传承。

今天是周恩来总理逝世44周年,朋友圈里满满的都是缅怀周总理的文章,44年前他的离去,联合国下半旗为他致哀,他以高尚的人格魅力为中国人赢得了尊敬,每个人都为有周总理这样的好总理而骄傲。

为政篇23

子张问:"十世可知也?"子曰:"殷因于夏礼,所损益,可知也。周因于殷礼,所损益,可知也。其或继周者,虽百世,可知也。"

子张向孔子请教:"十代之后的礼仪制度可以知道吗?"孔子回答:"商朝的礼仪制度沿袭夏朝的礼仪制度,有所增删,是可以知道的。周朝的礼仪制度沿袭商朝的礼仪制度,有所增删,是可以知道的。后世有继承周朝的朝代,即使百代之后,也是可以知道的。"

2020.1.9
《论语》夜读38

2014年,珠海市政府提高对见义勇为人员的奖励,最高奖达百万元。已经实行了4年,有1300多人荣获此奖,原来珠海见义勇为的人群以出租司机、保安、联防队员为主,现在有医生、潜水员、教师等纷纷加入见义勇为队伍,大大提高了见义勇为的技术含量。

今天是《为政篇》的最后一章,也是成语"见义勇为"的出处。见义不为是怯弱,不是自己的祖宗却去祭祀,就是谄媚。

为政篇24

子曰:"非其鬼而祭之,谄也。见义不为,无勇也。"

孔子说:"不属于自己应该祭祀的鬼神,若是去祭祀,就是谄媚。看到该做的事而没有采取行动,就是懦弱。"

秩序，让生活更美好

2020.1.10
《论语》夜读39
佾（音yì），会意字，指古代乐舞的行列。

八人为一佾，八佾为六十四人的乐舞，这是周天子才能享有的，诸侯为六佾。季氏是家臣，即季平子，只能享有四佾。从礼制上讲，季氏僭越了。这是一直致力于维护周礼的孔子所不能接受的，因此夫子说"是可忍孰不可忍"。

八佾篇1

孔子谓季氏："八佾舞于庭，是可忍也，孰不可忍也！"

孔子谈到季氏，说："他用六十四人在自己的庭院中奏乐舞蹈，这样的事他都忍心去做，还有什么事情不忍心做出来呢？

2020.1.15
《论语》夜读44
祭祀泰山，在古代中国是天子和诸侯所为。身为鲁国大夫的季氏又一次僭越了，他要前去祭拜泰山。孔子是周礼的忠实传道者，当然看不下去啦，就希望在季氏身边为官的学生冉有劝阻季氏，可是冉有也无能为力，孔子只能无奈兴叹了。

八佾篇6

季氏旅于泰山，子谓冉有曰："女弗能救与？"对曰："不能。"子曰："呜呼！曾谓泰山不如林放乎？"

季孙氏去祭祀泰山。孔子对冉有说："你难道不能劝阻他吗？"冉有说："不能。"孔子说："唉！难道说泰山神还不如林放知礼吗？"

2020.1.16
《论语》夜读45
讲"礼"的孔夫子今天说到了争，君子为什么而争呢？

八佾篇7

子曰："君子无所争，必也射乎！揖让而升，下而饮，其争也君子。"

孔子说："君子没有什么可与别人争的事情。如果有的话，那就是射箭比赛了。比赛时，先相互作揖谦让，然后上场。射完后，又相互作揖再退下来，然后登堂喝酒。这就是君子之争。"

2020.1.22
《论语》夜读52
媚，形声字，从女，眉声，取悦之意。是立足长远还是注重眼前、是把握内核还是追求表象？这一章以奥神与灶神作比，孔夫子认为，取悦县官和现管，都不如做好自己重要。

八佾篇13

王孙贾问曰："与其媚于奥，宁媚于灶，何谓也？"子曰："不然。获罪于天，无所祷也。"

王孙贾问孔子："与其巴结奥神，不如巴结灶神，这话有道理吗？"孔子说："不对的。如果得罪了上天，那就没有地方可以祷告了。"

2020.1.24
《论语》夜读54
武汉疫情来袭，您准备好口罩了吗？在苏州口腔医院工作的我的学生程莉，上午送来了两大包口罩，这份独特的新年礼物让人倍感温暖。

大年夜啦！给各位朋友拜年！祝亲爱的朋友平安吉祥、幸福安康！

八佾篇15

子入太庙,每事问。或曰:"孰谓鄹(音zōu)人之子知礼乎?入太庙,每事问。"子闻之,曰:"是礼也。"

孔子到了太庙,每件事都要问。有人说:"谁说此人懂得礼呀,他到了太庙里,什么事都要问别人。"孔子听到此话后说:"这就是礼呀!"

2020.1.28
《论语》夜读57

鲁定公对孔夫子而言是有知遇之恩的,因为怀有政治抱负的孔子等了数十年,在52岁那年,到了定公的手中才得到了重用——出任鲁国大司寇,相当于司法部长。

君主怎样赢得臣子的忠心,夫子说那就依照礼仪来任用臣子吧。

八佾篇19

定公问:"君使臣,臣事君,如之何?"孔子对曰:"君使臣以礼,臣事君以忠。"

鲁定公问孔子道:"君主任用臣子,臣子侍奉君主,各自应该如何做呢?"

孔子回答说:"君主应该依照礼仪来任用臣子,臣子应该毫无贰心、竭诚尽敬地效命于君主。"

2020.1.29
《论语》夜读58

《关雎》是《诗经》的第一首,情诗之祖。夫子认为,七情六欲,快乐和悲伤都是人之常情,亦应有度、有边界。

八佾篇20

子曰:"《关雎》,乐而不淫,哀而不伤。"

孔夫子说:"《关雎》这首诗,让人感到身心愉悦,而不过分;让人感到哀婉的地方,却不悲伤。"

2020.1.30

《论语》夜读59

宰我是孔夫子的学生,就是"朽木不可雕"的那位,他回答哀公的话夫子不敢苟同,对周朝把栗子树用作土地神神主的用意,夫子亦不敢苟同,因此,他婉转地说"遂事不谏,既往不咎"。

八佾篇21

哀公问社于宰我,宰我对曰:"夏后氏以松,殷人以柏,周人以栗,曰:使民战栗。"子闻之,曰:"成事不说,遂事不谏,既往不咎。"

鲁哀公问宰我,土地神的神主应该用什么树木,宰我回答:"夏朝用松树,商朝用柏树,周朝用栗子树。用栗子树的意思是说:使老百姓战栗。"孔子听到后说:"已经做过的事不用提了,已经完成的事不用再去劝阻了,已经过去的事也不必再追究了。"

2020.1.31

《论语》夜读60

孔夫子一共三次评价管仲,这是第一次。夫子直言不讳地批评管仲气量狭小、奢侈以及僭越,这些都是与周礼背道而驰的。

八佾篇22

子曰:"管仲之器小哉!"

或曰:"管仲俭乎?"曰:"管氏有三归,官事不摄,焉得俭?"

"然则管仲知礼乎?"曰:"邦君树塞门,管氏亦树塞门。邦君为两君之好,有反坫,管氏亦有反坫。管氏而知礼,孰不知礼?"

孔子说:"管仲这个人的器量还是小啊!"

有人请教孔子:"管仲生活节俭吗?"孔子回答:"管仲有三处收藏钱币的府库,他的家臣不用兼职,哪里说得上节俭呢?"

有人又问:"那么管仲懂得礼节吗?"孔子回答:"国君建塞门,管仲也建塞门。国君为了招待其他国家的君王,在堂上设置了反坫,管仲也设置了反坫。管仲如果懂得礼,那么谁不懂得礼呢?"

2020.2.1

《论语》夜读61

夫子深谙乐理,翕如、纯如、皦如、绎如,和而谐之,天籁是也。乐由中出,礼自外作。礼乐皆得,谓之有德。

八佾篇23

子语鲁大师乐,曰:"乐其可知也。始作,翕如也;从之一,纯如也,皦如也,绎如也,以成。"

孔子对鲁国的音乐大师说:"一首乐曲的规律大致可知:以合奏开始,乐音充盈悦耳;然后逐次展开,曲调悠扬,节奏分明,又绵延反复,直至最后完成。"

2020.2.2

《论语》夜读62

"蔼蔼龙旂色,琅琅木铎音。"孔夫子的魅力折服了仪封人,他道出了千年预言:天将以夫子为木铎! 夫子,思想的标杆、精神的领袖。

八佾篇24

仪封人请见。曰:"君子之至于斯也,吾未尝不得见也。"从者见之。出曰:"二三子,何患于丧乎? 天下之无道也久矣,天将以夫子为木铎。"

卫国仪邑的封疆官,请见于孔子,他说:"一向有贤人君子过此,我没有不见的。"孔子的弟子们领他去见孔子。他出来后,对孔子的弟子们说:"诸位,何必忧虑你们先生的失位呢? 天下无道久了,天意将把你们夫子当作木铎来传道于天下呀!"

2020.2.3

《论语》夜读63

孔夫子问乐于苌弘,这位夫子的音乐老师可了不得——天地之气,日月之行,风雨之变,历律之数,无所不通。学识渊博,忠心耿耿。后遭陷害流放,悲愤之下切腹自尽。3年后,其心化为红玉,其血化为碧玉。苌弘化碧的传说就是这么来的。

八佾篇25

子谓《韶》:"尽美矣,又尽善也。"谓《武》:"尽美矣,未尽善也。"

孔子评论《韶》乐说:"极尽其美了,又极尽其善啊。"评论《武》乐说:"极尽其美了,但未能极尽其善啊。"

2020.2.4

《论语》夜读64

这是八佾篇的最后一章,孔夫子继续谈礼。面对礼崩乐坏的社会现实,夫子充满了失望和谴责,以一己之力,大声疾呼。

今天立春,战"疫"还在继续。春天来了,瘟神将灭,美好可期。祖国加油!

八佾篇26

子曰:"居上不宽,为礼不敬,临丧不哀,吾何以观之哉?"

孔子说:"居于执政地位不宽宏大量,行礼的时候不严肃、认真,参加丧礼的时候不悲哀,这种样子我怎么看得下去呢?"

距离产生美

2020.2.5
《论语》夜读65
《里仁篇》是《论语》的第四篇,共26章,夫子在这里谈了义与利,谈了个人的道德修养,谈了如何孝敬父母,谈了君子与小人之区别。外在循礼,内在修仁。礼和仁互为表里,内心追求道德修养,外在自然彬彬有礼。

里仁篇1
子曰:"里仁为美,择不处仁,焉得知?"
孔子说:"与有仁德的人住在一起是美好的。选择住处不是跟仁德之人在一起,怎么能算得上是明智呢?"

2020.2.9
《论语》夜读68
"落日睹孤城,百折不回完壮志;大风思猛士,万方多难惜斯人。"吴佩孚是北伐战争讨伐的对象,在抗日战争时期,他不与日本侵略军合作,坚守民族大义,被日本特务派牙医所害。一如孔夫子所言:"志于仁,无恶也。"

里仁篇4
子曰:"苟志于仁矣,无恶也。"
孔子说:"如果立志于行仁德,就不会有恶行了。"

2020.2.11

《论语》夜读70

今天,我们的身边有16位可敬的逆行者出征黄石,你们就是仁者,我们在家怀着满满的敬佩、感动和不舍,等待你们平安归来!

里仁篇6

子曰:"我未见好仁者,恶不仁者。好仁者,无以尚之;恶不仁者,其为仁矣,不使不仁者加乎其身。有能一日用其力于仁矣乎?我未见力不足者。盖有之矣,我未之见也。"

孔子说:"我没有见过爱好仁德的人和厌恶不仁的人。爱好仁德的人,认为仁道是至高无上的;厌恶不仁的人,他修行仁德,不让自己沾染上不仁的德行。有谁能在某一天致力于修行仁德呢?我没有见过有心致力于修行仁德而力量不足的。大概有这样的人吧,只是我没有见过。"

2020.2.12

《论语》夜读71

物以类聚,人以群分,观过可知人也。

里仁篇7

子曰:"人之过也,各于其党。观过,斯知仁矣。"

孔子说:"人所犯的过错,与他是哪一类人有关。观察一个人所犯的过错,也就知道他是什么人了。"

2020.2.16

《论语》夜读74

仁,是内在的思想;义,是外在的行动。孔夫子认为,君子在待人处事上,不要固守教条,而应从义出发,灵活多变,妥当处置。这就是成语"无适无莫"的出处,适,在这里读dí,意为亲近、厚待;莫,通"慕",疏远、冷淡;义,适宜、妥当。

里仁篇10

子曰:"君子之于天下也,无适也,无莫也,义之与比。"

孔子说:"有道德的君子,不会和别人为敌,也不会仰慕别人,一切从义的要求出发。"

2020.2.18
《论语》夜读76

利,会意字,从刀,从禾。表示以刀断禾的意思。用作名词时,解释为利益。"终朝只恨聚无多,及到多时眼闭了",唯利是图,必致多怨。天地所以能长且久者,以其不自生,故能长生。故,利他即是利己。

里仁篇12
子曰:"放于利而行,多怨。"

孔子说:"依据个人利益而行动,会招致很多的怨恨。"

2020.2.21
《论语》夜读79

今天这一章是一个有趣的课堂实录,是孔子与小他46岁的学生曾参的对话。宋代大儒们根据这一章,认为曾子得到了孔子的真传,认为:"夫子之道,忠恕而已。"

孔子的思想,博大精深,虽然可以"一以贯之",但是并不必然落实于"忠恕"二字。一千个观众,就有一千个哈姆莱特;孔子三千弟子,也有三千种"夫子之道"。

孔子教学生,分德行、言语、政事、文学四科,最出色者有颜渊、子骞、伯牛、仲弓、子有、子贡、子路、子我、子游、子夏等十人,号称"孔门十哲",但这里面没有曾子,大概是曾子入门太晚的缘故。

但是孔子对曾子确实不一般。曾子16岁拜孔子为师,在孔门弟子中算是年幼的。他为学笃实,事亲至孝,很受孔子喜爱。孔子临死前将自己的孙子孔伋(子思)托付给这位还不到30岁的小弟子。就这样,孔子传曾子,曾子传子思,子思传孟子,曾子于是就成为儒家承上启下的重要人物,被后人尊为"宗圣",与至圣孔子、复圣颜子、述圣子思、亚圣孟子并称为儒家"五圣"。

曾子作为儒学的正宗传人,写了《孝经》《大学》《曾子》,据说还参与了

《论语》的编写。他的影响,不仅通过他的弟子,还通过这些儒家经典在后世传播。这样就有了"夫子之道,忠恕而已"。

《说文》里,忠是"敬也",恕是"仁也"。

《周礼》里,"中心为忠,如心为恕"。

朱熹认为,"尽己之谓忠,推己之谓恕"。

程颐认为,"以己及物,仁也;推己及物,恕也"。

钱穆的解释最为清晰:"尽己之心以待人,谓之忠;推己之心以及人,谓之恕。"

一个人如果尽心竭力,拿出自己的所有真情实意去对待别人,这不就是忠?一个人如果将心比心,根据自己的好恶取舍去理解别人,这不就是恕?

里仁篇15

子曰:"参乎,吾道一以贯之。"曾子曰:"唯。"子出,门人问曰:"何谓也?"曾子曰:"夫子之道,忠恕而已矣。"

孔子说:"参啊!我平日所讲的道,前后都是一贯的。"曾子回答:"是的!"孔子出去之后,其他的门人问曾参道:"夫子怎么说呢?"曾子说:"夫子之道,就是忠恕而已。"

2020.2.24

《论语》夜读82

"孝"这个字有着久远的历史渊源,最早出现在典籍《尚书·尧典》中:"岳曰:'以孝,又不格奸。'"指舜能以孝行美德感化父母兄弟,从而使家庭和睦。《论语》中"孝"出现了六次,其中四次出现在《里仁》里。孔夫子把孝分为五个方面:1. 养,"父母之年,不可不知也。一则以喜,一则以惧。"回报养育之恩,表达反哺之情。2. 敬,让父母身心愉悦,面带愉色。3. 少忧,我们求学、工作在外,要让父母少担心。不要让父母为子女的所作所为整日担惊受怕。4. 不怨,在对待父母时并不一定只是一味地顺从,在必要的时候,还应当对于父母所存在的问题有所谏言。5. 传承,有了传承,我们的家庭文化与氛围才能薪火相传,民族的文化与氛围才能够绵延不绝。

五千年中华文明,家庭既是生活单位,也是生产单位,更为重要的是,家庭还是中国文化价值的一个重要根基。"孝"则是维系这些根基的一个基础。

里仁篇18

子曰:"事父母,几谏,谏志不从,又敬不违,劳而不怨。"

里仁篇19

子曰:"父母在,不远游,游必有方。"

里仁篇20

子曰:"三年无改于父之道,可谓孝矣。"(《学而11》同)

里仁篇21

子曰:"父母之年,不可不知也,一则以喜,一则以惧。"

孔子说:"侍奉父母,如果父母有不对的地方,要委婉地劝说他们。自己的意见表达了,父母不愿听从,还是要对他们恭恭敬敬,并不违抗,替他们操劳而不怨恨。"

孔子说:"父母在世,不远离家乡;如果不得已要出远门,也必须有一定的地方。"

孔子说:"父母的年纪,不可不知道并且常常记在心里。一方面为他们的长寿而高兴,一方面又为他们的衰老而恐惧。"

2020.2.26

《论语》夜读84

约,形声字。从"糸",表示"缠束""捆绑";"勺"声。这里是约束、约之以礼的意思。

里仁篇23

子曰:"以约失之者鲜矣。"

孔子说:"用礼来约束自己,再犯错误的人就少了。"

2020.2.27

《论语》夜读85

敏与讷,最初看到是毛主席两个女儿的名字,后来才知道出自孔夫子这儿,是指言与行,即说话要谨慎、迟缓,行动要迅速果断、不拖拉。

里仁篇24

子曰:"君子欲讷于言而敏于行。"

孔子说:"君子说话要谨慎,而行动要敏捷。"

2020.2.29
《论语》夜读87

子游即言偃,孔门十哲之一。孔子云"吾门有偃,吾道其南",就是说我门下有了言偃,我的学说才得以在南方传播。所以,言偃被称为"南方夫子"。今天这一章是《里仁篇》的最后一章,是子游的话。数,频繁,和君主过于亲近,会招来羞辱;和朋友交往过于亲近,朋友就会远离。凡事有度,距离产生美。以此来呼应孔子前面讲的"仁"和"礼",居庙堂之高,与君主;处江湖之远,交朋友,都要处置适度、恰到好处。

里仁篇26

子游曰:"事君数,斯辱矣;朋友数,斯疏矣。"

子游说:"侍奉君主太烦琐,就会受辱了;对待朋友太烦琐,就会被疏远了。"

孔子择婿

2020.3.2

《论语》夜读88

今天开始读《公冶长篇》。

《公冶长篇》是《论语》的第五篇,共28章,是孔子与其弟子从不同侧面谈仁德的特征。

开头两章是讲孔子择婿。夫子选了学生公冶长做他的女婿,学生南容做他的侄女婿。南容慎于言行,成了孔子的侄女婿不难理解。可是公冶长这个人,无房无车,还坐过牢,竟然做了孔子的女婿,这是一个男子对另一个男子最高的肯定和赞赏!可见孔子的择婿观不拘一格,不在乎外在的污名,注重内在的德行,孔子作为一个仁者的心量,令人肃然起敬。

公冶长篇1

子谓公冶长:"可妻也。虽在缧绁(音léi xiè)之中,非其罪也。"以其子妻之。

孔子评论公冶长说:"可以把女儿嫁给他,他虽然被关在牢狱里,但这并不是他的罪过呀。"于是,孔子就把自己的女儿嫁给了他。

公冶长篇2

子谓南容:"邦有道,不废;邦无道,免于刑戮。"以其兄之子妻之。

孔子在谈论南容时说:"南容为人处世很谨慎,国家政治清明时,他能被任用发挥自己的才干;国家政治黑暗时,他也能免遭刑戮。"于是就做主把哥哥的女儿嫁给了他。

2020.3.3

《论语》夜读89

孔子也有自恋的时候,他的学生宓不齐,就是今天说到的这个子贱,是孔子七十二贤之一。他在鲁国做地方官,实行无为而治,搞得有声有色,老百姓个个竖起大拇指。子贱的学哥学弟们在孔子面前交口称赞,夫子不无自豪地说,谁说鲁国没有君子呢?那么子贱身上这些君子之德哪里来的呢?言外之意,是受自己的耳濡目染。

公冶长篇3

子谓子贱:"君子哉若人,鲁无君子者,斯焉取斯?"

孔子说子贱:"这个人真是个君子呀。假如鲁国没有君子,他从哪里取得这样的好品德呢?"

2020.3.4

《论语》夜读90

子贡,姓端木,名赐,是孔子最喜欢的弟子之一,位列孔门十哲。这个人是个神人。口才第一、外交才能第一,他凭着三寸不烂之舌,在鲁国生死存亡之际,周旋于鲁国、齐国、吴国、晋国之间,起到了存鲁、乱齐、破吴、强晋的重要作用,几乎影响了列国间十年的大局。财富第一,他有着超常的经商才能,富可敌国,相当于今天的马云。因此,子贡有点小自负,向夫子打听对他的评价,夫子回答:瑚琏之器。弦外之音,成为君子,仅有通达的经世之才是不够的,还要加强自身修养。

公冶长篇4

子贡问曰:"赐也何如?"子曰:"女,器也。"曰:"何器也?"曰:"瑚琏也。"

子贡问孔子:"我怎么样?"孔子说:"你呀,还停留在器具的层次。"子贡接着问:"是什么器具?"孔子说:"是祭祀的瑚琏。"

2020.3.5

《论语》夜读91

"佞",形声字,从女,仁声,意思是善用花言巧语谄媚人。雍也是孔子的学生,有仁德,不善辩,口才不出众。有人就在背后嘀咕了,孔子对此很不以为然:君子以德服人,而不是以嘴服人。

公冶长篇5

或曰:"雍也仁而不佞。"子曰:"焉用佞?御人以口给,屡憎于人。不知其仁,焉用佞?"

有人说:"冉雍这个人有仁德但不善辩。"孔子说:"何必要能言善辩呢?靠伶牙俐齿和人辩论,常常招致别人的讨厌。这样的人我不知道他是不是做到仁,但何必要能言善辩呢?"

2020.3.7

《论语》夜读93

孔子最喜欢的学生,文数颜回、武数子路。颜回得到的表扬最多,子路得到的批评最多。这一天,孔子就感慨啦:如果政治主张得不到施行,就乘一个木筏,浪迹天涯,木筏从此逝,江海度余生。弟子中还有谁会跟着我远行,那这个人就一定是子路啦。看到子路闻言沾沾自喜的模样,夫子接着又说啦,子路好勇,除了勇敢超过我,其他也没什么可取的才能啦!

爱之深,责之切。子路是侍奉孔子最久的学生,既是追随者,又是保护神,忠勇刚毅,正直不阿,救困济贫,政绩卓著。可惜后来为救他人,死于混战。

公冶长篇7

子曰:"道不行,乘桴浮于海,从我者其由与?"子路闻之喜,子曰:"由也好勇过我,无所取材。"

孔子说:"如果我主张的思想行不通,我就乘上木筏子,到海外去。能跟从我的,大概只有子路吧!"子路听到这话,很高兴。孔子说:"这个子路啊,好勇,除了勇敢这点超过了我,其他就没啥了。"

2020.3.10

《论语》夜读96

话说这一天夫子向自己最能干的学生子贡提了一个问题,你说说看,你和颜回谁更好一些啊？子贡马上就回答说，我哪里敢跟颜回比啊，颜回听到一件事，就可以推知十件事，我听到一件事只可以知道两件事。

闻一知一，是小智，一般人都可以；闻一知二，由此及彼，举一反三，是中智，子贡是也；闻一知十，由表及里，由现象推知规律，是为大智，比如颜回。颜回之贤和子贡的自知之明都让夫子愉悦，于是他颔首赞同。

公冶长篇9

子谓子贡曰："女与回也孰愈？"对曰："赐也何敢望回？回也闻一以知十，赐也闻一以知二。"子曰："弗如也。吾与女弗如也。"

孔子对子贡说："你和颜回两个相比，谁更好一些呢？"子贡回答说："我怎么敢和颜回相比呢？颜回他听到一件事就可以推知十件事；我呢，知道一件事，只能推知两件事。"孔子说："是不如他呀，我同意你说的，是不如他。"

2020.3.11
《论语》夜读97

今天这一章讲的是宰予昼寝，就是宰予大白天睡大觉。我们对人屡屡失望了，常常会说"朽木不可雕也"，这句话最初是孔夫子说他的弟子宰予的。

宰予，姓姬，字子我。孔门十哲之一。是言语科的高才生，口才之好，甚至排到了子贡的前面。宰予跟随孔子周游列国，常常被孔子派遣使于齐国、鲁国。他思想活跃，好学深思，善于提问，绝不盲从，是孔门弟子中唯一一个敢于面对孔子学问提出异议的人。

这一天，日上三竿，同学们已经上好一节课了，可是唯独不见宰予的身影。孔子来到寝室，看见宰予还在呼呼大睡，顿时火冒三丈：说好的敏而好学呢？说好的逝者如斯不舍昼夜呢？孔子忍不住大骂道：腐朽的木头雕不上花啊，已经剥落的土墙没法粉刷啊……骂了两句火气消掉不少：不对啊，宰予平时那么能干，也不能算故意偷懒的人啊，莫不是这个体弱的孩子有哪儿不舒服了？我这个人啊，还老师呢，还提倡礼呢，还说要因材施教呢，我这会儿大发其火又是在干什么呢？想到这里，夫子平静了许多，接着说，以前啊，我看一个人，听他说话，就相信他会有相应的行动；现在，我看一个人，听了他的话,还要观察他是否有相应的行动能力,是宰予使我改变了看法。

夫子从来都不搞一刀切。他因发火而可爱,因因材施教而伟大。

公冶长篇10

宰予昼寝。子曰:"朽木不可雕也,粪土之墙不可圬(音wū)也。于予与何诛!"子曰:"始吾于人也,听其言而信其行。今吾于人也,听其言而观其行。于予与改是。"

宰予白日睡大觉,先生说:"烂木不能再雕刻,肮脏的土墙不能再粉饰,我对宰予,还能有何责备呀!"先生又说"以前我对人,听了他说话,便信他的行为了;现在我对人,听了他说话,得再看他的行为。这一态度,我是通过对宰予而改变的。"

2020.3.12
《论语》夜读97

"有求皆苦,无欲则刚。"刚,形声字,从刀,冈声。硬,坚强、坚定、刚毅的意思。欲,形声字,从欠,谷声。"欠"表示有所不足,故产生欲望。贪欲也,像山谷一样永远填不满。

申枨(音chéng),字周,鲁国人,孔子的学生,七十二贤之一。申枨早年在孔子门下时,和别人辩论从不轻易让步。他精通六艺,率性正直,后来到文登隐居讲学为生,与当地的黄老学派相谈甚欢,过从甚密,对此,孔夫子颇不以为然。

夫子认为,人的欲望太多,就会违背周礼,不仅做不到"义",甚至也做不到"刚"。孔子并不反对人有欲望,但如果想成为君子,就要学会把欲望控制在正常、合理的范围,守道如一,才能接近于仁。

公冶长篇11

子曰:"吾未见刚者。"或对曰:"申枨。"子曰:"枨也欲,焉得刚?"

孔子说:"我还没有见到过刚毅不屈的人。"有人回答说:"申枨就是刚毅不屈的人。"孔子说:"申枨这个人欲望太多,怎么能刚毅不屈呢?"

2020.3.13
《论语》夜读98

春秋时期，鲁国有一条法律，鲁国人在国外沦为奴隶，有人能把他们赎出来的，可以到国库中报销赎金。有一次，子贡在国外赎了一个鲁国人，回国后拒绝收下国家补偿金。孔子说："赐呀，你采取的不是好办法。从今以后，鲁国人就不肯再替沦为奴隶的本国同胞赎身了。你如果收国家的补偿金，并不会损害行为的价值；而你不肯拿回抵付的钱，以后别人就不肯再赎人了。"这就是子贡赎人的故事。

言归正传，今天这一章子贡表明心志，孔子听后说道：赐啊，这还不是你能做得到的。

公冶长篇12

子贡曰："我不欲人之加诸我也，吾亦欲无加诸人。"子曰："赐也，非尔所及也。"

子贡说："我不愿别人把不合理的事加在我身上，我也不想把不合理的事加在别人身上。"孔子说："赐呀，这不是你可以做得到的。"

2020.3.15
《论语》夜读100

子在川上曰："逝者如斯夫，不舍昼夜。"日子过得很快，今天已经《论语》夜读100天了。更为凑巧的是，今天子贡的这段话似乎言明了我们在读《论语》的状态！

在子贡看来，孔子所讲的礼乐诗书等有形的知识，只靠耳闻就可以学到了，但关于人性与天道这些无形的理论，却不是通过耳闻就可以学到的，必须通过内心的体悟才有可能把握。师父领进门，修行在各人。

掌握有形的技艺是下学，体悟无形的天道是上达。天道包含在具体的下学里。当我们在具体的技艺学习上下功夫时，就可以无限接近上达，体悟天道了。

天道和生活是一个东西，两者不可分离，人须在穿衣吃饭人生百态中寻求自然之道。

公冶长篇 13

子贡曰:"夫子之文章,可得而闻也;夫子之言性与天道,不可得而闻也。"

子贡说:"老师讲授的礼、乐、诗、书等方面的知识,依靠耳闻能够学到;老师讲授的人性和天道方面的道理,依靠耳闻是不能够学到的。"

2020.3.16
《论语》夜读 101

道理只有落实到行动上才有意义。掌握了知识,而不去行动,就成了两脚书橱。明白了很多道理,却依然过不好一生。

子路是个行动派,执行力超强。每听到老师传授一个道理,马上就去践行。即使这样,他的行仍然落后于知。因此,有的时候他很怕听孔老师讲话,担心知而不行,有辱师学。

公冶长篇 14

子路有闻,未之能行,唯恐有闻。

子路在听到一条道理但没有能亲自实行的时候,唯恐又听到新的道理。

2020.3.17
《论语》夜读 102

人生在世,百年之后,盖棺定论,后人用一个或多个文字对其进行概括性的评价,就是谥号。起于西周,只有天子、诸侯、大臣才有谥号,分上谥、中谥、下谥三种。上谥,表扬类的谥号,如"文",表示经纬天地的才能或"道德博厚""勤学好问"的品德,我们今天所读的这一章,孔文子就属于这一类;中谥,同情类的谥号,如"晋愍帝","愍"表示"在国遭忧""在国逢难";下谥,如"周厉王","厉"表示"贪婪""残暴"。

大臣也有谥号,如苏轼"苏文忠公"、曾国藩"曾文正公",等等。

公冶长篇 15

子贡问曰:孔文子何以谓之"文"也?

子曰:敏而好学,不耻下问,是以谓之"文"也。

子贡问道：为什么给孔文子一个"文"的谥号呢？

孔子说：他聪敏好学，不以向比他地位卑下的人请教为耻，所以用"文"作他的谥号。

2020.3.18
《论语》夜读103

夫子今天评价的是春秋第一名相子产。

子产治国，很重视百姓的感受，他善于从百姓的声音中了解执政的缺失，并不断改进。为政3年，郑国人民便歌颂："我有子弟，子产诲之；我有田畴，子产殖之。子产而死，谁其嗣之？"子产执政22年后去世了，郑国的百姓悲伤哭泣得跟死了亲人一样，可见子产多么深得民心。

子产一生廉洁奉公，虽身居高位，却身无余财，一贫如洗。去世时他的儿子连丧葬费用都没有，老百姓纷纷出钱作安葬费用。子产的儿子分文不受，坚持自己背土给父亲垒造坟墓。

孔子评价子产有君子四德，是希望为政者认识到良好的德行在施政过程中所起的决定作用，能够为政以德。

公冶长篇16

子谓子产："有君子之道四焉：其行己也恭，其事上也敬，其养民也惠，其使民也义。"

孔子评论子产说："他有四种君子的德行：他自己行为态度庄重、恭敬，他侍奉君主严肃、尊敬，他养护百姓有恩惠，他管理百姓合理、适度。"

2020.3.19
《论语》夜读104

晏平仲是谁呀？就是那个齐国大夫晏婴。晏子使楚，楚王三次想侮辱晏子，结果被晏子轻而易举化解了，楚王自取其辱。小个子晏婴在人们心中成了智慧的化身。

孔子在这里称赞的是晏子的与人为善。人与人交往，乍一相见，可能靠的是出众的口才、得体的礼仪。相处日久，却是依靠人品和胸怀赢得敬重。

公冶长篇17

子曰:"晏平仲善与人交,久而敬之。"

孔子说:"晏平仲善于和别人交往,相交越久,他越尊敬别人,别人也越尊敬他。"

2020.3.20
《论语》夜读105

季文子,鲁国大夫,谥号为"文"。他三思而后行,当时人们都称赞他做事谨慎。然而,孔子不认可时人对季文子的这种"三思"之赞,认为其行为过当,所以评论说"再,斯可矣"。

三国时的袁术多谋无断,一手好牌打得稀烂。善思还要善断,多思不断,难免瞻前顾后,贻误时机。

公冶长篇19

季文子三思而后行。子闻之,曰:"再,斯可矣。"

季文子临事思考好几次然后才做。孔子听到后,说:"两次,这也就可以了。"

今天是春分,出征黄石的16位医务工作者平安凯旋。杏林天使,白衣执甲,妙手仁心,欢迎回家。

2020.3.23
《论语》夜读108

子文,姓斗名谷於菟,是春秋时期楚成王的丞相。他料理朝政勤勉努力,每天工作披星戴月,以国为家,还主动捐出家产缓解国家危难,深得人民信任。他三起三落,无怨无悔,楚国在他的治理下走向强盛。

陈文子是齐国重臣。他看到齐庄公被崔杼所杀,丢下巨额财产离开齐国。

对于这两位,夫子认为前者忠于职守,后者心气清明,但都不是仁者。在孔子心目中,"仁"不是某种具体的道德品质,而是所有道德品质的总和,是为人道德修养的最高境界。子文强楚,只是尽忠,却有违周礼;文子远齐,虽没有与恶人同流合污,却也没有救齐于水火。夫子的评价忠厚、中肯。

公冶长篇21

子张问曰:"令尹子文三仕为令尹,无喜色;三已之,无愠色。旧令尹之政,必以告新令尹。何如?"子曰:"忠矣。"曰:"仁矣乎?"曰:"未知。焉得仁?"

"崔子弑齐君,陈文子有马十乘,弃而违之。至于他邦,则曰:'犹吾大夫崔子也。'违之。之一邦,则又曰:'犹吾大夫崔子也。'违之。何如?"子曰:"清矣。"曰:"仁矣乎?"曰:"未知。焉得仁?"

子张向孔子问道:"楚国的令尹子文,三次当令尹,没有喜悦的神色;三次免官,没有怨恨的神色。自己任上的旧政,一定会告诉新令尹。这个人怎么样?"孔子说:"恪尽职守啊。"子张再问:"算得上仁了吧?"孔子说:"不知道。这怎么能算是仁呢?"

子张又问道:"崔杼弑杀齐庄公,陈文子有马四十匹,都抛弃不要,离开了齐国。到了别的国家,他说道:'这里的大臣如同我们的大夫崔子。'又离开了。到了另一个国家,他又说道:'这里的大臣如同我们的大夫崔子。'然后再次离开。这个人怎么样?"孔子说:"很清白啊。"子张再问:"算得上仁了吧?"孔子说:"不知道。这怎么能算是仁呢?"

2020.3.24

《论语》夜读109

"愚不可及",其实最初是孔子夸宁武子的。

宁武子是卫国一位德高望重的两朝元老。在卫国危难之时,他挺身而出;当国家太平出使别国时,他又装聋作哑,显得愚笨,这究竟是怎么回事儿呢?

话说鲁文公四年,宁武子受命出使鲁国,鲁文公亲自设宴款待。席间鲁文公让乐工为宁武子"赋诗"两首:《湛露》和《彤弓》。宁武子听了之后,既没道谢,也没和诗回报,显得傻傻笨笨的。鲁文公感到很奇怪,就派人私下了解缘由。宁武子解释说,这两首乐曲都是周天子招待诸侯时使用的,鲁文公是诸侯,我也只是一个卫国的外交官,这样的招待僭越了周礼,只是当时装傻没有点破吧。

宁武子治国有担当,出使守周礼,大智若愚,让人望尘莫及。

公冶长篇22

子曰:"宁武子,邦有道则知;邦无道则愚。其知可及也;其愚不可及也。"

孔子说:"宁武子,遇到邦国有章法、有条理,合乎大道的时候,他就显出自己的聪明智慧;在邦国混乱、君王无道的时候,就表现得傻乎乎的。他的聪明,或者别人能赶得上;但他的傻,却是别人望尘莫及的。"

2020.3.26
《论语》夜读111

伯夷、叔齐两个人大家并不陌生。他们都是商朝末年孤竹君的两个王子,孤竹君去世前留下手书令传位于三子叔齐,叔齐不肯继位,逃离本国;伯夷也坚决不肯登上王位,也逃离了本国。

此时,纣王暴虐,武王起而伐之,伯夷、叔齐既反对纣王的暴政,又反对武王起义,认为这是以暴制暴并不可取。他们拦在武王的马前问道:你的父亲去世你做儿子的不去安葬,反而急急忙忙劳师出兵,这算得上孝吗?做臣子的讨伐国君,算得上仁吗?商朝既灭,伯夷、叔齐逃到首阳山上采薇度日,最终不食周粟而死。

这两个人都是古代仁人志士的典范,他们在日常生活中从不把自己放在道德的制高点上,对他人进行道德绑架,而是心态平和,不念旧恶,因此很少有人怨恨他们,这种大格局、大胸怀被孔夫子推崇备至。

公冶长篇24

子曰:"伯夷、叔齐不念旧恶,怨是用希。"

孔子说:"伯夷、叔齐两个人不记人家过去的仇恨,因此,别人对他们的怨恨也就少了。"

2020.3.27
《论语》夜读112

微生就是尾生,今天的主人公就是那个"抱柱而死"的尾生。相传尾生特别守信,与女子相约,久等不见伊人,这时天降大雨,尾生不愿失信离开,就在原地紧紧抱住水中的柱子,结果被淹而死。这就是尾生守信,抱柱而死的由来。尾生于是就成了守信、正直的代名词。

这一章里夫子对尾生的所为不以为然,人家来跟你借醋,你据实相告即可,拿邻居的醋给人家,这哪里算直呢?

老子的《道德经》里,主张以德报怨,人家对不起你,不要计较,还要继续对人家好。在孔夫子这里,主张以直报怨,人家对不起你,你不去报复,但心里还是不快,怎么办?那你就不理他,这就是以直报怨。对普通人而言,显然做到以德报怨比较难,以直报怨、以德报德,倒是常态,也比较真实。

公冶长篇25

子曰:"孰谓微生高直?或乞醯焉,乞诸其邻而与之。"

孔子说:"谁说微生高是直人?有人向他讨要一些醋,微生高向邻居要来醋然后再给他。"

2020.3.29
《论语》夜读114

左丘明大家并不陌生,姓丘名明,是姜太公的后裔,春秋末期鲁国的左史官。他做鲁国史官,尽职尽责,品德高尚,被时人称为鲁君子。

左丘明与孔子是同时代的鲁国人,彼此有相同的好恶,他非常支持孔子的政见,赞赏夫子周游列国,称孔子为"圣人"。

为了著述历史,二人一同前往周室,查阅资料。回来以后,孔子写了内容简洁、微言大义的《春秋》;左丘明则写了内容浩繁、规模宏大的《左传》。这是我国第一部编年体史书,史料翔实,文字生动,在史学、文学和军事学上都有极高的价值,我们所熟知的《曹刿论战》《郑伯克段于鄢》都出自《左传》。

左丘明到了晚年,在双目几乎失明的情况下,他又写了我国第一部国别体史书《国语》,与《左传》成为史书双璧。这些成就奠定了他在史学上不可撼动的地位,被誉为"百家文字之宗、万世古文之祖"。

左丘明知识渊博,诚实耿直,秉笔直书,孔子对他敬重有加。今天这一章就是夫子以左丘明为楷模,谈论自己的做人原则。

公冶长篇26

子曰:"巧言令色足恭,左丘明耻之,丘亦耻之。匿怨而友其人,左丘明耻之,丘亦耻之。"

孔子说:"花言巧语,装出好看的脸色,摆出逢迎的姿势,低三下四地过分恭敬,左丘明认为这种人可耻,我也认为可耻。把怨恨装在心里,表面上却装出友好的样子,左丘明认为这种人可耻,我也认为可耻。"

2020.3.30
《论语》夜读115

这一天,夫子和他的学生畅谈理想,共述蓝图。

子路和颜渊,夫子最喜欢的两个弟子。子路尚武,胸襟开阔,侠肝义胆,"安得广厦千万间,大庇天下寒士俱欢颜"就是子路的志向,纵横天下,建功立业,他想做的是惩凶除恶的英雄;颜渊崇文,他的志向注重内求,专注于内在修养的修炼。一武一文,一外一内,反映了人们志向的两个方面。

公冶长篇26

颜渊、季路侍。子曰:"盍各言尔志。"子路曰:"愿车马,衣轻裘,与朋友共,敝之而无憾。"

颜渊曰:"愿无伐善,无施劳。"子路曰:"愿闻子之志。"

子曰:"老者安之,朋友信之,少者怀之。"

颜渊、子路两人侍立在孔子身边。孔子说:"你们何不各自说说自己的志向?"子路说:"愿意拿出自己的车马、衣服、皮袍,和我的朋友共同使用,用坏了也不抱怨。"

颜渊说:"我愿意不夸耀自己的长处,不表白自己的功劳。"子路向孔子说:"愿意听听您的志向。"

孔子说:"我的志向是让年老的人安心,让朋友们信任我,让年轻的子弟们得到关怀。"

2020.4.1
《论语》夜读117

孔夫子是一个坦诚而直率的人,他坦言自己并不是"生而知之",他的品德和才能是靠勤奋好学习得的。民众对自身的要求,不能仅仅停留在忠信上,还要好学,才不致成为愚民,这与苏格拉底的"美德即智慧"不谋而合。

　　这是公冶长篇的最后一章,仍然是夫子谈论对仁德的见解。全篇共28章,从孔子嫁女到对众弟子和先贤的评价,故事生动有趣、对话个性鲜明、人物栩栩如生,一个多角度的圣人形象伫立在我们面前,真实而美好,温暖而高大。

公冶长篇28

　　子曰:十室之邑,必有忠信如丘者焉,不如丘之好学也。

　　孔子说:"十户人家的小地方,一定也有像我这样忠实、可靠的人,只是不像我这么喜欢学习罢了。"

犁牛之子

2020.4.2
《论语》夜读118

今天开始读《论语》第六篇——《雍也篇》。

如果说《公冶长篇》是从不同角度解释什么是仁德,那么《雍也篇》则是告诉我们怎样做才是行仁德。

雍也,即冉雍,姓冉,名仲弓,孔门十哲之一。以德行著称。

孔子弟子三千,七十二贤,十哲,德才兼备的弟子比比皆是。可是唯一获得夫子举荐的弟子却只有冉雍一人。事实上,冉雍也确实有这样的才能,他曾做过季氏私邑的长官,为政期间"居敬行简",主张"以德化民"。因此,在孔子心中,有这样一个理想国:冉雍为国王,宰相可由子贡担任,子路可任三军统帅,冉雍在夫子心中的地位可想而知。

孔子去世之前,把他的弟子召集起来说:"颜回死了,冉耕也死了,儒家的思想和学说,将来靠谁发扬光大呢?"

冉雍说:"曾参可以。"

孔子摇摇头:"能识人才是大智慧,我看呢只有冉雍才能办好这件事。因为冉雍是个大贤人,他远远超过了曾参。"

孔子去世后,冉雍唯恐儒家学说失传,便和同学们一起共同编纂了这部《论语》,还亲自题了"论语"二字。

雍也篇1

子曰:"雍也可使南面。"

孔子说:"冉雍这个人,可以让他去做官。"

2020.4.3
《论语》夜读119

上一章孔夫子说,仲弓可以南面为国君,他居敬行简,怀揣敬畏之心,做简政利民之事。这一章师徒二人就简政展开讨论。仲弓认为,简政与否,要从百姓的实际出发,如果一味地为了简政而马虎从事,就失去了利民的价值,与利民背道而驰。

雍也篇2

仲弓问子桑伯子。子曰:"可也,简。"仲弓曰:"居敬而行简,以临其民,不亦可乎?居简而行简,无乃大简乎?"子曰:"雍之言然。"

仲弓问孔子:"子桑伯子是不是一样?"孔子说:"他也可以,做事很简约。"仲弓说:"如果居心诚敬而行事简约,不烦扰人民,不也就可以了吗?如果存心简约而行事再简约,未免就太简略了吧?"孔子说:"冉雍说得很对。"

2020.4.5
《论语》夜读121

有一个人,待人宽,责己严,能管理好自己的情绪,遇事多从自己身上找原因,不迁怒他人;他不是从不犯错,而是不重复犯同一个错误,这不是完人吗?是的,这个完人就是孔夫子赞不绝口的弟子颜回,又名颜渊,字子渊。

儒家有为而入世,道家无为则出世,颜渊兼具儒、道之长。他的父亲颜路也是孔子的弟子,13岁时,父亲领着他当了孔子最小的弟子。颜渊智商超群,极为低调,他甘愿做孔子编著《六经》的助手,把智慧和心力倾注到那些著作之中,《六经》编就成功,光芒归于孔子,他默默退居幕后,不留声与名。因此,他是以入世的态度对待事业,以出世的心态对待功名,箪食瓢饮,甘居陋巷。可惜天妒英才,英年早逝。颜渊的德与智、才华与格局使其以最小的年纪居孔门七十二贤之首,尊为复圣。

雍也篇3

哀公问:"弟子孰为好学?"孔子对曰:"有颜回者好学,不迁怒,不贰过,不幸短命死矣。今也则亡,未闻好学者也。"

鲁哀公问孔子:"你的学生中谁是最好学的呢?"孔子回答说:"有一个叫颜回的学生好学,他从不迁怒于别人,也从不重犯同样的过错,不幸短命死了。现在没有那样的人了,没有听说谁是好学的。"

2020.4.6
《论语》夜读122

公西赤,字子华,又称公西华,孔门七十二贤之一,有杰出的外交才能,他奉孔子之命出使齐国。

冉求为子华的母亲申请补助,出于同学之情,想替子华家多争取些物质利益,但他不知子华家本已非常富足。

1968年,美国学者罗伯特·莫顿提出了"马太效应"这个术语,是指强者愈强、弱者愈弱、赢者通吃的现象,"马太效应"放在中国可以称为"冉有效应"。

《道德经》说:"天之道,损有余而补不足;人之道则不然,损不足以奉有余。"简而言之,孔子奉行的是"雪中送炭"的"天之道",冉有奉行的是"锦上添花""劫贫济富"的"人之道"。

雍也篇4

子华使于齐,冉子为其母请粟。子曰:"与之釜。"请益。曰:"与之庾。"冉子与之粟五秉。子曰:"赤之适齐也,乘肥马,衣轻裘。吾闻之也:君子周急不继富。"

公西赤出使齐国,同门冉求替公西赤的母亲向孔子请求给些小米补助。孔子说:"给他六斗四升。"冉求请求再多给些。孔子说:"再给他二斗四升。"冉求最后却给了他八十斛。孔子知道后说:"公西赤出使齐国,坐着肥马拉的车辆,穿着又轻又暖的皮袍。我听说过这样的话:君子只救济急需的人,而不接济富裕的人。"

2020.4.7
《论语》夜读123

上一章读到孔夫子不肯"劫贫济富",不愿意多给公西赤母亲小米,因为赤家很富有。原思也是孔子的学生,孔子任鲁国大司寇时,他做孔子的管家。原思家是出了名的贫困户,孔子就给他九百斗米的工资,原思觉得太多了,不肯接受。看到原思推辞不要,孔子便让他把多余的分给其他急需的人。孔子用自己的行动告诉原思对待金钱的态度:劳动所得应该坦然接受;行有余力就去周济他人。

雍也篇5

原思为之宰,与之粟九百,辞。

子曰:"毋,以与尔邻里乡党乎。"

原思当孔子的家宰,孔子给了小米九百斗。原思觉得过多,自己家里用不完,推辞不要。

夫子说:"原思不要再推辞啦!你如有多余,可以分给你家乡有急需的其他人呀!"

2020.4.8

《论语》夜读124

夫子作为至圣先师,其中之一就是体现在"有教无类"上,他不以贵贱论弟子。他视为有帝王之才的雍也,即仲弓,出身贫寒。仲弓的父亲躬耕垄亩,行为也不咋的,因此夫子称他为犁牛之子。

古代祭祀不用耕牛,也不用杂色牛,耕牛之子不配用作祭祀的牺牲。但是孔子不以为然,他认为耕牛之子如果够得上做牺牲的条件,山川之神就一定会接受这种祭品。就是说像仲弓这样哪怕他出身低贱,只要是人才,就应该得到重用。出身不妨碍夫子对仲弓的器重,可见夫子胸中浩然、目光高远。

雍也篇6

子谓仲弓,曰:"犁牛之子骍且角;虽欲勿用,山川其舍诸?"

孔子谈到仲弓,说:"好比耕牛所生的小牛犊,如果毛色赤红,犄角周正,就算人们不想用它作祭牛,难道山川之神会舍弃它吗?"

2020.4.10

《论语》夜读126

孔子善于因材施教,对不同的学生进行不同的引导,在他的调教下,众弟子都发挥了自己的潜力。"果则有断,断于义也;达则不滞,通于理也;艺则善裁,不失序也。"子路果断、子贡通达、冉求多才,他们在处理国家大事和行政事务方面,各有其特长。面对季康子的发问,孔子对这三个弟子都给予了很高的评价,认为他们都已经具备了担任国之要职的能力。

雍也篇7

季康子问:"仲由可使从政也与?"子曰:"由也果,于从政乎何有?"曰:"赐也可使从政也与?"曰:"赐也达,于从政乎何有?"曰:"求也可使从政也与?"曰:"求也艺,于从政乎何有?"

季康子问孔子:"仲由这个人,可以让他管理国家政事吗?"孔子说:"仲由做事果断,对于管理国家政事有什么困难呢?"季康子又问:"端木赐这个人,可以让他管理国家政事吗?"孔子说:"端木赐通达事理,对于管理国家政事有什么困难呢?"又问:"冉求这个人,可以让他管理国家政事吗?"孔子说:"冉求有才能,对于管理国家政事有什么困难呢?"

2020.4.12
《论语》夜读128

从前有个孩子,刚出生妈妈就去世了,爸爸为他找了个后妈,后妈给他添了两个弟弟。冬天来了,后妈给两个弟弟的棉衣续了厚厚的棉花,给他的衣服里放的是芦花,寒风吹过,他冻得瑟瑟发抖。爸爸不明真相以为他偷懒,一气之下打了他,这一打不要紧,把衣服里的芦花打出来了,父亲明白是冤枉了孩子,当下要赶走可恶的后妈。孩子跪下来苦苦哀求父亲:妈妈在,只有我一人挨冻;妈妈离开,弟兄三人都会单衣烂衫,您还是把妈妈留下来吧!后妈看到孩子以德报怨,羞愧难当,从此善待孩子,一家人和和睦睦地过日子了!这个故事就是二十四孝中著名的"单衣顺亲""鞭打芦花"。这个孩子叫闵子骞,孔子的弟子,七十二贤之一,位列十哲。

这一天,鲁国重臣派人请闵子骞出仕,闵子骞婉拒不从。

宋儒朱熹对闵子骞的做法大加赞赏。他说,处乱世,遇恶人当政,"刚则必取祸,柔则必取辱",就是说硬碰硬或者屈从都要受害,又刚又柔,刚柔相济,才能应付自如,保存实力。这种态度才能处乱世而不惊,遇恶人而不辱,是极富智慧的处世哲学。

雍也篇9

季氏使闵子骞为费宰，闵子骞曰："善为我辞焉！如有复我者，则吾必在汶上矣。"

季氏派人请闵子骞去做费邑的长官，闵子骞对来人说："请你好好替我推辞吧！如果再来召我，那我一定跑到汶水那边去了。"

2020.4.13
《论语》夜读129

这是个泪中带笑的故事。

冉伯牛，孔门十哲之一。伯牛的父亲得了麻风病，医生说必须隔离治疗，让他父亲一个人住到山上去。伯牛不肯，每天都亲自替父亲洗疮敷药，但不久他的父亲还是离开了人世，冉伯牛却不幸染上了麻风病。

从齐国出访回来的孔子不见伯牛的身影，非常纳闷。听说伯牛得了麻风病十分着急，夫子立刻决定前去探望。子路既惦挂伯牛的病躯又担心老师被传染上，就劝老师：您歇着，我代表您去就可以了。夫子连忙说，那哪行呢？我必须自己亲自去。

这边伯牛听说老师来了，非常开心，可是他想我不能害了我老师啊！他强压着对老师的思念，坚决不给老师开门。夫子说，你实在不肯开门，那我就在窗子这里讲讲此去齐国的见闻吧。于是，夫子就隔着窗户一五一十地讲他的见闻，窗里的伯牛听得津津有味。这时夫子从包里拿出一样东西递给伯牛，说：此去最大的收获是听到了韶乐，韶乐真乃天籁之音啊！瞧，我抄了一份韶乐乐谱给你。伯牛拿着老师的乐谱，久久说不出话来。知我者，孔老师也！从此以后，伯牛天天对着这份乐谱演奏，优美的旋律伴随他度过了病中一个又一个孤寂的时光。

雍也篇10

伯牛有疾，子问之，自牖执其手，曰："亡之，命矣夫？斯人也而有斯疾也！斯人也而有斯疾也！"

伯牛病了，孔子前去探望，从窗户外面握着他的手，叹息说："要死了，这是命里注定的吗？这样的人竟会得这样的病啊！这样的人竟会得这样的病啊！"

2020.4.14
《论语》夜读130

孔子三千弟子，得到表扬最多的是颜回。颜回的德行和仁厚深得夫子之心。表扬多了，就引起了同学们的羡慕嫉妒恨。有人就说了，子渊真的那么完美吗？我倒要来试试，同学们做个见证吧！

这位仁兄拿出一锭黄金放到颜回必经之地的偏僻角落，只身一人的颜回果然在无人处看到了光芒四射的金子，定睛一看，上面还有字呢，写着"天赐颜回一锭金"。他微微一笑，在边上也写了一行字"外财不发命穷人"，接着把金子放回原处，飘然离去。躲在远处的同学见此情景交相赞许，从此同学们更加敬佩颜回了。

因此，夫子就说啦：我自从有了颜回，同学们受他影响，变得更加团结啦！可惜，天不假年，颜回勤奋过度，30岁上头发全白，40岁时不幸病逝。夫子捶胸顿足，痛不欲生，令人扼腕叹息。

雍也篇11

子曰："贤哉回也，一箪食，一瓢饮，在陋巷，人不堪其忧，回也不改其乐。贤哉回也。"

孔子说："颜回的品质是多么高尚啊！一箪饭，一瓢水，住在简陋的小屋里，别人都忍受不了这种穷困、清苦，颜回却没有改变他好学的乐趣。颜回的品质是多么高尚啊！"

2020.4.15
《论语》夜读131

冉求同学多才多艺，可以治理千乘之国。和子路一样，是政坛上两颗冉冉升起的新星。子路果敢好断但有时不免冲动；冉求不同，他谦逊、低调、稳重，遇到事情常常慢一拍，表现在求道上也是如此。他对孔老师说这不能怪我啊，我是心有余而力不足。孔子说，不是这样的，你是画地为牢，自我设限，冉同学，你要大胆地往前走。

雍也篇 11

冉求曰："非不说子之道,力不足也。"子曰："力不足者中道而废,今女画。"

冉有说："我不是不喜欢先生的学说,是能力不足呀!"孔子说:"能力不足是在中途停步,如今你是画界自限。"

2020.4.16

《论语》夜读 132

儒学在春秋战国时期也并不突出,不过是争鸣的百家之一。孔夫子开创了儒家学派,在夫子去世后、孟子和荀子出现前,是需要有承上启下的人来传播的,这方面子贡和子夏做得最好。子贡主要致力于夫子思想言论的收集记载;子夏呢,文采斐然,不仅继承儒学,还进行了发扬光大。随便举几个我们耳熟能详的语录,比如,"学而优则仕,仕而优则学""博学而笃志,切问而近思"等,都是出自子夏之口。与时俱进的理念也是他提出来的。子夏还培养了大批优秀的人才,魏文侯和史上著名的改革家李悝、吴起、商鞅都是他的学生。可惜子夏晚年丧子,悲痛不已,哭瞎了眼睛,从此离群索居直到终老。

这一天,夫子就对子夏说啦,你通晓六经是极好的,但是还不够,还要精通礼仪,注重仪式感,要有诗和远方,要有情怀、有精神。

雍也篇 13

子谓子夏曰："女为君子儒,无为小人儒。"

孔子对子夏说:"你要做君子儒,不要做小人儒。"

2020.4.17

《论语》夜读 133

子游是"南方夫子"言偃的字,孔夫子最中意的学生之一,位列七十二贤。

有一天,子游陪孔老师参加年终尾祭,望着高高的祭品,孔子发出仰天长叹,子游忙问老师您这是怎么啦?孔子说我在遗憾我没有赶上英明主君的盛世啊。那时候,天下太平,民风淳朴,路无拾遗,夜不闭户,这全是行仁政的教化之功啊!子游默默记住了老师的教诲。

多年以后,子游当上了武城的县长,他以德治民,以礼乐化民,辖区内弦歌阵阵,不绝于耳。孔子见了,大加赞扬。问他发现人才了没?他说:"回禀老师,有一个叫澹台明灭的学长,从不走旁门左道,也不跟我攀叙同窗情谊,专注做事,是个人才。"夫子一听捻须微笑。

雍也篇14

子游为武城宰,子曰:"女得人焉尔乎?"曰:"有澹台灭明者,行不由径,非公事,未尝至于偃之室也。"

子游做了武城的长官。孔子说:"你在那里发现了人才没有?"子游回答说:"有一个叫澹台灭明的人,从来不走邪路,没有公事从不到我屋子里来。"

2020.4.19

《论语》夜读135

公元前484年,齐鲁交战。齐国大军压境而来,几个回合下来,鲁军无招架之功,纷纷撤回。此时,有一个人,于万军之中,反向而行,为部队殿后,直到所有人都撤离,他才最后一个回到营地。他就是孔夫子的学生孟之反。大家纷纷称赞孟之反的勇敢担当,孟之反连连摇头:不是不是,你们理解错了,我不是在殿后,是我的马跑得太慢,只能落到最后。

又过了一千多年,宋朝的刘克庄读到了这段故事,为孟之反的担当和谦逊所折服,写下了这样一首诗:

弃甲争先去,收兵殿后回。

但云马不进,应自圣门来。

雍也篇15

子曰:"孟之反不伐,奔而殿,将入门,策其马,曰:非敢后也,马不进也。"

孔子说:"孟之反不喜欢夸耀自己。败退的时候,他留在最后掩护全军。快进城门的时候,他鞭打着自己的马说,'不是我敢于殿后,是马跑得不快。'"

2020.4.20

《论语》夜读136

今天这里提到的宋朝不是朝代,而是春秋时期宋国的公子朝。这是一个超级大帅哥,可惜品行不咋的,卫国国君灵公的夫人南子非常迷恋宋朝。此时,孔子在鲁国担任大司寇,国君的所为让夫子很失望,他就带着弟子离开鲁国,开始周游列国。

他们的第一站就到了卫国。在这里,他看到巧言令色、巧舌如簧的祝鮀深得卫灵公的欢心,不由得心生疑虑。不久,灵公邀请孔子出游,孔子答应了。到了出发地点,卫灵公让孔子乘一辆车,自己却和南子合乘一辆车,说说笑笑。见此情景,孔老师明白了,卫灵公喜欢的不过是佞和美,对于施仁政、行德治,他不过就是嘴上说说而已。孔老师继续大发感慨:德治就像屋里走出屋外有门槛一样,是国家繁荣的必经之路,你们为啥就不走呢?

雍也篇16

子曰:"不有祝鮀之佞,而有宋朝之美,难乎免于今之世矣。"

孔子说:"如果没有祝鮀那样的口才,也没有宋朝的美貌,那在今天的社会上处世立足就比较艰难了。"

2020.4.21
《论语》夜读137

孔子早年在鲁国做仓库管理员时得到鲁昭公赏识,娶妻一年,喜得一子。鲁昭公派人送来一条大鲤鱼,表示祝贺。孔子感到这是莫大的荣幸,就给自己的儿子取名孔鲤。孔鲤资质平平,没有多大建树,却胸襟豁达、生性乐观。孔鲤的儿子孔伋天资聪颖,是儒家五大圣人之一,被尊为"述圣"。孔鲤对孔子说,"你的儿子不如我的儿子";又对孔伋说,"你的父亲不如我的父亲"。

孔子有个学生叫陈亢,多次看到孔子在庭院神情严肃地跟孔鲤说话。离得远,陈亢不知道他们的对话内容,还以为孔子是在给儿子开小灶,心怀疑虑,就去问孔鲤。孔鲤每次都坦诚相告:噢,父亲问我有没有读《礼记》;噢,父亲问我有没有读《诗经》。连问几次陈亢明白了:《礼记》和《诗经》很重要,得好好学;老师没有给自己的儿子开小灶。此后,人们把教育的场所叫作鲤庭,也把教室称为鲤庭。

雍也篇18

子曰:"质胜文则野,文胜质则史。文质彬彬,然后君子。"

孔子说:"质朴多于文采,就流于粗俗;文采多于质朴,就流于虚伪、浮夸。只有质朴和文采配合恰当,才是个君子。"

2020.4.22
《论语》夜读138

两千五百多年前,烈日炎炎,骄阳似火,山东泗水县圣公山下,走来一位少年。只见他头戴公鸡毛装饰的帽子,身佩公猪皮装饰的宝剑,大步流星地向前走。这时,一辆马车在他身边停了下来,车上下来一位身高一米九的长者。这位,少年并没有停下脚步,目不斜视,继续向前走。

长者问,孩子,你喜欢什么?少年说,喜欢长剑。长者说,孩子啊,以你的资质再加上后天的学习,没有人能赶上你啊!

少年说,那当然,南山有一种竹子,不用任何加工,削尖后射出去,就能穿透皮革;我就像那个南山竹,不用学习就能够很好。

长者微微一笑:这样的竹子如果磨得非常锋利,再装上羽毛和尖利的箭头,那不就可以射得更深远了吗?少年一听,双眸熠熠生辉,马上拜谢说,真是豁然开朗啊!

这就是孔子与弟子子路的初相见。从此,忠勇、正直的子路一生追随孔子,不离不弃。

雍也篇19

子曰:"人之生也直,罔之生也幸而免。"

孔子说:"一个人的生存是由于正直,而不正直的人也能生存,那只是他侥幸地避免了灾祸。"

2020.4.23
《论语》夜读139

师襄是鲁国最著名的音乐家。孔子拜师襄为师学习奏乐,一首曲子连学了10天还不想学习新曲子。师襄说:"孔丘啊,你可以学习新内容了。"孔子说:"老师,我刚刚熟悉了这首乐曲的形式,但还没有掌握方法。"过了一段时间,师襄说:"你已经掌握弹奏的技巧了,可以增加新的学习内容了。"孔子说:"老师,我还没有领会曲子的意境。"过了一段时间,师襄说:"你已经领会了曲子的意境,可以学习新曲子了。"孔子说:"我还不了解作者。"又过了一段时间,孔子神情专注,目光投向远方,仿佛进入了新境界:时而庄重,若有所思;时而怡然,双目炯炯。这时,孔子说:"老师,我知道他是谁了:那人皮肤深黑,体形颀长,眼光明亮深远,像个统治四方诸侯的王者,若不是周文王还有谁能创作这首乐曲呢?"师襄闻听此言,赶紧起身拜了两拜,回答道:"我的老师教我时就是这样说的,这支曲子叫作《文王操》!"

雍也篇20

子曰:"知之者不如好之者,好之者不如乐之者。"

孔子说:"懂得学习的人比不上喜爱学习的人;喜爱学习的人比不上以此为乐的人。"

2020.4.26

《论语》夜读142

樊迟同学位列孔门七十二贤,出身草根,家境贫寒,勤奋勇武。他拜师孔子是在孔老师从卫国回鲁国的那一年,彼时他在任职于季氏的冉求帐下听命。

适逢齐国军队打过鲁国,冉求带领军队抵御齐军。冉求认为樊迟能服从命令,便让他担任车右一职。看到气势汹汹的齐军,鲁军不敢过沟迎战。樊迟说,主公啊,如果您冲在前面,以身作则,必然会士气大振,冉求立即采纳了他的建议,鲁军果然大获全胜。

今天这一章是樊迟向夫子发出的第二问。

雍也篇22

樊迟问知,子曰:"务民之义,敬鬼神而远之,可谓知矣。"问仁,曰:"仁者先难而后获,可谓仁矣。"

樊迟问孔子怎样才算是智,孔子说:"专心致力于提倡老百姓应该遵从的道德,尊敬鬼神但要远离它,就可以说是智了。"樊迟又问怎样才是仁,孔子说:"仁人对难做的事,做在人前面;有收获的结果,他得在人后,这可以说是仁了。"

2020.4.27
《论语》夜读143

那一年,孔子从鲁国出发,长途跋涉,风尘仆仆。此行他要印证学问,问道老子。老子面带微笑,默默注视着眼前这位慷慨陈词、纵论古今的年轻人。

孔子说完,用期待的眼光注视着老子。

老子低下头,理了理自己宽大的衣袖,慢慢开口说道:天下太平,官场干净,就出来坐坐公车做做官;如果官场腐败,那就做野外的蓬草吧,安步当车,在乡下随风而行吧。

老子看了一下孔子惊愕的眼神,继续说道:富人送人钱财,贵人送人地位,当今社会,招来横祸的是聪明人而不是愚笨之人。聪明人常常喜欢讥讽别人的过失,喜欢与别人辩论、与别人一争高下。如果是别人的晚辈,就要恭顺;如果是别人的下属,就要低调,总之,不要卖弄自己的高明。

这样吧,我送你两个字:藏和愚。愚就是藏,藏起智慧,藏起才华,藏起志向,藏起理想。藏,不是没有,不是放弃,而是柔韧的坚守、是低调的保持。

雍也篇23

子曰:"知者乐水,仁者乐山;知者动,仁者静;知者乐,仁者寿。"

孔子说:"聪明的人喜爱水,仁德的人喜爱山。聪明的人爱活动,仁德的人爱安静。聪明的人快乐,仁德的人长寿。"

2020.4.28
《论语》夜读144

武王灭纣,建立西周,他把齐分封给姜太公,把鲁分封给周公。3年后,武王积劳成疾,溘然长逝。临终前他将年幼的周成王托付给了弟弟周公旦。周公唯恐失去天下贤人,洗一次头,多次握着尚未梳理的头发;吃一顿饭,多次吐出口中食物,迫不及待地去接待客人,礼贤下士,为了西周操碎了心。他分身无术,自己的封地没空治理,就把长子伯禽派到了鲁。临行前,周公叫来老管家金人,亲笔在其背上书写了铭文。他叮嘱金人要经常站在伯禽前面,背对伯禽,让伯禽随时观看,以免忘记自己的训诫,这就是史上第一部家训《诫伯禽书》。

为治理鲁国，伯禽下了很大功夫。他按照周公制定的礼法，花了3年时间对鲁国进行了一番彻底改造。

伯禽在位46年，奠定了鲁国的政治经济基础，开拓了鲁国疆域，成为西周屹立在东方的天然屏障。他父亲周公在金人背上的铭文训诫也流传深广，"礼仪之邦"的美称声名远播，孔子对此推崇备至。

横行霸道的齐国强大，存在了600年；礼仪之邦的鲁国相对弱小，存在了800年。

雍也篇24

子曰："齐一变，至于鲁；鲁一变，至于道。"

孔子说："齐国一改变，可以达到鲁国这个样子；鲁国一改变，就可以达到先王之道了。"

2020.4.29

《论语》夜读145

相对于学霸颜渊，宰我的所为仿佛是学渣的节奏。不好好去上课，大白天在寝室睡觉，还提一些让孔老师没法回答的问题。他问孔子：一个有仁德的人，如果告诉他，另一个有仁德的人掉进了井里，他会不会跳下去相救？这个悖论被孔子一眼识破，只见孔子慢慢说道：一个君子，你不喜欢他，可以远离他，但不可以陷害他；你可以用听上去很有道理的话去欺骗他，但不可以愚弄他。

宰我善思，问的方式有点不恭敬，内容却一语中的，孔老师的回答也有点语焉不详。孔子当时虽然不高兴，但是心下还是非常认可宰我的，把宰我归到孔门十哲的言语一科。至圣先师的胸襟由此可见一斑。

雍也篇26

宰我问曰："仁者虽告之曰井有仁焉，其从之也？"

子曰："何为其然也？君子可逝也，不可陷也；可欺也，不可罔也。"

宰我问道："对于有仁德的人，别人告诉他井里掉下去一位仁人啦，他会跟着下去吗？"

孔子说："为什么要这样做呢？君子可以到井边去救，却不可以陷入井中；君子可以被欺骗，但不可以被迷惑。"

2020.4.30
《论语》夜读146

这一天，孔子带着众弟子来到莒国。但见山川秀美，地势辽阔，物产丰饶。孔子捻须大笑：果然是富庶之邦啊！师生们兴致勃勃，纵声谈笑，策马东行。大路上几个戏耍的孩童进入他们的视线，孩子们见到车马四下跑散了，但还有一个孩子站在路中央一动不动。只听到有声音在喊：项橐，车子来了，你怎么还站在路上啊？

子路见此情景，停下车子也喊道：小家伙，你没见到车子吗？快让开！项橐还是不动。孔子在车上探身问道："无知小儿在路中间拦阻车子，什么意思啊？"项橐见老者出言不逊，心生不快，决计要戏弄一下这拨人，就说："城池在此，车马怎么过得去呢？"孔子说："城池何在？"项橐说："就筑在你的足下。"孔子见这孩童不亢不卑，气质非凡，便下车观看，果然看见小儿立在石子摆成的"城"中。孔子笑道："此城何用？""抵御车马军兵。""小儿戏言，车马从此过，又能怎么样？""城墙坚固，城门紧锁，你哪里过得了？"

孔子上上下下打量着孩子，心想：这地方的人果真聪慧，连小儿都如此伶俐，只不过有些恃才傲慢，待我慢慢看来。于是孔子问道："你说我们该怎么办？"项橐歪了一下头："你说是城躲车马，还是车马躲城？"孔子无言以对，随即绕"城"而过。

师生们受此戏弄，怏怏不乐。看到路边有个农夫锄地，子路便故意问道："你在干吗呢？"农夫答道："锄地。""看你忙忙碌碌，不晓得你的锄头今天举起多少次啦？"农夫瞠目结舌，不知怎么回答，师生们相视而笑，心下窃喜。正得意间，项橐从后面赶来回答道："我父亲年年锄地，当然知道锄头举起多少次啦；先生出行必乘车马，想必也晓得马蹄每天抬了多少回吧？"子路目瞪口呆。孔子见这小孩聪颖机敏，列国少见，非神童莫属，便下车仔细打量。"看你这孩子才智过人，今天你我各出一题，互为应对，胜者为师，如何？"项橐道："你可不要耍我。""童叟无欺。"孔子接着说："人生在世，皆托日月星辰之光，地生五谷，方滋养了众多生灵，我且问问你这孩子，天上有多少星辰，地上有多少五谷?"项橐答道:"天高不可丈量,地广不能尺度,一天一夜星辰,一年一茬五谷。"过了一会儿,项橐问:"人的身体比地小,眼睛上的眉毛比天低,二眉生于在眼睛上,天天可见,人人皆知,夫子可知二眉有多少根?"孔子无言以对。依约正要问如何拜师,项橐已纵身跳入旁边水塘中,孔子不知何故,正诧异间,项橐浮出水面道:"沐浴后方可行礼,夫子也来沐浴吧!"孔子说:"我不曾学过游泳,害怕沉下去浮不上来了"项橐说:"不是这样的,鸭子也不曾学过游泳,反而浮而无沉。""鸭有离水之毛故而不沉。""葫芦无离水之毛,也浮而不沉。""葫芦圆而且内空,所以浮而不沉。""钟圆且内空,为什么也沉而不浮?"几个回合下来,孔子红着脸,无言以对。

项橐沐浴结束,孔子摆案行礼,拜项橐为师,然后打道回曲阜,从此不再东游。

雍也篇27
子曰:"君子博学于文,约之以礼,亦可以弗畔矣夫。"

孔子说:"君子广泛地学习古代的文化典籍,又以礼来约束自己,也就可以不离经叛道了。"

2020.5.1
《论语》夜读147

孔子周游列国,第一站去的卫国。对于孔子的政治主张,卫灵公只是听听而已,没有付诸实施的意思。孔子颇觉惆怅。

此时适逢卫灵公的夫人南子给孔子发了请帖,说是要见孔子。孔子知道南子对卫灵公的影响力很大,想走一下夫人外交,再推推自己的政治主张。尽管孔子也知道南子的风评不咋的,但为了远大志向,也不得不去见南子了。

国色天香的南子做了精心打扮,坐在薄纱帐后接受孔子的叩拜礼。隔着纱帐,南子施礼回拜,周身的佩环泠泠作响,似有深意。孔子视而不见、听而不闻,长长一揖,转身飘然而去。

子路听说老师去见南子了,非常不爽:老师您怎么能去见那个人呢?您让吃瓜群众怎么看您?弟子替您不值啊!孔老师也有点急了:看你想到哪里去了？你把你老师想成什么人了？只见孔老师对天发誓：要是我有什么失德行为，上天不容！

雍也篇28

子见南子，子路不说。夫子矢之曰："予所否者，无厌之！天厌之！"

孔子去见南子，子路不高兴。孔子发誓说："如果我做什么不正当的事，让上天谴责我吧！让上天谴责我吧！"

2020.5.2
《论语》夜读149

孔子55岁开始周游列国，68岁时被学生冉求接回鲁国，鲁哀公对他还是敬而不用。恰好此时孔子的孙子子思出生。孔子便一边把精力用在文化事业上，他删编《诗经》《尚书》，修定《礼记》《乐》，修纂《春秋》，批注《易传》，努力搜集整理古代文献作为教授子弟的教材；一边对子思进行启蒙教育。孔老师很重视对后代的培养和教育。以前孔老师让儿子伯鱼学习诗和礼，谆谆告诫伯鱼："不学诗，无以言；不学礼，无以立。"伯鱼性情宽厚，资质平平，毫无建树，因此孔老师对孙子寄予厚望。有一天，孔子仰天长叹，子思就问啦：爷爷你是不是担心子孙不学无术，家学无以为继？孔子闻言非常惊讶：孩子，你怎么知道的？子思回答说："父亲劈了柴而儿子不背就是不孝。我要继承父业，所以从现在开始就十分努力，不敢松懈。"孔子听罢非常欣慰："我不用再担心了。"对子思教得更用心了。

孔子去世后，子思跟从曾子继续学习儒家思想。子思阐述了孔子的中庸之道，写成《中庸》一书，汇编在《礼记》里。

后来，子思做了孟子的老师，对儒家学派起了承上启下的作用。

中庸，庸同用，指待人接物保持中正平和，因时制宜、因物制宜、因事制宜、因地制宜。

雍也篇29

子曰："中庸之为德也，其至矣乎！民鲜久矣。"

孔子说："中庸作为一种道德，该是最高等的了！但人们已经长久缺乏这种道德了。"

2020.5.3

《论语》夜读150

在孔子故乡曲阜孔林,长有一种特别的树叫楷(音jiē)木,此树相传是孔子去世、子贡奔丧时,从南方带到曲阜去的,他守墓6年,在墓地周围遍植楷木。楷木有红黄两色,质地坚韧,纹理细腻,子贡就用楷木雕刻孔子像,以寄托对老师深深的怀念之情。

雍也篇30

子贡曰:"如有博施于民而能济众,何如?可谓仁乎?"

子曰:"何事于仁?必也圣乎!尧舜其犹病诸。夫仁者,己欲立而立人,己欲达而达人。能近取譬,可谓仁之方也已。"

子贡问:"假若有一个人,他能做到广施恩惠给百姓,又能周济那些急须帮助的人,怎么样呢?可以算是仁人了吧?"

孔子说:"他岂止是仁人,简直算是圣人了!尧、舜对此或许还感到为难呢。至于仁人,他想成功,也要帮助别人一同成功;他想事事顺利,也希望别人事事顺利。凡事从自身作比,而推己及人,可以说就是实行仁的方法了。"

我只是经典的搬运工

2020.5.4
《论语》夜读151

孔子68岁回到鲁国开始整理六经:《诗》《书》《礼》《易》《乐》《春秋》。这6部书古已有之,不是孔子所写,孔子所做的是回头细看,重新整理,用于当世,传之后世。

此前,这些书被历代君王高度重视,一直为王室贵族所有,贵族以外的普通人家的子弟是没有资格读到的。春秋后期,废井田,开阡陌,崛起的封建地主阶级对文化充满渴望,孔子的私学就是在这个背景下开办的;办了私学,得有教材,从30岁开始孔子就一直为学生选定古籍作教材,到了晚年,孔子则进行了系统整理。

孔子编订六经用心良苦:读《诗经》让人温柔敦厚;读《尚书》可疏通知远;学《乐》令人广博易乐;《易》令人洁净精微;《礼》节制人,一派恭俭庄敬;《春秋》则晓以大义。

述而篇1

子曰:"述而不作,信而好古,窃比于我老彭。"

孔子说:"只阐述而不创作,相信而且喜好古代的东西,我私下把自己比作老彭。"

2020.5.5

《论语》夜读152

孔子一辈子走在学习的路上,步履不停永不满足,教授弟子也是循循善诱永不疲倦。

孔子最喜欢《易经》,爱不释手,潜心揣摩。他日读夜诵,摩挲不断,编连简册的牛皮绳断了又续,续了再断,"韦编三绝"就是从这里来的。孔子解读《易》的笔记有好几本,总称为《易传》。孔子把《易》传授给商瞿,之后的师承关系都历历可数,一直传到汉武帝元朔年间的中大夫杨何。司马迁的父亲司马谈从杨何手中接过了《易》,司马迁又从父亲的手中接过了《易》,脉络传承非常清晰。孔子对六艺的编纂,保证了上古文化的源头活水。

述而篇2

子曰:"默而识之,学而不厌,诲人不倦,何有于我哉!"

孔子说:"默默地记住所学的知识,学习却不感觉满足,教导他人不知疲倦,这些对我来说,有哪一点是我所具备的呢?"

2020.5.7

《论语》夜读154

申,象形字。本义是闪电,引申为伸展、舒展。夭,象形字。本义为弯曲,夭夭,体貌安舒或容色和悦的样子。孔子在家从不端着,身体舒展,面色愉悦。

述而篇4

子之燕居,申申如也,夭夭如也。

孔子在家闲居的时候,样子安然、端庄,神色愉悦、舒展。

2020.5.8

《论语》夜读155

周公即姬旦,鲁国始祖,周文王之子、周武王之弟、周成王之叔。成王继位时年幼,周公摄政辅佐。他一年救乱,二年克殷,三年践奄,四年建侯卫行书,五年营成周,六年制礼作乐,七年致政成王。然后周公自己回到大臣位子。周公制定推行了一系列典章制度,其中最著名的就是嫡长子继承制。周公是历朝历代为政之人的榜样,孔子终生倡导周公的礼乐制度,把他作为最高典范。

述而篇5

子曰:"甚矣吾衰也!久矣吾不复梦见周公。"

孔子说:"我衰老得很厉害了,我好久没有梦见周公了。"

2020.5.9

《论语》夜读156

孔子第三次问道老子已经51岁了。

老子依旧缓缓道来:"怨恨、恩惠、获取、施与、谏诤、教化、生存、杀戮,这八种作法全是用来端正他人的工具,只有遵循自然的变化而无所阻塞滞留的人才能够运用它。所以说,所谓正,首先必须端正自己。如果内心不这样认为,那么大道之门就永远不可能打开。"志于道,就是立志。

古汉语的"德"写作"悳",上"直"下"心"是为"德"。"德"就是直立在心里的标杆、准则,能把道贯彻到自己心中而不失掉就叫德。据于德,就是心中要有道德准则。

人生四事:道、德、仁、艺。

述而篇6

子曰:"志于道,据于德,依于仁,游于艺。"

孔子说:"以道为志向,以德为根据,以仁为凭借,活动于六艺的范围之中。"

2020.5.11

《论语》夜读158

孔子兴办私学,弟子众多,这么庞大的支出怎么办?孔老师收学费吗?收多少?首先了解一个词——"束脩"。

"束脩",是肉干,是十条腊肉,是拜师的见面礼。这可不是孔子发明的,从西周开始就有了。孔子也要过日子,收点腊肉作学费,挺好理解的,不影响孔老师的光辉形象。但就算是弟子们给孔子送肉干当学费,也不能解决庞大的办学经费。孔子不仅为官,还做顾问,收入不差。对于贫苦的学生,孔子还送给助学金。

束脩还用来表示年龄。古人15岁的时候,行束带修饰之礼。这一句就又有一说啦:15岁以上的人,就可以被录取,都可以做我的学生。孔子一向主张有教无类,所以也是讲得通的。

述而篇7

子曰:"自行束脩以上,吾未尝无诲焉!"

一、孔子说:"凡是能带一束干肉来我这里的,我从没有不加以教诲的。"

二、孔子说:"15岁以上的人,就可以被录取了,都可以做我的学生。"

2020.5.13

《论语》夜读160

孔子3岁时父亲去世,17岁时母亲去世,生活甚是艰难。他先在鲁国做仓库管理员,后又做了畜牧管理员,业余还兼职主持丧礼。当时的贵族对丧礼非常看重,一个人从去世到入土为安,得50多道程序,极为烦琐。孔子是当时鲁国最精通丧礼的人,每次治丧,孔子住在丧家两个星期左右,一应细节都经过孔子之手。因为悲伤着主家的悲伤,他常常难过得吃不下饭,一米九二的大高个,平常一天得吃4碗饭,治丧期间,只吃半碗。如果这一天为吊丧哭泣,他就决不唱歌。在一旁做助手的学生看在眼里,既敬佩又不舍。

述而篇9

子食于有丧者之侧,未尝饱也。

孔子在有丧事的人旁边吃饭,不曾吃饱过。

述而篇10

子于是日哭,则不歌。

孔子在这一天为吊丧而哭泣,就不再唱歌。

2020.5.16

《论语》夜读163

齐,在这里读斋,指祭祀前的斋戒。焚香沐浴斋戒三日,以整洁的仪容迎接祭祀，看到的是形式，表达的却是对天地万物的敬畏之心；对作战慎重，关心的是国家的生死存亡、百姓的生灵涂炭；身体发肤受之父母，是我们有所作为、施展抱负的物质载体，起居饮食都要爱惜自己的身体，防止疾病对我们的伤害。这正是孔子对天地、对生死、对自己的严谨、敬畏之心。可惜的是，孔子最心爱的两个弟子，子路逝于战乱，颜渊逝于疾病，令人扼腕痛惜。

述而篇13

子之所慎：齐、战、疾。

孔子所慎重对待的事是斋戒、作战、疾病。

2020.5.18

《论语》夜读164

《韶》乐在5000多年前的舜帝时代就有啦，是当时最高级的宫廷音乐，用来歌颂示范为帝的德行，融诗、乐、舞于一体，由九个部分组成，因此，韶乐又叫舜乐、九韶。相传毛泽东主席的故乡韶山冲，就是舜帝南巡命奏韶乐而得名的。

武王建立周朝，大奖功臣，分封诸侯，把齐分给了姜太公，把鲁分给了周公，就这样《韶》乐被姜太公带到了齐国。齐国改革开放，因俗简礼，使《韶》乐更多地贴近民众，为宫廷音乐九韶注入了新鲜血液，齐国的《韶》乐雅俗共赏。

这一天，孔子应邀来到齐国，在丞相高昭子家中观赏到了《韶》乐。精通乐理、深谙音律的孔子看到宫廷雅乐与齐地俗乐结合得如此恰到好处，陶醉其中，很长时间尝不出肉的味道，不由自主击节赞叹：齐国化的《韶》乐就像天籁之音，真的是尽善尽美，已达化镜啦！

述而篇14

子在齐闻《韶》，三月不知肉味，曰："不图为乐之至于斯也。"

孔子在齐国听到《韶》的乐章，很长时间尝不出肉味，于是道："想不到欣赏音乐竟到了这种境界。"

2020.5.19

《论语》夜读165

夫子周游列国的第一站是卫国，周游的最后一站也是卫国。在卫国他遇到了卫国太子蒯聩。彼时是卫灵公执政，他很听夫人南子的话，蒯聩很是不满，积怨日久，蒯聩便偷偷策划要杀掉南子，事情失败后他便逃到了晋国。后来卫灵公去世了，临终前传令由蒯聩的儿子辄继承君位，这就是卫出公。在晋国的蒯聩听了非常生气，就要带领军队回国抢回君位。风闻此事的孔子弟子们私下揣度孔子的态度，孔子说伯夷、叔齐做得好啊，追求德行就得到了德行，以此表明自己的态度。

蒯聩还是发动了宫廷政变，赶走了儿子，自己做了国君，这就是卫庄公。他杀死了南子和当年不迎取他回来做国君的大臣，又与帮助他的晋国翻脸。3年后，这个荒唐无道的国君死于非命。

述而篇15

冉有曰："夫子为卫君乎？"子贡曰："诺，吾将问之。"入，曰："伯夷、叔齐何人也？"曰："古之贤人也。"曰："怨乎？"曰："求仁而得仁，又何怨。"出，曰："夫子不为也。"

冉有问子贡说："老师会帮助卫国的国君吗？"子贡说："嗯，我去问他。"于是就进去问孔子："伯夷、叔齐是什么样的人呢？"孔子说："古代的贤人。"子贡又问："他们有怨恨吗？"孔子说："他们求仁而得到了仁，为什么有怨恨呢？"子贡出来对冉有说："老师不会帮助卫君。"

2020.5.20

《论语》夜读166

孔子的父亲叫叔梁纥，是一个级别最低的小贵族，母亲是颜氏女子，一个农村姑娘。两人没领结婚证就生下了孔子，不是不想领，而是没法领。那个年代，不同阶层是不准通婚的。孔子3岁那年，年近70的父亲去世，孔子只能跟着母亲回到外婆家。年幼的孔丘为了帮母亲分忧，学会了好多庄稼人的活计。长大后的孔老师说自己"吾少也贱，故多能鄙事"，意思是我小时候地位很低贱，所以能干很多下层人干的活儿。

到了17岁母亲也去世了，孔子很想把父母合葬，可是孔家不让啊。于是，孔子把母亲的棺材停在路边不下葬，过往的行人很是不解，指指点点的，消息很快就传到了孔家，迫于舆论压力，加上孔家人丁单薄，就顺水推舟认下了孔子,孔子于是得偿所愿,将父母合葬一处。

述而篇16

子曰:"饭疏食饮水,曲肱而枕之,乐亦在其中矣。不义而富且贵,于我如浮云。"

孔子说:"吃粗粮,喝清水,弯起胳膊当枕头,这其中也有着乐趣。而通过干不正当的事得来的富贵,对于我来说就像浮云一般。"

2020.5.21

《论语》夜读167

《诗》《书》《礼》《乐》《易》《春秋》,儒家六经中最难懂的是《易》。它被称为百经之首。《易经》认为,世界上万事万物不管多复杂都可以用最简单的符号概括,这符号就是八个卦象,世界就是如此简易;万事万物都处在不平衡的发展变化中,这就是变易;不易就是基本平衡。简易、变易、不易构成了《易经》的核心内容。通过各种卦象,我们可以知道,这世界永远处在不平衡的发展变化中,而平衡却总是暂时的、相对的。

孔子晚年醉心于《易经》,反复揣摩,手不释卷,把捆竹简的牛皮带都磨断了好多次,最终把研究所得写成十篇文章,这就是《十翼》。人们把《十翼》与《易经》附连在一起,作为《易经》的补充部分。

述而篇17

子曰:"加我数年,五十以学《易》,可以无大过矣。"

孔子说:"让我多活几年,到五十岁得以研习《易》,就能没有大的过失了。"

2020.5.22

《论语》夜读168

雅言就是标准语、普通话,是周朝的官方语言,孔子平时讲话用鲁国的方言,但在诵读《诗》《书》和执行礼事时,都用当时的普通话;而且在诵读这些著作时,从来不避讳。

孔子认为《尚书》《诗经》都是先圣先王的遗言,每一个字都很神圣,不可改动。执行礼事也是，唱人之名、导人以事，都要准确庄重，不能用方言，不用避讳。

孔子的这条约定使经书得以完备保持，不会因为避讳，而被改得面目全非。因此，《尚书》对夏商的国君，直书其名；《诗经》也不避文王姬昌、武王姬发的名讳，我们就可以读到像"克昌厥后"及"骏发尔私"这些诗句啦。

述而篇18

子所雅言，《诗》《书》、执礼，皆雅言也。

孔子有时说标准语，读《诗》、念《书》、执行礼事时，用的都是标准语。

2020.5.23

《论语》夜读169

叶，在这里读shè去声，我们最早知道叶公，是来自成语"叶公好龙"。相传叶公是龙的崇拜者，家居装饰到处都画了龙，龙知道了很受感动，一定要见见这个超级粉丝一面。哪知道龙才出现在叶公家中，就把这个号称好龙的叶公给吓得魂飞魄散、面无人色。从此"叶公好龙"就成了"假装喜欢实则不然"的代名词。

历史上的叶公姓沈、名诸梁、字子高，是楚国的大夫，他的封地在"叶"，所以被称为"叶公"。荀子说他"个头小"，整个人穿起衣服好像撑不起来的样子，可是就是这个小个子却能够在楚国危难时，出手相救，留下仁义之名，为"人不可貌相"做了最好的注解。

这一章是孔子对子路自述其志。"忘食""忘忧""忘老"，在君子求道、悟道、行道的路上，孔子步履不停，已到了忘我的境界，并乐在其中。

述而篇19

叶公问孔子于子路，子路不对。子曰："女奚不曰，其为人也，发愤忘食，乐以忘忧，不知老之将至云尔"。

叶公向子路问孔子是个什么样的人，子路不答。孔子对子路说："你为什么不这样说，他这个人，发愤用功，连吃饭都忘了，快乐得把一切忧虑都忘了，连自己快要老了都不知道，如此而已。"

2020.5.26
《论语》夜读172

尺有所短,寸有所长。孔老师善学,首先在于其能发现他人的长处。杂取种种,合成一个,大神就这样炼成了、大师就这样产生了。圣人无常师,孔子向郯子学习古代官制、向苌弘学习音乐、向师襄学习鼓琴、向老聃问道。除了老子,其他人都不及孔老师贤达,孔子却能一一向他们虚心学习,好学和善学成就了"至圣先师"。

这一章两句话,前者讲态度,要好学;后者讲方法,要善学。每一个领域,若要有所成就,概莫能外。

述而篇22

子曰:"三人行,必有我师焉。择其善者而从之,其不善者而改之。"

孔子说:"三人同行,必定有我足以师法的东西。择取其中好的地方学习,不好的地方就改正。"

2020.5.28
《论语》夜读174

用当代人的眼光去看,孔子弟子中最成功的当属子贡了。尽管孔老师最喜欢的是颜渊和子路,不幸的是颜渊早逝、子路死于非命。当夫子辞世之后,子贡这个被夫子批评多次的学生,却是守孝时间最长的人,别人守孝3年,他守孝6年,一直不遗余力地推行孔子的思想学说。

一天,齐景公问他:"先生的老师是谁?"子贡说:"鲁国的仲尼。"齐景公不以为然:"仲尼是个贤人吗?"子贡回答:"岂止贤人?夫子根本就是圣人。"齐景公轻哼一声:"他何圣之有?"子贡回答:"具体我也说不出。"齐景公紧追不舍:"刚刚还说他是圣人,怎么又说不出了?"

子贡回答:"臣终身戴天,不知天有多高;终身践地,不知地有多厚。跟着夫子学习,就好像口渴的人带着壶和杓子,去舀取江海里的水喝,喝得肚子鼓鼓的,却不知道江海有多深。"

齐景公听了还是不服气,说:"先生对仲尼的赞誉是不是太过分了?"

子贡回答:"臣怎敢言过其实?我还担心这样说不足呢。我赞誉仲尼,不过如两手捧土而附泰山,根本无益于泰山的高大。我不赞誉仲尼,就好像用两手去扒泰山,也无损于泰山的高大,这个道理是很明白的。"

述而篇24

子曰:"二三子以我为隐乎?吾无隐乎尔。吾无行而不与二三子者,是丘也。"

孔子说:"你们认为我有隐藏吗?我对你们没有任何隐藏。我没有什么行为是不和你们一起的,这就是我啊。"

2020.5.29

《论语》夜读175

作为中国文人的精神领袖,孔子讲的是儒者之道,讲的是修身齐家治国平天下,孔子将"儒"从一种职业升华为一个思想学派,搭建了中华民族文化的主体架构。

作为职业的儒,是干什么的呢?春秋时指从巫、史、祝、卜中分化出来的、熟悉诗书礼乐而为贵族服务的人,相当于今天的主持人。据说当年周公"制礼作乐",制度和仪节很是繁复。共有五类:吉、凶、宾、军、嘉,叫作"五礼",这五礼涵盖了政治社会人生,婚丧嫁娶,迎来送往。通晓这些制度和仪节,需要专门学习,不是一般人都能做到的。

孔子自称为儒,却以教书论道为志趣,向往有道社会,提倡克己复礼,礼义治国,仁政治民,推崇忠孝,规划的理想人生是"内圣外王"。儒业成为儒学,当时并不被重视。董仲舒"罢黜百家,独尊儒术"儒学被汉武帝立为"官学",成为国家意识形态。现在我们所说的中国传统文化正是以孔儒之学的"儒家思想"为主体建构起来的,孔子因此受到历代帝王的崇敬和加封。

述而篇25

子以四教:文、行、忠、信。

孔子用四项内容教诲:典制、德行、忠诚、守信。

2020.6.1

《论语》夜读178

说到春秋,最常见的有一个词:礼崩乐坏;最常见的一句话:春秋无义战。在春秋二百四十二年间,"弑君三十六,亡国五十二"。以下犯上杀戮国君的事情有36件,国家被灭亡的事情有52次,诸侯被大夫放逐、国君不能保住江山社稷的事例举不胜举!西周时期建立起来的礼制秩序,几乎都被那些有霸权的诸侯破坏完了。

身逢乱世的孔老师,小时候与母亲相依为命,生活很是艰难。为补贴家用,他下河钓鱼,野外射猎。钓而不张,放小鱼一条生路;射鸟而不端窝,给小鸟一个住处,孔子的仁厚就在这样的细节处体现出来了。小节如此,大处可想而知。

述而篇27

子钓而不纲,弋不射宿。

孔子钓鱼,但不截流网鱼;射鸟,但不猎击鸟巢。

2020.6.2

《论语》夜读179

2019年2月,海昏侯墓出土了简牍5200余枚,考证后发现这就是儒家经典《春秋》及其训传。

孔子周游列国14年后,弟子冉求把他接回了鲁国。国君对他敬而不用。孔子开始修订经典,并着手撰写《春秋》。《春秋》即《春秋经》,又叫《麟经》《麟史》,是我国第一部编年体史书,也是周朝时期鲁国二百四十二年国家史。

《春秋》记事简练,几乎每个句子都暗含褒贬之意,后来这种写法就被称为"春秋笔法""微言大义"。有很多书对《春秋》所记载的历史进行补充、解释、阐发,其中的代表作品是"春秋三传":《左传》《公羊传》《谷梁传》。

述而篇28

子曰:"盖有不知而作之者,我无是也。多闻,择其善者而从之;多见而识之;知之次也。"

孔子说:"大概有一种自己不懂却凭空穿凿附会的人,我没有这种毛病。多多地听,选择其中好的加以接受;多多地看,全记在心里。这样的知,是仅次于'生而知之'的。"

2020.6.3

《论语》夜读180

从前,在鲁国沧浪渊,有个小朋友唱道:"沧浪的水清呀,可以洗我的帽缨;沧浪的水浊呀,可以洗我的双脚。"孔老师听到了,就说:"同学们都听好了啊!水清就用它来洗帽缨,水浊就用它来洗双脚,这都是因为水自己造成的。"孔老师扫视了众弟子接着说,"因此,一个人总是先有自取其辱的行为,别人才侮辱他;一个家庭总是先有自取毁坏的因素,别人才毁坏它;一个国家总是先有自取讨伐的原因,别人才讨伐它。"概括起来,就是"天作孽犹可违,自作孽不可活"。

孔子在沧浪渊听了"孺子之歌",那么这沧浪渊在哪里呢?就是今天这一章里的"互乡"。

述而篇29

互乡难与言,童子见,门人惑。子曰:"与其进也,不与其退也,唯何甚?人洁己以进,与其洁也,不保其往也。"

互乡这地方的人难于跟他们交谈,一个互乡的少年却得到了孔子的接见,学生们都感到疑惑。孔子说:"我只赞许他的进步,而不赞许他的退步,这样做有哪点过分呢!人家已经去掉了污点而进步,就要赞许他的洁净,对他的过去不应抓住不放。"

2020.6.4

《论语》夜读181

齐襄公在位时,国家混乱。公子纠在师傅管仲、召忽的保护下,逃到了鲁国。公子小白和师父鲍叔牙,逃到了莒国。后来公孙无知杀死了齐襄公,自立为君。第二年,公孙无知又被雍廪所杀。大夫高傒暗中通知公子小白,叫他赶紧回国继承君位。鲁国听说后,便护送公子纠回国,并让管仲带兵去莒国堵截公子小白。管仲设伏向公子小白射了一箭,只射中小白身上的带钩,小白假装中箭而死。管仲以为小白真的死了,派人回鲁国报捷。公子纠听闻之后就放慢了回国的速度。小白日夜兼程,终于赶在公子纠之前回到齐国,被高傒立为国君,这就是齐桓公。

齐桓公派人送信给鲁侯,要求鲁侯杀掉公子纠、召忽和管仲,否则就出兵攻打鲁国。鲁国害怕,只好照办,管仲被囚。桓公打算杀了管仲,鲍叔牙劝说道:"如果君主想成就霸业,那么非管仲不可。管仲到哪国,哪国就能强盛,管仲杀不得啊!"齐桓公采纳了鲍叔牙的建议,假意说要杀管仲,让鲁国把管仲送回齐国。回国后不久,齐桓公就拜管仲为相。管仲看到齐桓公不计前嫌,非常感动。在管仲的辅佐下,齐国逐渐强盛起来。齐桓公尊王攘夷,九合诸侯,北击山戎,南伐楚国,成了春秋五霸中的第一霸。

子路对管仲很有看法,他问孔子:"老师,齐桓公杀公子纠,召忽自杀殉主,管仲却没有自杀。管仲不是个有仁德的人吧?"孔子却说:"齐桓公多次与召诸侯会盟,不用武力就能做到,这都是管仲的功劳啊。这就是他的仁德所在。"在孔子看来,施仁政即是大仁,其他细节是可以忽略不计的。

述而篇30

子曰:"仁远乎哉?我欲仁,斯仁至矣。"

孔子说:"仁遥远吗?我想达到仁,仁就来到了。"

2020.6.5

《论语》夜读182

有一年,鲁昭公去晋国拜访晋平公。从郊外举行的欢迎仪式到馈赠礼物这样的外交仪式,鲁昭公都做得非常到位。晋平公不禁对鲁昭公刮目相看,他对晋国大夫女叔齐说:"鲁国国君不是很知礼吗?"可是女叔齐却不认可晋平公的说法。他说,鲁昭公擅长的只是仪式,而不是周礼。女叔齐解释说,礼是用来守卫国家、执行政令、不失去百姓的东西。鲁国国君的大权旁落到了士大夫的手中。鲁国老百姓都不怎么关注国君的处境。身为国君,祸难就快降临到自己身上了,不赶紧想办法解决,还在关注细枝末节学习礼仪。这哪里算得上是知礼呢?

述而篇31

陈司败问:"昭公知礼乎?"孔子曰:"知礼。"孔子退,揖巫马期而进之,曰:"吾闻君子不党,君子亦党乎?君取于吴,为同姓,谓之吴孟子。君而知礼,孰不知礼?"巫马期以告。子曰:"丘也幸,苟有过,人必知之。"

陈司败向孔子问道:"鲁昭公知礼吗?"孔子说:"知礼。"孔子退去,陈司败向巫马期作揖使他上前,对他说:"我听说君子不偏私,难道君子也会偏私吗?鲁君从吴国娶了一位夫人,是同姓,称她为吴孟子。鲁君如果知礼,谁还不知礼呢?"巫马期把这些话转告了孔子。孔子说:"我真幸运啊,如果有过错,别人一定会知道。"

2020.6.6
《论语》夜读183

一天,孔子和子路途中遇险,子路就想凭武力杀出重围,夫子微微一笑,说,不用!我来歌《诗》,同学们来和吧。对方被孔老师临危不惧、处变不惊的气度惊到了,不敢贸然向前,这时援者已然赶到,一切转危为安。又有一次,有个人早上才满的3年之丧,晚上就开始唱歌,子路嘲笑道,这什么人啊!就这么迫不及待吗?孔子拈须答道,子路啊!他守孝3年啦,憋得太久啦!你就由他唱唱吧。

今天这章也是弟子记载孔子唱歌的事。前面曾说过孔子当天哭过就不唱歌。这章讲的是平常状态。

述而篇32

子与人歌而善,必使反之,而后和之。

孔子和人一起唱歌,若是对方唱得好,就一定会请对方再唱一遍,然后自己在旁边和音或跟着哼唱。

2020.6.8
《论语》夜读185

周成王继位之初,年纪尚幼,由周武王的弟弟周公旦摄政。

管叔、蔡叔怀疑周公施政不利于成王,就与武庚禄父联手发兵袭击周公。周公奏报成王后亲率大军东征,历时3年平定了动乱。周公杀掉武庚禄父和管叔,放了蔡叔。成王封康叔于康,这就是卫国;封微子于宋,这就是宋国;封周公长子伯禽于鲁国。

眼见得成王长大成人了,周公返政于成王,面向北站在臣位。

周成王亲政,第一件事情就是率领文武全臣朝拜祖庙,祭告他的父王周

武王和祖父周文王。只见成王依例恭恭敬敬施礼后,缓缓说道:

"可怜我三尺童子新遭父丧,真是悲痛欲绝。孤独无援忧心忡忡,先父武王多么英明,终身能够孝敬祖宗。先祖的大业因为任贤黜佞国运昌隆。我现在年纪轻轻已经即位,日夜勤政渴求成功。先王灵前我发下誓言,继承遗志,永记心间!"

哀告声声,一唱三叹,先叹皇父,再叹皇祖,告求之苦状,不忍直视!满朝文武无不动容,默默念叨:天子啊!我等一定像效忠文王、武王一样效忠于君上的!成王苦情戏大功告成,由此,一步步赢回了人心和江山!

今天这一章,是孔子的自谦之辞,反映了他的君子胸怀和圣人境界。

述而篇33

子曰:"文,莫吾犹人也。躬行君子,则吾未之有得。"

孔子说:"就书本知识来说,大约我和别人差不多;做一个身体力行的君子,那我还没有做到。"

2020.6.9

《论语》夜读186

鲁昭公去世后,鲁定公继位。鲁国的大权继续被季孙氏、孟孙氏和叔孙氏三家控制,鲁定公成为一个傀儡。他听说孔子开坛讲学,主张"君君臣臣"以及"仁政",就召见了孔子,与孔子一起分析鲁国的内忧外患。孔子建议他外联齐国,内部重振君威,制定一系列措施。

公元前500年,鲁定公在孔子的陪同之下参加齐鲁的"夹谷之会",从齐国手中讨回了汶阳之地。鲁定公对孔子更加信任,让孔子当了大司寇,负责国内治安。孔子终于获得从政机会,开始推行他的政治主张,讲求孝道,稳定家庭,安定社会。鲁国日渐和谐,经济蒸蒸日上,呈现出国富民强的态势来。

这一章,亦是孔子的自谦之词。

述而篇34

子曰:"若圣与仁,则吾岂敢?抑为之不厌,诲人不倦,则可谓云尔已矣。"

公西华曰:"正唯弟子不能学也。"

孔子说道:"讲到圣和仁,我怎么敢当?不过是学习和工作总不厌倦,教导别人总不疲劳,就是如此如此罢了。"

公西华道:"这正是我们学不到的。"

2020.6.10
《论语》夜读187

有一次,子路担任邵的地方官,当时鲁国的政权掌握在季氏手里,季氏限定百姓在5个月内开通一条运河。那个时候,物质匮乏,效率很低,季氏的这个命令,对老百姓来说是很沉重的负担。子路的辖区内正好负责这件事,为了调动百姓的积极性,公家的经费又紧张,子路就自己掏腰包,把自己的薪水全贴上,甚至从家里背来粮食,供给施工的百姓吃。孔子听说了这个消息,立马派子贡过去,倒掉给工人做好的饭,还砸了做饭的锅。子路一看急得火冒三丈,跑到孔老师跟前一通机关枪:老师啊老师!你一直教我们施仁政,善待百姓,现在我按您的要求去做了,你不赞成也就罢了,居然还派子贡来捣乱,您说好的仁义跑到哪里去了呢?"孔子说:"子路!你糊涂啊!当了君王的人,因为天下都是自己的,便忘自己而爱天下;当了诸侯,就爱自己国家以内的人民;当了大夫就只管自己职务以内的事;普通百姓呢,就好好爱自己的家人。超过了职权范围的仁义,即使是仁义之举,但是却侵犯了别人的权威,你啊!大错特错了!"

子路,是三千弟子中侍奉孔子最久的人。这一天,眼见夫子病重,子路很是着急,除了精心照料之外还各种求神拜佛,而对于神灵,夫子一向是敬而远之的。

述而篇35

子疾病,子路请祷。子曰:"有诸?"子路对曰:"有之,诔曰:'祷尔于上下神祇。'"子曰:"丘之祷久矣。"

孔子患了重病,子路请求祈祷。孔子说:"有这样做的吗?"子路答道:"有的,诔文说:'为你向上下神灵祈祷。'"孔子说:"我祈祷很久了。"

2020.6.11
《论语》夜读188

曾参和有若都是孔子的出色弟子。曾参有一次赞美齐国晏子知礼,有若不以为然,他说:"晏子一件狐裘穿了30年,他父亲去世的时候,如果按照礼制,国君用7辆车来举行丧礼,大夫应该用5辆车来举行丧礼,而晏子却只用了1辆车来举行丧礼。他这样做,怎么能算是知礼呢?"曾参听完,对有若说:"齐景公奢侈浮华,之前齐国还发生过崔杼、庆封的作乱。晏子处在这样昏君权臣当道的国家里,却能够让国君和权臣敬畏,让老百姓对他称赞,让国家不至于太乱,政治还算平和,就是因为晏子固守了简陋,拒绝了浮华啊!"

述而篇36

子曰:"奢则不孙,俭则固。与其不孙也,宁固。"

孔子说:"奢侈就会不谦逊,节俭就会鄙陋。与其不谦逊,宁愿鄙陋。"

2020.6.12

《论语》夜读189

孔子治理鲁国3个月,鲁国面貌焕然一新,使强大的齐国很畏惧,就设计瓦解鲁国国君的斗志。鲁君中计,孔子很失望,就将很大一部分精力用在教育事业上。孔子辞官携弟子周游列国,入东周向老子请教。最终返回鲁国,专心执教。孔子打破了教育垄断,开创了私学,一时弟子多达三千人,贤者七十二。此七十二人中,很多人成为各国栋梁,身居要职,施展才华,为儒家学派延续了辉煌。

述而篇37

子曰:"君子坦荡荡,小人长戚戚。"

孔子说:"君子心地平坦宽广,小人却经常局促忧愁。"

2020.6.13

《论语》夜读189

温,最早见于甲骨文,初为会意字,后演变为形声字"温",从水,昷声。本义表示加热浴盆里的水,引申义为适中的热度,这里是性情柔和之意。

威,古字形像女子拿着象征权威的斧钺,本义是强大的力量和令人敬畏的气势,引申义为威严。

恭,形声字。从心,共声。本义是恭敬、谦逊有礼。

述而篇37

子温而厉,威而不猛,恭而安。

孔子温和而又严厉,威严而不凶猛,庄重、恭敬而又安详。

人在哪里就想哪里的事

2020.6.15
《论语》夜读191

今天开始读《论语》第八篇——《泰伯篇》。

商朝后期,周开始强大,泰伯和他的弟弟仲雍是周太王古公亶父的老大和老二,季历是他们的弟弟,排行第三。这哥儿俩为了成全父亲想传位于季历的意愿,便离开周地,跋山涉水来到当时的荆蛮之地——江南。这就是著名的泰伯奔吴。彼时的江南,放眼望去,丘陵起伏,森林茂密,河汊纵横,野兽出没,一派蛮荒景象。泰伯、仲雍与当地百姓一起,自号勾吴,不再回去,受到当地人的一致拥护。

泰伯把中原先进文化和江南水乡特点结合起来,开掘了人工运河伯渎港。这条运河东连漕湖,西接运河,保证了两岸农田灌溉,方便了南北舟楫往来,对吴国的经济发展起了巨大的促进作用。泰伯还大力发展种桑养蚕,为吴国的强大打下了雄厚的物质基础。

泰伯的弟弟季历后来被立为继承人,他的儿子昌就是大名鼎鼎的周文王。正是文王,奠定了灭商兴周的千秋大业。

泰伯篇1

子曰:"泰伯,其可谓至德也已矣。三以天下让,民无得而称焉。"

孔子说:"泰伯可以说是品德最高尚的人了。几次把王位让给季历,民众都不知如何称赞他。"

2020.6.17

《论语》夜读193

公元前482年,孔子最得意的弟子颜渊病逝,曾参就成了孔子学说的主要继承人。

公元前479年,曾参27岁,孔子去世,终年73岁。临终前,孔子念及自己的儿子孔鲤已经离世,就把自己的孙子子思托付给曾参。这位子思后来成了孟子的老师。因此,曾参便是上承孔子、下启孟学之人,对儒学的传承不可或缺。他参与编制了《论语》,撰写了《孝经》等。

泰伯篇3

曾子有疾,召门弟子曰:"启予足,启予手。《诗》云'战战兢兢,如临深渊,如履薄冰',而今而后,吾知免夫,小子!"

曾子患了重病,召唤门下的弟子说:"打开被子看看我的脚,打开被子看看我的手。《诗·小雅·小旻》说'战战兢兢,如同面临深渊,如同踩在薄冰上',从今以后,我才知道能免于祸难了,弟子们!"

2020.6.18

《论语》夜读195

曾子美名远扬,鲁国国君几次派人要送给他一块封地,曾子都坚辞不受。别人看不懂,就问曾子:"这种求之不得的好事,你为什么不要呢?"他轻轻摇摇头:"我听说,接受了别人的馈赠,就会害怕馈赠者;馈赠者就会对接受东西的人显露骄横之色。所以,就算国君赏赐我采邑而不对我显露骄色,但我能不因此而害怕得罪他吗?"孔子听说后,不住地点头赞许:"曾参的话,足可保全他的节操了。"

泰伯篇5

曾子曰:"以能问于不能,以多问于寡,有若无,实若虚,犯而不校,昔者吾友尝从事于斯矣。"

曾子说:"自己有才能却向没有才能的请教,自己知识丰富却向知识少的人请教;有学问却像没有学问,满腹经纶却好像空无所有;受到冒犯却不计较——从前我的朋友就这样做了。"

2020.6.19
《论语》夜读196

曾子居住在卫国的时候,生活非常清贫,冬天穿的袍子里没有棉花,絮的都是乱麻,日子长了,袍子破破烂烂。曾子的脸也浮肿起来,手上、脚上都磨出了厚厚的老茧。

这么贫苦的曾子,即使脚上拖着旧鞋子,口中也放声高歌《商颂》,声音回荡在天地之间,好像金石乐器奏出来的那样清脆、响亮。

曾子对德行的追求就到了这样的地步。

泰伯篇6

曾子说:"可以托六尺之孤,可以寄百里之命,临大节而不可夺也——君子人与?君子人也。"

曾子说:"可以受托年幼的君主,可以受托国家大业,面临紧要关头而坚贞不屈——这样的人是君子吗?是君子啊!"

2020.6.20
《论语》夜读197

一天,曾子在孔老师身边侍坐,孔老师慢悠悠地说:"以前的圣君用至高无上的德行和奥妙精要的理论教导民众,天下人就能和睦相处,君臣之间也没有什么不满,你知道它们是什么吗?"曾子听了,知道老师是要指点他最深刻的道理了,立刻从坐着的席子上站起来,走到席子外面,深施一礼,恭恭敬敬地说:"我不够聪明,哪里能知道,还请老师您把这些道理教给我。"

曾子的这个举动叫避席。那个时代,"避席"是一种非常恭敬的礼仪,曾子以此来表达对老师的敬重,对老师所传授的知识的尊重。

泰伯篇7

曾子曰:"士不可以不弘毅,任重而道远。仁以为己任,不亦重乎?死而后已,不亦远乎?"

曾子说:"读书人不可以不刚强而有毅力,因为他们肩负重任,路途遥远。以实现仁德于天下为己任,难道还不重大吗?奋斗终身,至死方休,难道路程还不遥远吗?"

2020.6.22
《论语》夜读199
"关关雎鸠,在河之洲。窈窕淑女,君子好逑",是追求美好的爱情;
"采采芣苢,薄言采之。采采芣苢,薄言有之",是叙写劳动场面;
"嘒彼小星,三五在东。肃肃宵征,夙夜在公。寔命不同",是言说个人命运;
……

我们日常生活的喜怒哀乐总能在《诗经》中找到最完美的表达,学习诗歌,是第一阶段。

第二阶段,学习礼制,态度恭敬,言语谦逊,拒绝文人相轻,拒绝自以为是。

第三阶段,学习音乐,更唱迭和,以音乐陶冶情操,怡养性情,提升个人修养。

泰伯篇8
子曰:"兴于《诗》,立于礼,成于乐。"
孔子说:"以《诗》来起步,以礼仪来立身,以音乐来完善。"

2020.6.23
《论语》夜读200
这是备受争议的一章,曾几何时,被当作是夫子的愚民政策。持这种看法是把"民可使由之,不可使知之"诠释成统治者与民众的关系,事实上,这是夫子在阐述民众与大道的关系。在夫子眼里,大道处处存在,民众会情不自禁地运用,却不能明白、晓畅地理解和表达。想让百姓理解大道、表达大道,怎么办?办学,施教。这正是至圣先师的"木铎之心"。

泰伯篇9
子曰:"民可使由之,不可使知之。"
孔子说:"民众能在使用中遵行,不能在使用中理解。"

2020.6.24
《论语》夜读201
春秋时期,宋国和郑国打仗,宋国主帅华元在作战之前杀羊犒赏部下,偏偏没有赏给他的车夫。这个车夫怀恨在心,等到作战的时候,他为华元驾车,就对华元说：那时赏羊是你为政，今天赶车就是我为政了。说着就把车赶进了郑国的阵地，使华元成为郑国的俘虏。这是成语"各自为政"的来历，也是得罪小人招致祸乱的极端例子。

泰伯篇10

子曰："好勇疾贫，乱也。人而不仁，疾之已甚，乱也。"

孔子说："崇尚勇猛而讨厌贫困的人，会引起不必要的麻烦和祸害；对不仁的人和行为，也不要过于地苛责，要留有余地，不然也会引起不必要的麻烦和祸害。"

2020.6.25
《论语》夜读202

鲁迅先生曾这样称赞秦国丞相李斯："秦之文章，李斯一人而已""然子文字，则有殊勋"。他的书法"小篆入神，大篆入妙"，被称为书法鼻祖。这些对李斯而言实在不算什么。他是秦朝最杰出的政治家，可以这样说，没有李斯，就没有秦始皇的一统天下。

李斯早年师从荀子，为了成就一番事业，他来到秦国，得到丞相吕不韦的器重，由此得以接近秦王。他辅助秦王完成了统一六国的大业，升任秦国丞相。

然而，这样一个有着杰出才华的人却是一个骄傲、善妒之人。

李斯害怕秦王重用同学韩非，就向秦王讲韩非的坏话，秦王轻信李斯，把韩非打入大牢。根据秦国法令的规定，狱中的囚犯无权上书申辩。最后韩非吃了李斯送来的毒药，自杀而死。

秦始皇死后，李斯勾结赵高伪造遗诏，迫令公子扶苏自杀，拥立胡亥为二世皇帝，此后与赵高产生矛盾，遭陷害被捕入狱，困于自己制定的秦律。

秦二世二年李斯父子被腰斩，被灭了三族。

这一章，孔子提醒人们，纵使有周公的才华，也不能傲慢、吝啬，否则，必然招致祸害。

泰伯篇11

子曰："如有周公之才之美，使骄且吝，其余不足观也已。"

孔子说："一个人如果有周公那样的才能与美质，假若他骄傲又吝啬，那其他方面也就不值得看了。"

2020.6.26

《论语》夜读203

颜回13岁师从孔子,最得孔学之要,是孔门第一学霸,他追随孔子周游列国回到鲁国后,依然没有出仕,甘居陋巷,过着箪食瓢饮的日子。

谷,官俸。古人常以谷物计算公务员的工资。比如"不为五斗米折腰"的陶渊明,五斗米就是其工资,这一章的内容与"学而优则仕"互补。

泰伯篇12

子曰:"三年学,不至于谷,不易得也。"

孔子说:"读书三年,并不存有做官的念头,这是难得的。"

2020.6.27

《论语》夜读204

子夏擅长文学,对《诗经》有深入的研究。他在魏国西河创办学堂,魏文侯都来向子夏请教问题。由此,子夏开创了西河学派。

除了李悝、吴起、西门豹是他的学生外,传授《公羊传》的公羊高、《谷梁传》的谷梁子,也都是他的门人。

西河学派培育出大批经国治世的良才,是前期法家成长的摇篮。子夏就成为孔子和荀子之间承上启下的桥梁。

泰伯篇13

子曰:"笃信好学,守死善道。危邦不入,乱邦不居。天下有道则见,无道则隐。邦有道,贫且贱焉,耻也;邦无道,富且贵焉,耻也。"

孔子说:"坚定地相信我们的道,努力学习它,誓死保全它。不进入危险的国家,不居住动乱的国家。天下太平,就出来工作;不太平,就隐居。政治清明,自己贫贱,是耻辱;政治黑暗,自己富贵,也是耻辱。"

2020.6.29

《论语》夜读206

如何评价自己的学生曾参,孔老师用了一个"鲁"字。"鲁"就是迟钝不怎么机巧、灵敏的意思,用智力商数来衡量的话,大概属于智商平平的那种学生。

有一次，曾参放假回家，看到父亲在锄草就跑过去帮忙，不小心锄掉一棵瓜秧，旁边的父亲一看，很生气：你是来锄草的还是来锄秧苗的？一怒之下拿了一根棍棒就朝曾参打来；曾参心想父亲出出气也就好了，于是不躲不避，结果一棒子结结实实地打在了身上，他立马晕了过去。

孔老师闻听此事就把曾参叫了过去：你当时为什么不知道跑开呢？曾参答道：父亲打不到会更生气，所以不能跑。孔子听罢，哈哈大笑，叮嘱道：今后如果再遇到父亲打你，你要观察棍子的粗细程度，棍子粗你就跑，不粗的话就照你的老办法不跑不躲。

泰伯篇14

子曰："不在其位，不谋其政。"

孔子说："不居于那个职位，便不考虑它的政务。"

2020.6.30

《论语》夜读207

这一天，孔老师上完课，没有与弟子们讨论，就悠悠离开教室了，他要去听音乐会。

从太师带领演奏升堂序曲，到结束时《关雎》合奏，都美不胜收，夫子听得如痴如醉。只见他微闭双眼，默默颔首，眼前映现的仿佛是羊群在草地上游动的美妙景象，他喃喃低语道"《关雎》《关雎》，乐而不淫，哀而不伤。"

始于升歌，终于和乐，师挚为太师，奏序曲，合乐有六首：《周南关雎》《葛覃》《卷耳》《召南鹊巢》《采蘩》《采蘋》。升歌言人，合乐言诗，相互照应。洋洋洒洒，不绝于耳，令人惊叹。

孔子之后，儒学有两个中心——鲁国和魏国。鲁国的儒学靠民间，养不起一支乐队，官方的乐队已经逃散。魏文侯请子夏设教于西河，他自己精通音乐，能从铿锵鸣奏的"金石之乐"中听出钟律不齐来。可惜他对雅乐传统却很不感兴趣。他对子夏说："吾端冕而听古乐，则唯恐卧；听郑卫之音，则不知倦。敢问古乐之如彼，何也？新乐之如此，何也？"儒门的礼乐传统在魏国也没有得到发展。

泰伯篇15

子曰："师挚之始，《关雎》之乱，洋洋乎盈耳哉！"

孔子说:"从太师挚演奏序曲开始,到最后演奏《关雎》结束,优美的音乐一直在我耳边回荡!"

2020.7.1
《论语》夜读208
一天,孔子去参观鲁桓公的庙宇。在庙中他看到一种倾斜、易倒的器具。就问看守庙宇的人:"这是什么呀?"守庙人回答说:"这个物件放在座位右边,是用来警戒人们的(也就是后来的座右铭)。"孔子说:"我听说它放在座位右边,来警戒人们,空着时就会倾斜,装一半水就会端正,装满水了就会翻倒。"孔子回头对学生说:"往里面灌水吧。"弟子们就往欹器里注水,水至欹器一半时,欹器是正的;当水注满欹器时,欹器会倾倒;而欹器在空着的时候是倾斜的。把欹器内的水全部倒出来以后,欹器又恢复空虚,再次呈现倾斜状态。孔子感慨地说:"唉,哪里会有装满了水而不倾覆的器皿呢!"

泰伯篇16
子曰:"狂而不直,侗而不愿,悾悾而不信,吾不知之矣。"

孔子说:"狂妄而不直率,幼稚而不老实,无能而不讲信用,这种人我是不知道其所以然的。"

2020.7.2
《论语》夜读209
有一回,郯子访问鲁国,饭桌上曾聊起少昊氏以鸟名官之事。孔子听说了,赶紧跑去向郯子请教少昊氏官制问题。事后他说:我听说,周天子那里已无人知晓古时官制,这类学问保存在四方蛮夷之处,看来这话没错。

春秋以前已经有了六经。六经又叫作"六艺",是周代前期数百年中贵族教育的基础。大约从公元前七世纪开始,贵族的教师们,甚至有些贵族本人,已经丧失爵位,但是熟悉典籍,典籍就流散在百姓之中。他们这时靠教授典籍为生,还靠在婚丧祭奠及其他典礼中做主持人为生。这一种人就叫作"儒"。

泰伯篇17
子曰:"学如不及,犹恐失之。"

孔子说:"学习就像追赶什么似的生怕学不到,学到了还唯恐会丢失了。"

2020.7.3
《论语》夜读210

洪水滔滔,民不聊生。禹在视察了各地的水情后,感到光用息壤来堵水,是无法解决根本问题的,最重要的是把水疏导出去。于是他大力开掘沟渠,让洪水滚滚东流,流到汪洋大海中去。禹亲力亲为,带领百姓风餐露宿,辛勤工作了13个年头,多次经过自己的家门却不进去。皇天不负苦心人,他终于战胜了洪水,江河通畅,湖泊疏浚,能蓄能灌。那些被淹没的土地,重新又变成了良田。

战国初年,水利专家白圭也非常有名。无论什么河堤有了裂缝、漏洞,他都能手到擒来地解决问题。因此,他被魏国请去当相国,魏国国君对他非常信任。一天,孟子来到魏国,白圭在会见孟子时,说自己有非凡的治水本领,甚至还自我膨胀地说:"我的治水本领已经超过大禹了!"孟子听罢,微微一笑:"大禹治水是把四海当作大水沟,顺着水性疏导,洪水都流进大海,于己有利,于人无害。如今阁下治水,只是修堤堵河,把邻国当作大水沟,结果洪水都流到别国去了,于己有利,于人却有害。这种治水方法,怎么能与大禹相提并论呢?""以邻为壑"由此而来。

泰伯篇18

子曰:"巍巍乎,舜禹之有天下也而不与焉!"

孔子说:"舜和禹真是崇高得很呀!贵为天子,富有四海,却整日为百姓操劳,一点也不为自己。"

2020.7.4
《论语》夜读211

尧最为人们称道的是他不传子而传贤。尧在位70年,早就认为自己的儿子不可用,便与四岳商议,推荐合适人选。他们推荐了舜,舜很有孝行,家庭关系处理得十分妥善。尧就把自己的两个女儿娥皇、女英嫁给舜,通过两个女儿考察他的德行,舜和娥皇、女英住在沩水河边,依礼行事。尧又派舜推行德教,舜就教导臣民"父义、母慈、兄友、弟恭、子孝"这五种美德,臣民都乐意听从他的教诲,普遍依照"五典"行事。尧又让舜总管百官,处理政务,百官都服从舜的指挥,百事振兴,无一荒废,井然有序。尧还让舜负责接待四方前来朝见的诸侯,舜和诸侯相处,和睦友好,诸侯、宾客都很敬重他。尧又让舜独自去山麓的森林中,经受大自然的考验。舜在暴风雷雨中,不迷失方向,坚持前行,显示出很强的生活能力。

经过长期考察,尧觉得舜这个人说话办事成熟、可靠,很有建树,就将帝位禅让于舜。尧于正月上日,在太庙举行禅位典礼,正式让舜接替自己,登上天子之位。尧自己退居避位,28年后去世,百姓非常悲哀,如丧父母三年,四方莫举乐,人们对他的怀念之情深挚到这种地步。

泰伯篇19

子曰:"大哉尧之为君也!巍巍乎,唯天为大,唯尧则之。荡荡乎,民无能名焉。巍巍乎其有成功也,焕乎其有文章!"

孔子说:"尧真是了不得呀!真高大得很呀!天最高、最大,只有尧能够学习天。他的恩惠真是广博呀!老百姓简直不知道怎样称赞他。他的功绩实在太崇高了,他的礼仪制度也真是太美好了!"

2020.7.6

《论语》夜读213

唐虞之际,周武王朝,人才辈出。周朝伟大,堪比尧舜。

商朝末年,天下三分,诸侯纷纷投靠周文王、响应周文王。大禹治水,天下有九州,有六个州都掌握在周文王手里边,只有三个州——青州、兖州和冀州还在商纣王手里边,青州、兖州地属山东,冀州是河南,其他都在周文王手里边。周文王还是按照礼数侍奉天子,并未起谋逆之心。他没有攻打商朝,想感动商朝王者,劝谏纣王。已经掌握了大半个天下了,还不去攻打商朝,周文王的德行可谓是道德的极点。到了周文王末年,他发现纣王实在不可救药,实在不可劝谏了,最后才和武王一起讨伐商朝。周朝的德行太了不起了,至德,最高的道德,孔子认为应该恢复周礼,效法周朝。

泰伯篇20

舜有臣五人而天下治。武王曰:"予有乱臣十人。"孔子曰:"才难,不其然乎？唐虞之际，于斯为盛。有妇人焉，九人而已。三分天下有其二，以服侍殷。周之德，其可谓至德也已矣。"

舜有5个贤臣而使天下大治。武王说："我有10个治理国家的大臣。"孔子说："人才难得，难道不是这样吗？唐尧和虞舜以后，就数周武王那个时期人才最多。可是，周武王的10个治国大臣中还有一位妇女，实际上只有9人罢了。周文王得了三分之二的天下，仍然恪守臣节，服侍殷朝，周朝的德，可以说是至高无上的了。"

2020.7.7
《论语》夜读214

大禹在涂山召开诸侯大会，他穿了法服，手执玄圭，站在台上，四方诸侯按着各自国土的方向分列两面，他们一起向大禹稽首为礼，大禹也在台上稽首答礼。

礼毕，夏禹目光扫视了诸侯，说："我德薄少能，不足以服众，召集大家开会是希望大家给我提提意见，让我知过、改过。我奔波劳碌，潜心治水，略有微劳，我生平一直警醒自己的就是一个骄字。先帝也常常这样告诫我。现在请大家当面告知，否则就是教我不仁啊！对大家的教诲，我将洗耳恭听。"诸侯疑虑顿消，更加敬重、佩服大禹。

涂山大会之后，为表示敬意，各方诸侯经常来阳城献金。九州所贡之铜年年增多，大禹就效仿黄帝轩辕氏功成铸鼎，将这些献金铸造了9个大鼎来纪念涂山大会，九鼎代表着九州，成为"天命"之所在，是王权至高无上、国家统一昌盛的象征。

这几章，孔子对尧、舜、禹给予了极高的评价，借古喻今，表达了孔子对当代君主寄予的期望。

泰伯篇21

子曰："禹，吾无间然矣。菲饮食而致孝乎鬼神，恶衣服而致美乎黻冕；卑宫室而尽力乎沟洫。禹，吾无间然矣。"

孔子说："对于禹，我没有什么可以挑剔的了；他的饮食很简单而尽力去孝敬鬼神；他平时穿的衣服很简朴，而祭祀时尽量穿得华美；他自己住的宫室很低矮，而致力于修治水利事宜。对于禹，我确实没有什么挑剔的了。"

我轻轻念你的名字 你便翩然而至

2020.7.8
《论语》夜读215
今天开始读《子罕篇》。这一篇涉及了孔子的道德教育思想、孔子弟子对老师的议论以及孔子的某些活动。

殷商时,"帝"主宰人间的一切。到了周朝,"天"受到格外的重视。天命就是人生,天命的意义就是人生的意义,天人合一即天命与人生的合一,天生德贯穿于人心的就是仁。仁道就是人道,体仁就是体天命,知仁就是知天命。孔子从志于学、立于学、不惑到知天命,经历了一个由学到知的过程。

子罕篇1
子罕言利,与命与仁。
孔子很少谈到利益,却赞成天命和仁德。

2020.7.9
《论语》夜读216
作为一个驾车高手,孔子这样评价三车夫:第一位颜无父,孔子称赞道:"颜无父驾车水平超一流,车夫喜欢马,马也喜欢车夫,人马合一!假如马会说话,也许还会兴致勃勃地问:'今天高兴吗?师傅!'"第二位颜沦,孔子的评价就稍逊一些了:"颜沦驾车,马接受主人,愿意工作,如果马会说话,一定会说:'师傅来了,他光知道使唤我!'"第三位颜夷,评价最差。孔子说:"颜夷

驾车时,马害怕主人,也讨厌自己的工作。如果马能说话,一定会说:'那人来了!你如果不卖力,他就会打死你!'"孔子总结道:驾驭马匹有一定的方法,如果方法对了,马儿就会乐于奔驰,任凭驱使。

孔子对驾车三重境界的归纳,放之四海而皆准。

子罕篇2

达巷党人曰:"大哉孔子!博学而无所成名。"子闻之,谓门弟子曰:"吾何执,执御乎,执射乎?吾执御矣。"

离孔子不远的达巷那个地方有人说:"孔子那个小子的能耐真的那么大么?他博学多闻,样样都行,但就是找不出一门专长足以让他成名啊!"

孔子听到这话,便对弟子们说:"我专长什么好呢?是专门驾车好呢,还是专门射箭好呢?我看我还是专心做一个马车夫吧。"

2020.7.10

《论语》夜读217

孔子提倡的礼主要是指"周礼"。最重要的礼有五种,被称为"五礼",即:吉礼、凶礼、宾礼、军礼、嘉礼。

吉礼:吉礼是五礼之冠,主要是对天神、地祇、人鬼等的祭祀典礼。

凶礼:凶礼是哀悼吊唁忧患之礼,主要有以丧礼哀死亡、以荒礼哀凶札、以吊礼哀祸灾、以禬礼哀围败、以恤礼哀寇乱。

宾礼:宾礼是邦国间的外交往来及接待宾客的礼仪活动,如,天子受诸侯朝觐、天子受诸侯遣使来聘、天子遣使迎劳诸侯、天子受诸侯国使者表币贡物、宴诸侯或诸侯使者等。此外,王公以下直至士人相见礼仪,也属宾礼。

军礼:军礼是国家有关军事方面的礼仪活动。

嘉礼:嘉礼是和合人际关系、沟通、联络感情的礼仪。像君主登基、册皇太子、策拜王侯、节日受朝贺、天子纳后妃、太子纳妃、公侯大夫士婚礼、冠礼、宴飨、乡饮酒等都是嘉礼。

今天的这段文字枯燥乏味得很。所以,礼常常还有另外一个说法:繁文缛节!礼,就是一种规范、一种秩序、一种仪式感。

麻冕,缁布冠,用麻做的礼帽,细密难做;纯,丝也。不如用丝绸做来得简约。

堂上拜君主不仅举止骄纵,而且对君主的安全不利,不合礼制,孔子是不赞成的。

子罕篇3

子曰:"麻冕,礼也;今也纯,俭,吾从众。拜下,礼也;今拜乎上,泰也。虽违众,吾从下。"

孔子说:"用麻布制成的礼帽,符合于礼的规定。现在大家都用黑丝绸制作,这样比过去节省了,我赞成大家的做法。臣见国君,首先要在堂下跪拜,这也是符合于礼的。现在大家都到堂上跪拜,这是骄纵的表现。虽然与大家的做法不一样,我还是主张先在堂下拜。"

2020.7.11

《论语》夜读218

孔子所拒绝的四种毛病,其实非常接近,都是自我膨胀,过分夸大自己的能量,缺乏对外在世界的尊重和敬畏。对此,钱穆先生、李泽厚先生、南怀瑾先生各有其自己的解读。对此,您怎么看?

钱穆先生:"先生平日绝无四种心,一无臆测心,二无期必心,三无固执心,四无自我心。"

李泽厚先生:"孔子断绝了四种毛病,不瞎猜,不独断,不固执,不自以为是。"

南怀瑾先生:"毋意,是说孔子为人处世,没有自己的主观意见,本来想这样做,假使旁人有更好的意见,他就接受了,并不坚持自己原来的意见。毋必,是他并不要求一件事必然要做到怎样的结果,能适应,能应变。毋固,是不固执自己的成见。毋我,是专替人着想,专为事着想。"

子罕篇4

子绝四——毋意,毋必,毋固,毋我。

孔子一点也没有四种毛病——不凭空揣测,不绝对肯定,不拘泥固执,不唯我独是。

2020.7.13

《论语》夜读220

孔子50岁后出仕，干得风生水起，政绩卓著，引起邻国齐国的恐慌，齐王派人送来80个美女给鲁君，鲁君果然中计，从此君王不早朝。失望的孔子便带领弟子周游列国。这一天，他们路过匡地时，孔子由于长得很像自己的政敌、同时也是匡地人仇敌的阳货，因此陷入险境。客馆主人一见孔子暮来投宿，大惊：这不是阳虎吗？便悄悄密报匡简子。简子连夜召集壮丁200多人，将客馆团团围住。子路见此情景，非常生气，手持长矛，想与匡人决战。孔子连忙阻止，命颜回前去询问匡人围困的原因。匡人听了颜回所言纷纷散去。孔子被闻讯而来的蘧伯玉接走，畅叙旧情。

子罕篇5

子畏于匡，曰："文王既没，文不在兹乎？天之将丧斯文也，后死者不得与于斯文也；天之未丧斯文也，匡人其如予何？"

孔子被匡地的群众所拘禁，便道："周文王死后，一切文明遗产不都在我这里吗？天如果要消灭这种文化，那我这个后死之人也就不会掌握这种文明礼乐了；上天如果不想灭除这种文化，匡地的人能把我怎么样呢？"

2020.7.14

《论语》夜读221

子贡不是孔子最得意的学生，孔子却是子贡心中最伟大的老师，他在一切场合都开展对老师的"造神"运动。这一天，太宰问他：孔子那么多才多艺是不是圣人啊？子贡立刻斩钉截铁、不容置疑地说：上天让他成为圣人，上天让他多才多艺！孔子知道了，微微一笑：子贡啊，你干吗这么捧我呢？人家太宰了解我的情况呢！我就是因为小时候贫贱才学了那么多谋生的技能，君子是不需要掌握这么多技能啊！

甲骨文中的"圣"字，像人竖起耳朵倾听的样子，旁边有口，表示说话，听觉灵敏。善于倾听是内心宁静者的超凡能力，是大智慧。

子罕篇6

宰问于子贡曰："夫子圣者与？何其多能也？"子贡曰："固天纵之将圣，又多能也。"

子闻之,曰:"太宰知我乎! 吾少也贱,固多能鄙事。君子多乎哉? 不多也。"

太宰问子贡说:"孔夫子是位圣人吧? 为什么那样多才多艺呢?"子贡说:"这本是上天让他成为大圣人,且使他多才多艺。"

孔子听到后,说:"太宰了解我啊。我少年时贫贱,学会了许多俗鄙的技能。君子需要掌握这么多技能吗? 不需要这么多啊。"

2020.7.15
《论语》夜读222

"牢"是谁? 理论上应是孔子的弟子,但《史记·仲尼弟子列传》中并无此人的记载。有一种解释说,"琴张,一名牢,字子开,亦字子张,卫人也",也就是说牢是琴牢,但此说并无确凿的佐证材料,姑且就把他当作孔子的弟子之一吧。

这一章是第六章内容的延伸,由言"能"转而言"艺"。

"吾不试",吾不被任用,即"吾少也贱";"故艺",所以学了很多技艺,即"故多能鄙事",这同样是夫子的自谦。说自己不是圣人,也不是生而知之,也不承认自己是天才,他说自己多才多艺是由于年轻时没有去做官、没有被任用,生活非常清贫,才掌握了这么多的谋生技能。

子罕篇7

牢曰:"子云:'吾不试,故艺。'"

牢说:"孔子说过,'我年轻时没有去做官,所以会许多技艺'。"

2020.7.17
《论语》夜读224

鲁哀公十四年,鲁君率领群臣围猎。正奔腾驱驰间,突然惊扰了一只神兽,神兽仓皇逃窜。君臣从来没见过这种神兽,感到非常好奇,于是在后面拼命追赶,甚至还有人在后面对神兽射了一箭。神兽中箭后继续向西奔跑,最终因受伤被围获。

奉命而来的大师一看神兽,大吃一惊:此乃麒麟,天下第一仁兽也。鲁哀公便令人将麒麟带回去疗伤。哪知这只麒麟受惊吓过度,不吃不喝,很快就死了。正在家中写《春秋》的孔子听说此事后,难过不已,至此辍笔。

凤凰飞来了,天下就太平了;黄河的水波出现八卦图了,圣人就现身了。可是没有、没有,还是没有。这些祥瑞之兆一个都没有,连唯一的麒麟也被吓死了。相信天人感应的孔子,已然心灰意冷,不由得发出悲声:我这一生恐怕是完了吧!

两年后,孔子溘然长逝。

子罕篇9

子曰:"凤鸟不至,河不出图,吾已矣夫!"

孔子说:"凤凰不飞来了,黄河中也没有图画出来了,我这一生恐怕是完了吧!"

2020.7.18

《论语》夜读225

孔子的丧事,是他的学生公西赤操办的。装饰灵柩采用的是周朝人的方式;设置灵旗采用的是商朝人的方式;设置魂幡采用的是夏朝人的方式。一切按照礼制操作,哀伤而庄严。

礼,源于人心之仁。在内为仁,表现出来就是礼。孔子毕生追求在于恢复周礼,渴望通过周礼建立秩序井然的社会。《论语》全篇,"礼"一共出现了75次,"礼"贯穿于孔子整个思想体系当中。

齐衰读作 zī cuī,指古代丧服,由麻布做成。

子罕篇10

见齐衰者、冕衣裳者与瞽者,见之,虽少,必作;过之,必趋。

孔子看见穿丧服的人、穿戴着礼帽礼服的人以及瞎了眼睛的人,相见的时候,即使他们年轻,孔子也一定站起来;走过的时候,一定快走几步。

2020.7.20

《论语》夜读227

在三千弟子中,对孔子最坚定不移、不改初衷的非颜渊莫属。当少正卯兴办私学，与孔子摆开擂台时，很多学生都跑到少正卯一边。颜渊坚如磐石，紧跟孔子。周游列国的师生们离开卫国，向东南行数百里到达曹国，稍作逗留后，又离开了曹国，于炎炎夏日到达宋国。孔子夫人亓官氏是宋国人，颜渊的夫人也是宋国人，而且宋国还是孔子祖籍，他们师生在感情上觉得比其他国家更亲近些。当他们到达宋国后便去求见宋君，宋君向孔子询求治国之策，孔子借此机会，向宋君宣扬自己的治国之道。宋君听后，轻轻摇头：先生的主张极有见地，可是我做不到啊！宋君的态度国令他们十分失望，就离开宋国前往郑国。

他们在郑国考察了大夫子产的政绩，考察了乡校，拜祭了子产。可是郑国君主也无意留用孔子，他们只好离开郑国赴陈国，之后又转赴晋国。晋是一个大国，若能在晋国推行孔子的治国之道，影响远超他国。他们走到黄河东岸，听说赵鞅杀害了贤臣窦鸣犊和舜华，西行无望，只好又回到卫国。光阴匆匆，颜渊已到而立之年，按照周礼，他该独立讲学或从事其他社会工作，但是颜渊在孔门中处于首要地位，怎么办呢？颜渊选择了留下，放弃了出仕做官的机会，颜渊对孔子的崇拜和敬仰到了这种地步。

子罕篇11
颜渊喟然叹曰："仰之弥高，钻之弥坚。瞻之在前，忽焉在后。夫子循循然善诱人，博我以文，约我以礼，欲罢不能。既竭吾才，忽有所立卓尔。虽欲从之，末由也已。"

颜渊感叹地说："对于老师的学问与道德，我抬头仰望，越望越觉得高；我努力钻研，越钻研越觉得不可穷尽。看着它好像在前面，忽然又像在后面。老师善于一步一步地诱导我，用各种典籍来丰富我的知识，又用各种礼节来约束我的言行，使我想停止学习都不可能，直到我用尽了全力。好像有一个十分高大的东西立在我前面，虽然我想要追随上去，却没有前进的路径了。"

2020.7.21
《论语》夜读228
老挨夫子批评的子路同学，今天又被夫子批了，而且是在夫子大病稍有起色之时。

夫子生病，最着急的就是子路。先是求神拜佛，祈祷上苍，没有起效，夫子的病反而更加严重了！怎么办呢？实在没辙，只能先准备后事吧！子路把同学们召集起来，按大夫的规格进行准备，谁知这样一来，夫子的病居然就此渐渐好了。

夫子对子路的做法很不满意，很严厉地批评了子路。这是为什么呢？尽管孔子曾经做过鲁国司寇，可行大夫之礼，但此时他们师徒正在返鲁途中尚未被重新起用，只应该按照士的标准去操办。子路特别尊重老师，想到孔子曾经做过司寇，子路就让同学们扮作家臣行大夫之礼。夫子认为这样做僭越了，不合礼制，就严厉批评子路：你这是行欺骗之事——士不应该有家臣而你让同学们假扮什么家臣啊！

孔子的伟大之处就在于，他对于"礼"的提倡与维护，绝不停留在口头上，也不停留在对别人的要求和评价上，而是身体力行，从自己做起，从严要求自己，因此，"万世师表"绝非浪得虚名。

子罕篇12

子疾病，子路使门人为臣。病间，曰："久矣哉，由之行诈也！无臣而为有臣。吾谁欺？欺天乎！且予与其死于臣之手也，无宁死于二三子之手乎！且予纵不得大葬，予死于道路乎？"

孔子病得很重，子路让同学们充当夫子的家臣来预备丧事。后来孔子的病情缓和了，说："好长时间了，仲由用这种诈伪的方法啊！我没有家臣，却装作有家臣。我这是欺骗谁呢？难道要欺骗上天吗？而且我与其死在家臣的手里，不是还不如死在你们的手里吗？况且我即使不能用大夫礼葬，难道我就死在道路上没人埋葬吗？"

2020.7.22
《论语》夜读229

有一次，鲁国大夫在别人面前抬高子贡，贬低孔子。子贡听说后相当生气。他马上用房子作比，他说老师的围墙几丈高，屋内富丽堂皇，不是一般人能看得到的；而自己不过是只有肩高的围墙，一眼就能看到头。接着，他又把老师比作太阳和月亮，说老师光彩照人，不是常人所能超越的。孔子死后，子贡悲痛万分,在孔子墓旁住下,别的同学住了3年,子贡守墓6年。

子贡把有学问的人比作美玉,用收藏还是出售,来请教孔子要不要出来当官。孔子说邦有道就出仕,邦无道就归隐,就看时机是否合适。孔子以传播先王典籍文化为己任,就像美玉不应藏在柜子里,要卖给懂行的人才能发挥出应有的价值,孔子自己也是时刻准备着,期待有机会来推行治国之道。

子罕篇13

子贡曰:"有美玉于斯,韫椟而藏诸?求善贾而沽诸?"子曰:"沽之哉,沽之哉!我待贾者也。"

子贡说:"我这儿有块美玉,是该藏在柜子里好呢,还是找个懂行的商人卖给他好?"孔子说:"把它卖了,卖了吧!我也在等识货的买家呢。"

2020.7.23

《论语》夜读230

九夷是哪里呢?相传是今天的朝鲜半岛。商纣王的叔父箕子劝说纣王未果,就带着一群人来到朝鲜半岛,创立了箕氏侯国。眼见此地山明水秀,芳草连天,一派明丽景象,就将那地方叫作朝鲜。

箕子在此教人建筑房屋、开垦农田、养蚕织布、烧陶编竹,还颁布了8项简单的法律,来防止和解决人们的争执。接着他又传播了故国的文化,把围棋传向四面八方。

周武王听说后,就派人到朝鲜封箕子做朝鲜的国君,还邀请箕子回乡探望。武王封他为朝鲜侯,不把他当臣下看待。后来箕子从朝鲜回到国都前来朝见周天子姬发,途经殷商都城遗址,曾经的宫室已经残破不堪,有些地方甚至种上了庄稼。箕子非常感伤,欲哭无泪,就以诗当哭,就写下了《麦秀歌》:"麦秀渐渐兮,禾黍油油。彼狡童兮,不与我好兮!"怨恨纣王不察纳雅言,断送了商朝。那些商朝遗民听了,无不为之动容。

子罕篇14

子欲居九夷。或曰:"陋,如之何?"子曰:"君子居之,何陋之有?"

孔子想要搬到九夷地方去居住。有人说:"那里非常落后闭塞,不开化,怎么能住呢?"孔子说:"有君子去住,就不闭塞落后了。"

2020.7.24

《论语》夜读231

鲁哀公十一年,齐国军队攻打鲁国。孔子的弟子冉有率鲁国军队与齐军交战,取得了胜利。季康子问冉有指挥才能从哪里学来的?冉有回答说,向老师孔子学的。季康子就派人送了大量的礼物给卫国,将孔子从卫国接回了鲁国。从此,孔子结束了14年的列国周游,回到了鲁国。

子罕篇15

子曰:"吾自卫反鲁,然后乐正,《雅》《颂》各得其所。"

孔子说:"我从卫国回到鲁国,才把音乐进行了整理,《雅》和《颂》都有了适当的位置。"

2020.7.27

《论语》夜读234

"滚滚长江东逝水,浪花淘尽英雄"。人生数十载,时光匆匆流逝。这感叹不止我们有,自古以来一直有,伟大如孔夫子亦有。

泗水,孔子生于斯、长于斯。滔滔的泗水见证着孔子的一切:十五志于学,三十而立,四十不惑,五十知天命,六十耳顺,七十从心所欲不逾矩。

此刻,孔子凝望着泗水的浪花轻轻拍打着岸边,悠悠地说:"水奔流不息,哺育着万物,好像有德行。水没有固定的形状,川流而下,和顺温柔,有情有义;水穿岩凿壁,勇往直前,毫无惧色;万物入水,必能荡涤污垢。水,仿佛善施教化,普度众生,水,君子也!"

子罕篇17

子在川上,曰:"逝者如斯夫!不舍昼夜。"

孔子在河边,叹道:"消逝的时光像河水一样呀!日夜不停地流去。"

2020.7.28

《论语》夜读235

宋国公主南子嫁到卫国,做了卫灵公的夫人。南子很漂亮,还很有政治手腕,卫灵公非常宠溺她。

孔子周游列国，来到卫国，应约见了南子。子路听了非常生气。其实孔子本来是不想见的，因为一旦见面身陷绯闻怎么办？南子不管这些，强行要见孔子，派人对孔子说：你要和我老公卫灵公打交道，就必须先见我。而且我呢，愿意见你。

孔老师想，如果是我一个人也就罢了，得罪了南子，弟子们怎么办呢？更何况，孔老师还想在卫国推行自己的政治理想，于是迫不得已就去见了。

这一天，卫灵公又带着南子出游了，也叫上孔子一起出行。他们的车队来在了大街上。闻讯而来的吃瓜群众目光都投在了南子身上，孔子他们都成了陪衬，几乎无人关注。见此情景，孔子长叹一声："吾未见好德如好色者也！"带着对卫国的失望，孔子师徒离开了卫国。

子罕篇18

子曰："已矣乎！吾未见好德如好色者也。"

孔子说："完了！我还是没有见到像喜好女色那样喜好仁德的人。"

2020.7.29

《论语》夜读236

古曲《阳春白雪》的作者师旷是古代晋悼公、晋平公时期的宫廷乐师，是著名的音乐家。师旷虽然双目失明却聪慧博学，很得晋侯器重，悼公、平公经常向他请教晋国的内政外交。

一天，晋侯说："卫国人把他们的国君赶跑了，这太过分了吧？"

师旷答道："或者也可以说是卫君自己太过分。贤明的君主赏善罚恶，视民如子，覆之如天，容之如地。人民对待君主，爱之如父母，仰之如日月，敬之如神明，畏之如雷霆，又怎么会将赶跑君主呢？国君是祭神之主持，民众之所望。如果民生困乏，鬼神失祭，百姓绝望，社稷无主，那还要国君干什么？不赶走他又能怎样？天生万民，所以立君主来管理，让人民不失去其心性。有了君主，再配置大臣，担任君主的辅佐，使君主不至于行事过分。所以，天子有公，诸侯有卿，卿有侧室，大夫有二宗，士有朋友，庶人、工、商、皂、隶、牧、圉都有各自亲近的人，用来相互帮助。善则赏之，过则纠之，患则救之，失则革之。自天子以下，各人都有父兄子弟，从旁观察、补救为人处事的过失。史官记录,乐师作诗,乐工诵谏,大夫规诲,士子传话,庶人议论,商人游走于市,百工展示各自的技艺。因此《夏书》说:'宣令官手摇木铎巡行于路以宣政令,官师小吏加以规劝,百工各执其艺以为劝谏。'所以才有正月孟春,道人巡路宣政,士庶进言谏失的做法。上天爱民至甚,难道会放任君主一人在百姓头上任意妄为,放纵恶行,厌弃天地本性吗?一定不会如此。"

凡有所事,皆有其因;凡有所为,定求其果。

子罕篇19

子曰:"譬如为山,未成一篑,止,吾止也。譬如平地,虽覆一篑,进,吾往也。"

孔子说:"譬如堆土成山,只差最后一筐就可堆成,却停下来了,这是我自己停下来的。又譬如填平洼地,即便只倒下一筐土,如果继续干下去,也是我自己在坚持。"

2020.7.30

《论语》夜读237

一天,颜回随子路去洙水洗澡,看见五色鸟在河中嬉戏,就问:"学长,那是什么鸟?"子路回答说:"这叫荥荥鸟。"过了几天,颜回与子路又去泗水洗澡,又在河中遇到五色鸟,颜回再次问子路:"您认得这鸟吗?"子路又答道:"这是同同鸟。"颜回说:"不对啊,上次您不是这样说的啊!为什么一种鸟有两个名字呢?"子路说:"就像我们这里出产的鲁绢一样,用清水漂洗就是帛,用颜色染就是皂,一种鸟有两个名字不是很自然吗?"

子罕篇20

子曰:"语之而不惰者,其回也与!"

孔子说:"听我说话而能毫不懈怠的,只有颜回一个人吧!"

2020.8.1

《论语》夜读239

一天,农神后稷之母姜嫄到野外去参加祭天仪式。正行走间,她突然踩在了上帝的脚印上。这一踩不要紧,居然怀上了后稷。十个月后,妈妈产门不破,宝宝胞衣不裂,完全不同于普通孩子。姜嫄很害怕,就想扔了这个孩子。一开始把他丢弃在狭巷中,牛羊都来庇护他。又把他丢到树林里,伐木人又救了他。第三次他被丢到了寒冰上,这时天边飞来一只大鸟,轻轻张开羽翼,小心翼翼地温暖他。不久鸟儿飞走了,后稷放声大哭。这一回,谁也不忍心再扔他了,便留下抚养。后稷特别聪明,刚会爬行,就会自己找东西吃;稍稍长大,就会种豆、种瓜、种麦。不管种什么都特别茂盛,总是丰收。他还会除杂草、选良种。后稷就是周的始祖,被尊为农神。

子罕篇22

子曰:"苗而不秀者有矣夫!秀而不实者有矣夫!"

孔子说:"庄稼生长了,却不吐穗开花的,有过的吧!吐穗开花了,却不结果实的,有过的吧!"

2020.8.3
《论语》夜读242

18岁的闾丘邛是齐国人。一天,他看到齐宣王的车驾就走上前深施以礼:"大王,我18啦,家里不富裕,爸妈也老了,我想请求大王给我一个官做做,既为大王效力,又为父母分忧。"

宣王看了他一眼,摆摆手说:"孩子,你太小了,还不能做官。"

闾丘邛说:"大王此言差矣。古时候的颛顼,12岁就治理天下,秦国项橐7岁时,就做圣人的老师。大王你可以说我无能而不用,却不能说我年纪小而不用。"

宣王说:"我从没有看到小马驹可以负重前行,同理,人也必须成熟以后才能为国家所任用。"

闾丘邛说:"大王英明,寸有所长,尺有所短。骅骝骐骥,天下骏马,让它们与狸鼬在炉灶间比跑,骏马的速度未必能超过狸鼬;黄鹄白鹤,一飞千里,让他们与燕子、蝙蝠在堂屋间比飞,鹄鹤的灵活便未必能超过燕子、蝙蝠。由此看来,年长的人跟我有什么不同吗?"

宣王说:"言之有理,你怎么这么晚才来见我呢?"

闾丘邛回答说:"鸡猪杂嘈的声音,就掩盖了钟鼓的声音;云霞充塞,就掩盖了日月的光明;奸臣小人在你身旁,所以见您晚了。《诗经》上说'对于顺耳的话喜欢接受,对于忠直逆耳的话就厌恶。'忠臣贤士岂能近身?"齐宣王拍了一下车前横木说:"我有过失!"

齐宣王一边说着,一边就让间丘邛与自己同车回朝,委以官职。

子罕篇23

子曰:"后生可畏,焉知来者之不如今也?四十、五十而无闻焉,斯亦不足畏也已。"

孔子说:"年纪轻的人是让人敬畏的,怎么知道将来不如现在呢?不过,到了四五十岁还没有什么让人称道的成就,也就没有什么值得敬畏之处了。"

2020.8.6

《论语》夜读246

相传在桓公十年时,虞叔有块宝玉,虞公想要,虞叔没给。后来,虞叔想起一句谚语:"一个人本来没有罪,却因为拥有宝玉而获罪。"既然这样,我为什么要为了财宝这些身外之物而得罪别人,招致灾祸呢?于是,他就把宝玉给了虞公。

可是过了不久,虞公又来索要虞叔的宝剑,虞叔说:"这人实在是贪得无厌、欲壑难填,将来一定会给我带来灾祸。"为了免除祸患,他就发兵去攻打了虞公。虞公兵败逃到了共池,不敢再出来。这就是"匹夫无罪、怀璧其罪"的故事。

子罕篇25

子曰:"三军可夺帅也,匹夫不可夺志也。"

孔子说:"一国军队,可以夺去它的主帅;一个普通百姓,他的志向是不能强迫改变的。"

2020.8.7

《论语》夜读247

子路从小家境贫寒,伙食不咋的,经常吃糠咽菜。子路觉得自己吃野菜没关系,父母年纪大了,起码应该让他们吃上米饭。为此,他步行百里之外,把米背回家奉养双亲。

冬天,顶着大雪,踏着厚冰,脚冻僵了,抱着米袋的双手冻得失去知觉,他就停下来,放在嘴边呵呵气,继续赶路。

夏天,烈日炎炎,他汗流浃背,背着米袋也不歇息。遇到大雨,他就把米袋藏到自己的衣服里,宁愿淋湿自己也不让大雨淋到米袋。

多年如一日,子路就坚持这样买米直至父母双双过世。这时,子路才南下接受楚王的聘任。楚王给了子路很优厚的待遇:香车宝马,高俸厚禄,山珍海味。

面对这样的幸福,子路时常感叹:假如父母也能一起享用该多好啊!假如再让我负米百里之外奉养双亲该多好啊!可惜,这一切都永远不可能了。子欲养而亲不待啊!

今天这一章,老是挨批的子路同学终于因为坦然与勇气被夫子表扬了,子路闻赞则喜,喜形于色,天天挂在嘴边,夫子很不以为然,做到这样就叫好吗?

子罕篇26

子曰:"衣敝缊袍,与衣狐貉者立而不耻者,其由也与!'不忮不求,何用不臧?'"子路终身诵之,子曰:"是道也,何足以臧?"

孔子说:"穿着破旧的丝棉袍子,与穿着狐貉皮袍的人站在一起而不认为是可耻的,大概只有仲由吧。《诗经》上说:'不嫉妒,不贪求,为什么说不好呢?'"子路听后,反复背诵这句诗。孔子又说:"只做到这样,怎么能说够好了呢?"

2020.8.8

《论语》夜读248

"登彼西山兮,采其薇矣。以暴易暴兮,不知其非矣。神农虞夏,忽焉没兮。吾适安归矣。吁嗟徂兮,命之衰矣。"

一曲《采薇歌》,伯夷美名天下闻。古之贤者皆爱弹琴,伯夷也是。他创作的古琴曲《伯夷操》至今流传。伯夷生前常常居住在燕山,这一带历来多隐逸之士,他们多善弹古琴,伯夷遗韵也因此得以传播。岁月流转,这个地区形成了一个古琴流派,称为燕山琴派。燕山琴派世代流传,古风雅韵,绵绵不绝,伯夷精神因此更见风姿。

子罕篇27

子曰:"岁寒,然后知松柏之后凋也。"

孔子说:"到了寒冷的季节,才知道松柏是最后凋谢的。"

2020.8.10
《论语》夜读250
　　知、仁、勇是儒家倡导的三达德。知即智,不是指拥有多少知识而是对事物持有的达观、通透的态度;仁者爱人,在孔子眼中,管仲拥有仁,因为他辅佐齐桓公强大国力,富裕国民,百姓因为他过上了富足的日子;至于说到勇,人们立刻想到的便是子路。他临危不惧,杀进重重包围,营救孔悝,结缨而亡,从容赴死,所体现的就是一颗坦荡无畏、光照日月的勇者之心。

子罕篇28
　　子曰:"智者不惑,仁者不忧,勇者不惧。"
　　孔子说:"聪明的人不致疑惑,仁德的人不忧愁,勇敢的人无所畏惧。"

2020.8.12
《论语》夜读252
　　哲人说,人是一根有思想的芦苇。思,让我们思接千载,视通万里。
　　这一天,夫子读到一首古诗:"唐棣之华,偏其反而。岂不尔思?室是远尔而。"
　　意思是说,唐棣树开的花,随风翩翩地摆动。哪里是我不思念你?只是因为家离这里太遥远。夫子掩卷一笑:思念有多远,不是我与你相隔千里,而是我轻轻念着你的名字,你便宛若在我的面前。只要我想,你便永远都在那里!仁德呢,也是如此,只要想行仁德,便有仁德的事可做,如果说时机不成熟、条件不具备,其实那是你本来就不想行仁德之事。

子罕篇30
　　"唐棣之华,偏其反而。岂不尔思?室是远尔而。"子曰:"未之思也,夫何远之有?"
　　"唐棣树开的花,随风翩翩地摆动。哪里是我不思念你?只是因为家离这里太遥远。"孔子说,"其实还是没有去思念,这与离家遥远不遥远有什么关系呢?"

烟火孔子

2020.8.13
《论语》夜读253

今天开始读《乡党篇》。

早在周朝,五家为比,五比为闾,四闾为族,五族为党,党有五百户,五党为州,五州为乡,也就是说一个乡有1.25万户。

孔子生于陬邑,后来搬迁到阙党居住,所以陬邑、阙党二地,都可以算作孔子的家乡。

乡党篇1

孔子于乡党,恂恂如也,似不能言者。其在宗庙朝廷,便便言,唯谨尔。

孔子在本乡的地方上显得很温和、恭敬,像是不会说话的样子。但他在宗庙里、朝廷上,却很善于言辞,只是说得比较谨慎而已。

孔子在上朝的时候,国君还没有到来,同下大夫说话,温和而快乐的样子;同上大夫说话,正直而公正的样子;国君已经来了,恭敬而心中不安的样子,但又仪态适中。

2020.8.14
《论语》夜读254

这一章叠词比较多,从不同侧面展示了孔子在朝堂之上的样子。

乡党篇2

朝，与下大夫言，侃侃如也；与上大夫言，訚訚如也。君在，踧踖如也，与与如也。

孔子在朝堂上，同下大夫说话是滔滔不绝、轻松自在的样子；同上大夫说话和悦而诚恳的样子；国君来了，就显出恭敬而不安的样子，又显得仪态适中。

2020.8.17

《论语》夜读257

公元前五世纪，正是东西方文明滥觞之时，西方有苏格拉底、柏拉图师生，东方有百家争鸣，有孔孟之道，这个时期是人类文明璀璨之时，是东西方文明的源头活水。

孔子提倡礼，自己就是礼的践行者。每次上朝，他不走门的正中，也不踩门槛，神色庄重地经过国君座位，声音低沉、缓慢，提着下摆走路，屏声静气，极其恭敬、谨慎，直到朝事结束，下得堂来，才恢复常态，敬畏之心，一目了然。

乡党篇4

入公门，鞠躬如也，如不容。立不中门，行不履阈。过位，色勃如也，足躩如也，其言似不足者。摄齐升堂，鞠躬如也，屏气似不息者。出，降一等，逞颜色，怡怡如也。没阶，趋进，翼如也。复其位，踧踖如也。

孔子走进朝廷的大门，谨慎而恭敬的样子，好像没有他的容身之地。站，他不站在门的中间；走，也不踩门槛。经过国君的座位时，他脸色立刻庄重起来，脚步也加快起来，说话也好像中气不足一样。提起衣服下摆向堂上走的时候，恭敬、谨慎的样子，憋住气好像不呼吸一样。退出来，走下台阶，脸色便舒展开了，怡然自得的样子。走完了台阶，快快地向前走几步，姿态像鸟儿展翅一样。回到自己的位置，是恭敬而不安的样子。

2020.8.18

《论语》夜读258

圭，一种玉器，上圆下方，举行典礼时，不同身份的人拿着不同的圭。出使邻国，大夫拿着圭，代表的是一国之君。孔子出国，严守周礼，充满了庄重和敬畏。

乡党篇5

执圭,鞠躬如也,如不胜。上如揖,下如授。勃如战色,足蹜蹜如有循。享礼,有容色。私觌,愉愉如也。

孔子出使他国,手执国君之圭,弯身肃然而敬的样子,好像不胜其重。圭执于上,不超过与人作揖的高度;圭执于下,不低于授物与人的高度。面色战战兢兢,两足接踵前行,不离地面好像沿物而走。举行享礼,脸上有和悦的容色。私下会见,高兴自在的样子。

2020.8.19

《论语》夜读259

一天,鲁哀公问孔子:"先生的衣服,是儒者特有的衣服吗?"孔子说:"小时候我住在鲁国,我就穿鲁国的逢掖之衣;长大后住在宋国,就戴殷代的章甫之冠。我听人们说:君子对自己的要求是,学问要广博,衣服则入乡随俗,不求与众不同。我不知道天底下还有什么儒服。"

话是这么说,孔子对衣服自有其要求。象征尊贵的大红大紫,他从不用在家居服上。夏天再热,葛布衣服里必然着内衣;冬天再冷,裘皮上一定罩上同色系的罩衣,庄重、悦目;家居的皮装强调实用、方便,长一些暖和,右袖短一些,活动自如。睡觉必然换上睡衣;服丧时不戴配饰,也不穿黑色的羊羔皮袍。到了每月初一必然穿戴礼服朝拜国君。

孔子就是这样通过服饰搭配来践行礼的。

乡党篇6

君子不以绀緅(gàn zōu)饰,红紫不以为亵(xiè)服。当暑,袗絺绤(zhěn chī xì),必表而出之。缁衣(zī),羔裘;素衣,麑(ní)裘;黄衣,狐裘。亵裘长,短右袂(mèi)。必有寝衣,长一身有半。狐貉(háo)之厚以居。去丧,无所不佩。非帷裳,必杀之。羔裘玄冠不以吊。吉月,必朝服而朝。

君子不用深青透红或黑中透红的布镶边,不用红色或紫色的布做平常在家穿的衣服。夏天穿粗的或细的葛布单衣,但一定要套在内衣外面。黑色的羔羊皮袍,配黑色的罩衣。白色的鹿皮袍,配白色的罩衣。黄色的狐皮袍,配黄色的罩衣。平常在家穿的皮袍做得长一些,右边的袖子短一些。睡觉一定要有睡衣,要有一身半长。用狐貉的厚毛皮做坐垫。丧服期满,脱下丧服后,才佩戴上各种各样的装饰品。如果不是礼服,一定要加以剪裁。不穿着黑色的羔羊皮袍和戴着黑色的帽子去吊丧。每月初一,一定要穿着礼服去朝拜君主。

2020.8.20
《论语》夜读260

齐,通"斋",斋戒,祭祀前清洁身心,以示虔诚、庄重。这就是我们平时所说的祭祀之前,沐浴更衣,斋戒三日。

明衣是什么呢?就是专门用布做的浴衣,清洁身体后,换上浴袍,令精神澄澈。变食就是改变平时饮食习惯,不饮酒,饭菜里面不放葱、姜、蒜。怕重口味亵渎了神明。睡觉呢,也不睡在家里,睡在外面称外寝,又叫正寝,以清心凝神。凡此种种,是孔夫子在参加祭祀斋戒时必作之功课,夫子以一颗虔诚的心和一系列庄重的准备来完成祭祀大礼。

乡党篇7
齐,必有明衣,布。齐必变食,居必迁坐。

祭祀之前要斋戒,沐浴的时候一定要备有浴衣,用布制作。斋戒时一定要改变日常的食物,居住一定要改变日常的住处。

2020.8.21
《论语》夜读261

孔夫子的饮食习惯如下:食物色泽异样,不吃;食物味道不正,不吃;肉切得不顺眼,不吃;没有与肉相配的调料,不吃;即使吃了肉,分量肯定比主食吃得少;酒,可以喝点,但要适量,不能失态……

可以说孔夫子对食物的讲究到了一定境界,这里的食有日常饮食,还有祭祀的食品。"食不厌精,脍不厌细",不厌,就是不满足,不是挑剔,而是节制。"精""细"反映的正是夫子的祭礼食规:以食物的洁和美表达对祭祀的庄敬。

乡党篇8
食不厌精,脍不厌细。食饐而餲,鱼馁而肉败,不食。色恶,不食。臭恶,不食。失饪，不食。不时，不食。割不正，不食。不得其酱，不食。肉虽多，不使胜食气。唯酒无量，不及乱。沽酒市脯，不食。不撤姜食，不多食。

粮食不嫌舂得精，鱼和肉不嫌切得细。粮食霉烂发臭、鱼和肉腐烂，都不吃。食物颜色难看，不吃。气味难闻，不吃。烹调不当，不吃。不到该当吃食的时候，不吃。不是按一定方法切割的肉，不吃。没有合适调味的酱醋，不吃。席上的肉虽然多，吃它不超过主食。只有酒不限量，却不至醉。买来的酒和肉干不吃。吃完了，姜不撤除，但吃得不多。

2020.8.22
《论语》夜读262

在古代，祭祀是一件特别重要的事。祭相当于向天地向祖先汇报工作；祀呢则侧重于祈求，希望天地祖先给自己的未来以启发、指导和教诲。祭祀要有祭品。《左传》里"牺牲玉帛，弗敢加也"中的"牺牲"和"玉帛"都是指祭品。"牺牲"就是祭祀用的马、牛、羊、猪、鸡、犬等。

古代的大夫和士必须行助君祭祀之礼。天子诸侯的祭礼，当天清早宰杀好牲畜，再举行祭典。第二天又祭，叫作"绎祭"。绎祭之后才令人拿回自己带来助祭的肉，还按照等级分赐祭肉。这些肉，至少放了一夜了，不能再放一夜，所以孔夫子说，不把这些公祭的肉再存放一夜。其他形式的祭肉存放时间也不能超过3天。

乡党篇9

祭于公，不宿肉。祭肉不出三日。出三日，不食之矣。

参加国家祭祀典礼，分到的祭肉当天就食用不放过夜。一般祭肉的留存不超过3天。放超过了3天，就不吃了。

2020.8.24
《论语》夜读264

孔子不吃陈年旧粮，不吃变质鱼肉，不吃变色的食物，不吃变味的食物，不吃没有烧好的食物，不吃不合时令的食物，不吃切得不好看的肉，不吃调料不当的食物，吃肉的量一定不超过主食，哪怕酒不限量，也不喝醉，不吃集市上烧好的肉,餐餐必须要有姜,也不多吃,做到这些还不够,吃饭时不可以讲话,既影响别人进餐,也影响自己消化;睡觉也不可以讲话,自己兴奋睡不好,别人也会睡不着。

乡党篇10

食不言,寝不语。

嘴里嚼着东西的时候不要说话,到了该睡觉的时候就按时睡觉,不要发出声音吵到别人。

2020.8.25

《论语》夜读265

"一粥一饭,当思来之不易;一丝一缕,恒念物力维艰。"有人做过统计,一粒米从发芽、生长、成熟、脱粒、成米,历时四个月,需要水七斤二两,真真的粒粒皆辛苦,珍惜粮食就是珍惜自然的馈赠,珍惜日月的精华,吃饭前取出一点祭祖,是敬畏、是感恩。

礼,无处不在,更体现在餐前的细节里。

乡党篇11

虽疏食菜羹,必祭,必齐如也。

即使是粗米饭、蔬菜汤,吃饭前也要把它们取出一些来祭祖,而且表情要像斋戒时那样严肃、恭敬。

2020.8.26

《论语》夜读266

孔子被困陈、蔡,吃的野菜汤一个米粒都见不到。被困10天,子路蒸了一只小猪给孔子,孔老师端过来就吃了;子路又剥了别人的衣服,换酒给孔子,孔子同样也不问,拎起来就喝。鲁哀公把孔子迎接回国,席不正不坐,肉切得不正他不吃。子路纳闷问:"老师您的表现,怎么跟在陈、蔡时的判若两人呢?"孔子说:"来!我告诉你:当时是为了求生,现在是求义了。"诸子百家里觉得孔子虚伪,其实,不过是衣食足而知荣辱,任何时候首先必须活着,理想才能有所附依。

乡党篇12

席不正,不坐。

坐席摆的方向不合礼制,不坐。

乡党篇13

乡人饮酒,杖者出,斯出矣。

行乡饮酒礼后,要等老年人都出去了,自己这才出去。

2020.8.28
《论语》夜读268

这一天,孔老师来到门口,将书信一封和礼盒一个,亲手交给即将去往宋国的邻居手上,只见孔子面向邻居躬身施礼,深深两拜,拿着礼物的邻居赶忙让开:使不得!使不得!我只是顺路带去,您怎么这么客气啊!孔子说:必需的!必需的!感谢你的送达,感谢你捎去我的牵挂和敬意!

孔子正欲转身回家,一辆车停在了他的身边,来人给他奉上一个礼包:先生,这是季康大人送您的药。孔子恭恭敬敬地收下:感谢了!感谢了!我会好生收着。

乡党篇15

问人于他邦,再拜而送之。

托人给在外国的朋友问好送礼,便向受托者拜两次送行。

乡党篇16

康子馈药,拜而受之,曰:"丘未达,不敢尝。"

季康子派人送药给孔子,孔子拜谢后接受,告诉使者:"我不完全明白这药的用法,不敢试服。"

2020.8.29
《论语》夜读269

话说孔子下得朝来,行走在回家的路上。忽然,听到有人在嚷嚷:"着火啦!着火啦!"循声望去,正是家的方向。孔子不由得加快脚步,走近一看果然是自家的马棚烧着了,孔子连连问道:"伤着人了吗?伤着人了吗?"弟子问:"老师你就不问问马吗?这不是马呀,这是您的豪车啊!以后您出行坐啥呢?"

乡党篇17

厩焚。子退朝,曰:"伤人乎?"不问马。

马棚失火烧掉了。孔子退朝回来,说:"伤人了吗?"不问马的情况怎么样。

2020.8.31

《论语》夜读271

在那个礼崩乐坏的年代,孔子以一己之力兴办私学,迎来弟子三千,振臂一呼,应者云集,魅力何在?孔子德高为师,身正为范,不管对谁,皆依周礼相待,没有一点违背。依道而行即为德,德不孤必有邻。桃李不言,下自成蹊!即使对吃饭这样的日常小事,孔子也始终恪守礼规。

乡党篇18

君赐食,必正席先尝之。君赐腥,必熟而荐之。君赐生,必畜之。

侍食于君,君祭,先饭。

国君赐以熟食,孔子一定摆正座位先尝一尝。国君赐以生肉,一定煮熟了,先给祖宗进供。国君赐以活物,一定养着它。

同国君一道吃饭,当他举行饭前祭礼的时候,自己先吃饭,不吃菜。

2020.9.1

《论语》夜读272

绅是形声字,从糸(mì)申声。本义指士大夫束在衣外的大带。"申",指"婚配""生育"。"绅士"就是以宽大的帛带作为已婚标志的候补官员,就是预备干部。"绅"的作用等同于西方人左手无名指上戴着的婚戒。

古人非常重视从已婚人士中选拔官员,当过家的人才知道油盐柴米的珍贵。国,是千万家,家是最小国,所以才有"齐家治国平天下"之说。

这一章孔子太难了!生了病,国君前来探望,孔子不安心躺着,非要撑着按礼数来,让人不由得想起《狂人日记》里的话:这"吃人"的礼教啊!

乡党篇 19

疾,君视之,东首,加朝服,拖绅。

孔子病了,国君来探问,他便脑袋朝东,把上朝的礼服披在身上,拖着大带。

2020.9.2

《论语》夜读 273

把马鞍放在马身上叫驾,马拉车走一天叫一驾。"骐骥一跃,不能十步;驽马十驾,功在不舍",讲的是持之以恒,坚持不懈。

孔子身为鲁国大夫,国君召他,必有要事,孔老师必然高度重视,穿戴整齐以最快的速度到达国君面前。车夫忙不迭套好车赶上前去:"先生,您等等,不要再步行了,请上车吧!"

乡党篇 20

君命召,不俟驾行矣。

国君召见孔子,他不等车马驾好就先步行走去了。

2020.9.3

《论语》夜读 274

儒,在春秋时期是职业主持人,他们熟读诗书,精通礼乐,专门为贵族服务,地位跟巫医、占卜师差不多。

孔子一个朋友去世了,什么亲戚都没有,孔子站出来说,我熟悉丧礼,由我来为他操办丧事吧。

乡党篇 21

入太庙,每事问。

孔子到了太庙,每件事都要问。

乡党篇 22

朋友死,无所归,曰:"于我殡。"

孔子的朋友死了,没有亲属负责收殓埋葬,孔子说:"丧事由我来办吧。"

2020.9.4
《论语》夜读275

一个天高云淡、艳阳满天的下午,孔子正在读书。弟子来报:"老师,您的好友托人送东西来了,正在门外!"孔子放下书卷,穿过院子,来到门庭。只见来人牵着高头马车,恭敬地等着孔子。孔子抚了抚马鬃,微笑着点点头。来人捧过一个食盒,对孔子说:"先生,这里面是祭肉。"孔子连忙对着食盒深深长拜,恭恭敬敬接过食盒。进了院子后,弟子问:"豪车多贵啊,您不拜!一块祭肉,您却恭敬有加。老师,这是为什么呢?"

孔子微微一笑:"既为朋友,就有通财之义,虽车马之重,亦可不拜;祭肉却不然,朋友的先人就等同我的至亲,必须重拜!"

乡党篇23

朋友之馈,虽车马,非祭肉,不拜。

朋友的赠品,即使是车马,只要不是祭肉,孔子在接受的时候,也不行礼。

2020.9.5
《论语》夜读276

古人坐姿大致有这样三种:弯曲两膝,膝盖着地,两个脚后跟托着臀部,这是最恭敬的坐法,做客和见客时使用;第二种就是蹲,脚板着地,两个膝盖耸起,臀部向下但不贴地,比较省力,平常在家都是这样;第三种,臀部贴地,平放直伸开两腿,像簸箕一样,叫作"箕踞",既不文雅也不恭敬。孔子平时的坐姿是第二种,大致像蹲。

乡党篇24

寝不尸,居不客。

孔子睡觉不像死尸一样直躺着;平日坐着,也不像接见客人或者自己做客人一样,跪着两膝在席上。

2020.9.7
《论语》夜读278

式,通假字,通"轼",我们大家所喜欢的苏轼的轼就是这个字。轼,是古代车辆前部的横木。它默默无闻，但扶危救困，不可或缺。这里是一种礼节，遇见地位高的人或其他人时，身子向前微俯，伏在横木上，以表尊敬或者同情。孔子看见背着国家图籍的人身子微倾致敬。

乡党篇25

见齐衰者，虽狎，必变。见冕者与瞽者，虽亵，必以貌。凶服者式之。式负版者。有盛馔，必变色而作。迅雷风烈必变。

孔子看见穿丧服的人，即使是关系很亲密的，也一定要把态度变得严肃起来。看见当官的和盲人，即使是常在一起的，也一定要有礼貌。在乘车时遇见穿丧服的人，便俯伏在车前横木上以表达同情。遇见背负国家图籍的人，也这样做以表达敬意。做客时，如果有丰盛的筵席，就神色一变，并站起来致谢。遇见迅雷大风，一定要改变神色以表达对上天的敬畏。

2020.9.8

《论语》夜读279

行车千万条，安全第一条。孔子乘车，第一件事就是执绥——系好安全带。孔子带着弟子周游列国时已是55岁的知天命之人。一路走来，舟车劳顿，安全显得特别重要。幸而孔子所授"礼乐射御书数"六艺，从老师到学生都是驾车高手。为此，孔子亲自制定了规则：

上车系好安全带；认真开车，全神贯注不东张西望，不随意讲话，也不指手画脚。

这既是行车手册，也是坐车手册。驾者专注、肃穆，坐者沉稳、恭敬，都传递了无所不在的君子之风。

乡党篇26

升车，必正立，执绥。

车中，不内顾，不疾言，不亲指。

2020.9.9

《论语》夜读280

那一天，周游列国的孔夫子和弟子们行走在山谷间，看见几只正在林间觅食的野鸡,这引起了师生们的兴致。他们蹑手蹑脚走上前,还没靠近,野鸡就吓得扑棱棱翅膀,齐刷刷向天空飞去。正在半空中盘旋间,它们发现这群人并无侵犯之意,就又落回到地上,继续寻找吃食。见此情景,夫子感慨万千:"这些山上的野母鸡,也知道相时而动,相时而动啊!"

身边的子路听了老师的感慨,很受启发,就对着老师深施以礼,连连作揖致敬。稍稍安静下来的野鸡又被惊到了,嘎嘎地叫了起来,叫着叫着,后来就干脆都飞走了。

乡党篇27

色斯举矣,翔而后集。曰:"山梁雌雉,时哉时哉!"子路共之,三嗅而作。

孔子在山谷中行走,看见一群野鸡在那儿飞,孔子神色动了一下,野鸡飞翔了一阵落在树上。孔子说:"这些山梁上的母野鸡,得其时呀!得其时呀!"子路向他们拱拱手,野鸡便叫了几声飞走了。

生命的自由与快乐

2020.9.10

《论语》夜读281

今天开始学习《论语》第十一篇——《先进篇》,这一篇中最为著名的是"过犹不及"的中庸思想。全篇共26章。

礼乐之邦,以仁为本,礼尚恭敬,乐尚和平。礼乐总是因时、因人而演变。先进于礼乐,在孔子以前的时代,学礼乐的人都很朴素,看起来是乡野之人;后进于礼乐,在孔子当时,学礼乐者不像乡下人那样朴素,那些人的言行注重文饰,看起来是君子。孔子什么态度呢?孔子选择先进的礼乐。因为先进犹近古风,不失仁本,使世风民俗归于淳朴。

先进篇1

子曰:"先进于礼乐,野人也;后进于礼乐,君子也。如用之,则吾从先进。"

孔子说:"先学习礼乐而后做官的是未曾有过爵禄的一般人,先有了官位而后学习礼乐的是卿大夫的子弟。如果要我选用人才,我主张选用先学习礼乐的人。"

2020.9.11

《论语》夜读282

在孔子周游列国的路上,他的得意门生颜回、子贡、子路一直追随左右,当孔子受困于陈蔡,甚至绝粮时,他们依然是不离不弃。回到鲁国后,孔子追思往昔的艰难历程,感慨万千。此时这些弟子都已不在身边,孔子不由得发出深深的叹息。师生之情令人动容。

先进篇2

子曰:"从我于陈、蔡者,皆不及门也。"

孔子说:"跟随我在陈国、蔡国之间遭受困厄的弟子们,都不在我身边了。"

2020.9.12

《论语》夜读283

孔子兴办私学,共有四个类别:德行、政事、言语和文学,相当于今天大学里的4个系科。这4科中有10个学生:子渊、子骞、伯牛、仲弓、子有、子贡、子路、子我、子游、子夏,他们是儒家学派早期最杰出的代表,被称为孔门十哲。

先进篇3

德行:颜渊、闵子骞、冉伯牛、仲弓。言语:宰我、子贡。政事:冉有、季路。文学:子游、子夏。

孔子的学生中,德行好的有:颜渊、闵子骞、冉伯牛、仲弓。善于辞令的有:宰我、子贡。擅长处理政事的有:冉有、季路。通晓文献知识的有:子游、子夏。

2020.9.14

《论语》夜读285

被孔子表扬最多的学生颜回,字子渊,也是鲁国人,生于鲁昭公二十九年(公元前521年),卒于鲁哀公十三年(公元前481年),只活了40岁。颜回14岁拜孔子为师,一生不改初心,始终追随孔子。他的好学和德行深得孔子之心,孔老师以"仁人"赞之。

先进篇4

子曰:"回也非助我者也,于吾言无所不说。"

孔子说:"颜回不是对我有所帮助的人,他对我的话没有不喜欢的。"

2020.9.16

《论语》夜读287

这一天,孔子在院中踱步,学堂上传来一声声诗句:"白圭之玷,尚可磨也,斯言之玷,不可为也……"

这不是《诗经·大雅·抑之》里的句子吗?是谁在背书呢?一遍又一遍。孔子细忖了一下诗句的意思:是白玉上的污点还可以磨掉,我们言论中有毛病,就无法挽回了。再看看背书之人,原来是南容。南容,复姓南宫,名括,字子容,鲁国人。看到这里,孔子连连颔首:诗句是告诫人们要谨慎对待自己的言语,而南容正是这样的人啊。孔子有点自责,这么一个顺应时变、富有智慧的人我怎么没有发现呢?侄女尚待字闺中,这不正是最好的人选吗?

不久,南容成了孔子的侄女婿。

先进篇6

南容三复白圭,孔子以其兄之子妻之。

南容反复诵读"白圭之玷,尚可磨也;斯言不玷,不可为也"的诗句。孔子把侄女嫁给了他。

2020.9.17

《论语》夜读288

颜回跟着孔子周游列国回到鲁国后,除讲学外,便是帮助孔子整理古代典籍。颜回的整理着重于考证和校对,他把周游列国时获得的不同古籍进行比对参证,去伪存真。颜回是《易》的主要整理人之一。在整理的过程中,颜回呕心沥血,最后劳累而死。

先进篇7

季康子问:"弟子孰为好学?"孔子对曰:"有颜回者好学,不幸短命死矣,今也则亡。"

季康子问:"你的弟子中哪个好学?"孔子回答说:"有一个叫颜回的弟子最好学,可惜短命死了,现在没有与颜渊一样好学的了。"

2020.9.19
《论语》夜读290

孔门弟子三千,贤者七十二,颜渊位列其首,他是孔子最得意的学生,是三千弟子中最亮的那颗星。儒家五圣:至圣孔子、复圣颜子、宗圣曾子、述圣子思子、亚圣孟子,颜渊位列第二,仅次于孔子。我们在今天称赞一个人安贫乐道时,常常就会用颜渊的箪食瓢饮来表达。颜渊离世,对孔子的打击不亚于孔鲤的故去。

先进篇9

颜渊死。子曰:"噫!天丧予!天丧予!"

颜渊死了,孔子说:"唉!是老天爷真要我的命呀!是老天爷真要我的命呀!"

2020.9.21
《论语》夜读292

颜渊去世,悲伤的不止孔子,还有他的同学们。孔子一门没有人不喜欢这个小学弟的待人接物,没有人不喜欢这个小学弟的道德文章。看到他的父亲颜路如此渴望厚葬自己的儿子,这些昔日的同窗便凑钱风风光光地厚葬了颜渊。对此,一旁看着的孔子颇不以为然。他仿佛看到了自己的身后事,他的这些弟子们啊,对自己的学弟都如此深情厚谊,何况是对待自己这个老师呢?可是,这些风光大葬是颜渊期望的吗?是孔子自己期望的吗?想到这里,孔子轻轻地叹息了一声:自己一生知礼守礼,只怕临了的葬礼,全然与自己内在恪守的仁和外在遵循的礼背道而驰了,可是那些身后事,自己能左右吗?

颜渊先走了,那个唯一懂孔子的颜渊先走了,身后事便再也不可能如自己所愿恪守礼制了,想到这里,孔子忍不住又悲从中来,潸然泪下!

先进篇11

颜渊死,门人欲厚葬之,子曰:"不可。"门人厚葬之。子曰:"回也视予犹父也,予不得视犹子也。非我也,夫二三子也。"

颜渊死了,门人想要厚葬他。孔子说:"不可以。"门人最终厚葬了他。孔子说:"回啊,看待我像父亲一样,我却不能看待他像儿子一般。这不是我的意愿啊,是你们这些弟子啊。"

颜渊死了,门人想要厚葬他。孔子说:"不可以。"门人最终还是厚葬了颜渊。孔子说:"颜回把我看作父亲一般,我却不能像对待儿子一般对待他,这不是我要如此,是那些弟子们要这样做啊!"

2020.9.22
《论语》夜读292

"可怜夜半虚前席,不问苍生问鬼神。"今天,子路向孔子提出了这个问题。

孔子没有立刻回答,而是把子路引向了可见的人,可知的生。孔子这种坦诚、坦荡的态度,令人肃然起敬。

先进篇11

季路问事鬼神。子曰:"未能事人,焉能事鬼?"敢问死。曰:"未知生,焉知死?"

2020.9.23
《论语》夜读293

几个弟子聚在孔子的身边聆听老师的教诲。他们一样的正直坦荡,情态却各有不同:闵子骞恭敬有加、冉有不慌不忙、子贡从容不迫;而子路呢,双目炯炯有神,一副铁骨铮铮的模样,孔子的目光一一从他们的脸上停过,然后,他摇了摇头一语成谶。多年以后,子路临危不惧,冒死救援孔悝,混战中被砍杀,结缨遇难,令人扼腕叹息!

先进篇13

闵子侍侧,訚訚如也;子路,行行如也;冉有、子贡,侃侃如也。子乐。"若由也,不得其死然。"

闵子骞侍奉在孔子身边,一派中正的样子;子路,一派刚强的样子;冉有、子贡,一派和悦的样子。孔子很高兴,但又说:"像仲由这样,怕是不能够善终啊。"

2020.9.24

《论语》夜读294

德行科第一的闵子骞同学为人沉稳、持重,平时少言寡语,不过一旦讲话就讲得中肯、到位。

闵子骞从政后,崇尚节俭,鲁国打算扩建新库房,他表达了反对意见。孔子得知后,大加赞赏:闵子骞不说则已,一语必然中的!

先进篇14

鲁人为长府。闵子骞曰:"仍旧贯,如之何?何必改作?"子曰:"夫人不言,言必有中。"

鲁国翻修叫长府的国库。闵子骞道:"照老样子下去,怎么样?何必改建呢?"孔子道:"这个人平日不大开口,一开口就说到要害上。"

2020.9.25

《论语》夜读295

"八百里分麾下炙,五十弦翻塞外声,沙场秋点兵。"这五十弦便是子路同学弹奏的瑟。话说孔子散步归来,一阵悠扬的旋律传入耳中,孔子循声而去,原来是子路在明堂弹瑟。"子路啊,你怎么在这里弹瑟呢?"同学们一听老师这么说,以为是子路水平不行,也纷纷嘲笑起来。孔子见此情景,知道是他们误会了,便又接着说道:"子路的学问已经入门了,只是还不那么精深,以你们的学问可以笑他吗?"

先进篇15

子曰:"由之瑟奚为于丘之门?"门人不敬子路。子曰:"由也升堂矣,未入于室也。"

孔子道:"仲由弹瑟,为什么在我这里弹呢?"因此,孔子的学生们瞧不起子路。孔子道:"由么,学问已经不错了,只是还不够精深罢了。"

2020.9.26

《论语》夜读296

这一天,子贡来看望老师,聊着聊着就聊起了两个学弟:子张和子夏。子贡问:"我这两个学弟都才华洋溢、品德高尚。在交友方面,子张只交往比自己贤能的人;子夏来者不拒,什么人都交往。老师,是不是子张更好一点啊?"孔老师摇着头答道:"不是这样的,来者不拒和只与贤者交是一样的,他们都没有恪守中庸之道。"

先进篇16

子贡问:"师与商也孰贤?"子曰:"师也过,商也不及。"

曰:"然则师愈与?"子曰:"过犹不及。"

子贡问孔子:"子张和子夏两个人,谁强一些?"孔子道:"师呢,有些过分;商呢,有些赶不上。"子贡道:"那么,师强一些吗?"孔子道:"过分和赶不上同样不好。"

2020.9.29

《论语》夜读298

这一天,弟子们照例来到孔子身边整理典籍。还没到教室远远就传来孔老师发火的声音:"他不是我的弟子,他不是我的弟子,你们尽可以大张旗鼓地去攻击他!"弟子们面面相觑,一打听才知道老师在生冉求的气呢!

"不会吧?老师怎么会生冉求学长的气?难道不是冉求学长说服季康子把老师接回鲁国的吗?不然我们现在还在流浪呢。"

"是啊!我们每天的吃穿用度不是经常由冉求学长送的吗?"

"你们有所不知,季侯他们已经富可敌国,甚至超过周公了,可是冉求学长还是为他们疯狂敛财,都引起民怨啦!"

"难怪!他已经触犯了老师的底线,我们赶快去提醒学长吧!"

先进篇17

季氏富于周公,而求也为之聚敛而附益之。子曰:"非吾徒也。小子鸣鼓而攻之,可也。"

季氏比周朝的公侯还要富有,而冉求还帮他聚敛钱财,增加财富。孔子说:"冉求不再是我的弟子,你们可以大张旗鼓地去声讨他!"

2020.9.30

《论语》夜读299

孔老师要写评语了,弟子们的形象一一呈现在眼前:

高柴这个孩子仁慈啊,走路从不踩别人的影子,从不杀春天初生的虫子,从不折断正在生长的树木,还为父母守丧3年,哭干了眼泪流出了血,呜呜咽咽却也不露齿;

曾参,谨言慎行,总是"战战兢兢,如临深渊,如履薄冰";

子张,爱憎分明,正义感很强,有点偏激;

子路呢,性格粗野,语言偶有不恭,却非常正直;

颜回,品德无懈可击,可惜生活贫困,常常吃了上顿没下顿;

子贡,经商高手,眼光很准,不管做什么买卖,都能财源滚滚……

他们个性各异,为师我也得因材施教啊。

先进篇18

柴也愚,参也鲁,师也辟,由也喭。

高柴愚笨,曾参迟钝,颛孙师偏激,仲由莽撞。

先进篇19

子曰:"回也其庶乎,屡空。赐不受命,而货殖焉,亿则屡中。"

孔子说:"颜回的学问不错了吧?可他却受穷。子贡不相信命运,却能经商致富,对市场行情判断得很准确。"

2020.10.1

《论语》夜读300

从前啊,有一个秀才去应考,主考官看到他的卷子就录取他了。卷子里有两句话:"有心为善,虽善不赏。无心为恶,虽恶不罚。"有心去故意做好事,表现给别人看,或表演给鬼神看,虽然是好事,也不该奖赏。这是《聊斋志异》里的第一个故事《考城隍》。为善,须出于天性。

先进篇20

子张问善人之道。子曰:"不践迹,亦不入于室。"

子张问怎样才是善人。孔子道:"善人不踩着别人的脚印走,学问道德也难以到家。"

2020.10.3
《论语》夜读302
"听到了就去行动吗?"

这一天,两个弟子子路和冉有向孔子问了同一个问题。孔老师对着子路说,有父兄在,怎么可以轻举妄动呢?然后又转过头去对冉求说,去啊,赶快去行动呀!一旁的公西华就纳闷了,孔老师微微一笑:子路性急,得悠着点;冉求沉稳,得多鼓励。这就是传说中的因材施教吧。

先进篇22

子路问:"闻斯行诸?"子曰:"有父兄在,如之何其闻斯行之?"

冉有问:"闻斯行诸?"子曰:"闻斯行之。"

公西华曰:"由也问闻斯行诸,子曰,'有父兄在',求也问闻斯行诸,子曰,'闻斯行之'。赤也惑,敢问。"

子曰:"求也退,故进之;由也兼人,故退之。"

子路问:"听到就干起来吗?"孔子道:"有爸爸哥哥活着,怎么能听到就干起来?"

冉有问:"听到就干起来吗?"孔子道:"听到就干起来。"

公西华道:"仲由问听到就干起来吗,您说'有爸爸哥哥活着,不能这样做,冉求问听到就干起来吗,您说'听到就干起来。'两个人问题相同,而您的答复相反,我有些糊涂,所以大胆地来问问。"

孔子道:"冉求平日做事退缩,所以我给他壮胆;仲由的胆量却有两个人的大,勇于作为,所以我要压压他。"

2020.10.5
《论语》夜读304

孔子打算前往陈国,经过匡地,颜刻为他驾车,他挥着鞭子指给孔子看,说:"以前我到匡地,就是从那儿走的。"匡人看到这群人,以为是鲁国的阳虎。这个阳虎曾经残害过匡人,便立马围困住孔子他们。孔子仅仅因为样子长得像阳虎,就在匡地被围困了5天。当时,颜渊落在了后面,历经波折,师生才得以重逢。

先进篇23

子畏于匡,颜渊后。子曰:"吾以女为死矣。"曰:"子在,回何敢死?"

孔子在匡被囚禁了之后,颜渊最后才来。孔子道:"我以为你是死了。"颜渊道:"您还活着,我怎么敢死呢?"

2020.10.6

《论语》夜读304

季子然是鲁国权臣季氏的子弟,看到子路、冉有效力于季氏门下,就问孔夫子:您这两位高足会怎样当高干呢?孔子说,他们会竭尽全力做事,却不会毫无底线服从。

先进篇24

季子然问:"仲由、冉求可谓大臣与?"子曰:"吾以子为异之问,曾由与求之问。所谓大臣者,以道事君,不可则止。今由与求也,可谓具臣矣。"

曰:"然则从之者与?"子曰:"弑父与君,亦不从也。"

季子然问:"仲由和冉求可以说是大臣吗"孔子道:"我以为你是问别的人,竟问由和求呀。我们所说的大臣,他用最合乎仁义的内容和方式来对待君主,如果这样行不通,宁肯辞职不干。如今由和求这两个人,可以说是具有相当才能的臣属了。"

季子然又道:"那么,他们会一切顺从上级吗?"孔子道:"杀父亲、杀君主的事情,他们也不会顺从的。"

2020.10.7

《论语》夜读305

做了高干的子路把自己的学弟子羔派到费县做县长,孔子很不赞同。子路辩解道:在实践中学习有何不可?干吗非要先去读书?孔夫子闻听此言更不高兴了。

先进篇25

子路使子羔为费宰。子曰:"贼夫人之子。"

子路曰:"有民人焉,有社稷焉,何必读书,然后为学?"

子曰:"是故恶夫佞者。"

子路叫子羔去做费县县长。孔子道:"这是害了别人的儿子!"

子路道:"那地方有老百姓,有土地和五谷,为什么定要读书才叫作学问呢?"

孔子道:"所以我讨厌强嘴利舌的人。"

2020.10.8

《论语》夜读306

这是《论语》里最长的一章。这一天,惠风和畅,鸟语花香,四个高才生子路、曾皙、冉有、公西华团坐在老师的身边,聆听老师的教诲,诉说着各自心中的抱负。夫子赞赏曾皙的尧舜气象,委婉地表达了自己的梦想。

先进篇26

子路、曾皙、冉有、公西华侍坐。

子曰:"以吾一日长乎尔,毋吾以也。居则曰:'不吾知也!'如或知尔,则何以哉?"

子路率尔而对曰:"千乘之国,摄乎大国之间,加之以师旅,因之以饥馑;由也为之,比及三年,可使有勇,且知方也。"

夫子哂之。

"求!尔何如?"

对曰:"方六七十,如五六十,求也为之,比及三年,可使足民。如其礼乐,以俟君子。"

"赤!尔何如?"

对曰:"非曰能之,愿学焉。宗庙之事,如会同,端章甫,愿为小相焉。"

"点!尔何如?"

鼓瑟希,铿尔,舍瑟而作,对曰:"异乎三子者之撰。"

子曰:"何伤乎?亦各言其志也。"

曰:"莫春者,春服既成,冠者五六人,童子六七人,浴乎沂,风乎舞雩,咏而归。"

夫子喟然叹曰:"吾与点也!"

三子者出，曾皙后。曾皙曰："夫三子者之言何如？"

子曰："亦各言其志也已矣。"

曰："夫子何哂由也？"

曰："为国以礼，其言不让，是故哂之。"

"唯求则非邦也与？"

"安见方六七十如五六十而非邦也者？"

"唯赤则非邦也与？"

"宗庙会同，非诸侯而何？赤也为之小，孰能为之大？"

子路、曾皙、冉有、公西华四个人陪着孔子坐着。孔子说道："因为我比你们年纪都大，老了，没有人用我了。你们平日说：'人家不了解我呀！'假若有人了解你们，打算请你们出去，那你们怎么办呢？"

子路不假思索地答道："一千辆兵车的国家，局促地处于几个大国的中间，外面有军队侵犯它，国内又有灾荒。我去治理，等到三年光景，可以使人人有勇气，而且懂得大道理。"

孔子微微一笑。

又问："冉求，你怎么样？"

答道："国土纵横各六七十里或者五六十里的小国家，我去治理，等到三年光景，可以使人人富足。至于修明礼乐，那只有等待贤人君子了。"

又问："公西赤！你怎么样？"

答道："不是说我已经很有本领了，我愿意这样学习：祭祀的工作或者同外国盟会，我愿意穿着礼服，戴着礼帽，做一个小司仪者。"

又问："曾点！你怎么样？"

曾皙弹瑟正近尾声，铿的一声把瑟放下，站起来答道："我的志向和他们三位所讲的不同。"

孔子道："那有什么妨碍呢？正是要各人说出自己的志向啊！"

曾皙便道："暮春三月，春天衣服都穿定了，我陪同五六位成年人、六七个小孩，在沂水旁边洗洗澡，在舞雩台上吹吹风，一路唱歌，一路走回来。"

孔子长叹一声道："我同意曾点的主张呀！"子路、冉有、公西华三人都出来了,曾晳后走。曾晳问道:"那三位同学的话怎样?"

孔子道:"也不过是各人说说自己的志向罢了。"

曾晳又道:"您为什么对仲由微笑呢?"

孔子道:"治理国家应该讲求礼让,可是他的话却一点不谦虚,所以笑笑他。"

"难道冉求所讲的就不是国家吗?"

孔子道:"怎样见得横纵各六七十里或者五六十里的土地就不够是一个国家呢?"

"公西赤所讲的不是国家吗?"

孔子道:"有宗庙,有国际间的盟会,不是国家是什么?我笑仲由的不是说他不能治理国家,关键不在是不是国家,而是笑他说话的内容和态度不够谦虚。譬如公西赤,他是一个十分懂得礼仪的人,但只说愿意学着做一个小司仪。如果他只做一小司仪,又有谁来做大司仪呢?"

2019年8月9日作者在明德书院作《论语》讲座,与部分听众合影留念,前排左起第四人为作者。

做一个君子

2020.10.9
《论语》夜读307

今天开始读《颜渊篇》。

颜渊所活时间不长,没有专著留给后世,他之所以名垂青史在于他的立德、他的安贫乐道,"一箪食,一瓢饮,在陋巷,人不堪其忧,回也不改其乐";

他的虚心好学,尊师若圣,"仰之弥高,钻之弥坚";

他的宅心仁厚,"老者安之,朋友信之,少者怀之";

他的言行一致,"不迁怒,不贰过";

他的博学高才,"闻一知十"……

可以说,克己复礼既是孔子对颜渊的教诲,是孔子思想的核心,同时,纵观颜渊的一生,他也是克己复礼最好的践行者。

颜渊篇1

颜渊问仁,子曰:"克己复礼为仁。一日克己复礼,天下归仁焉。为仁由己,而由人乎哉?"

颜渊曰:"请问其目?"子曰:"非礼勿视,非礼勿听,非礼勿言,非礼勿动。"颜渊曰:"回虽不敏,请事斯语矣。"

颜渊问怎样做才是仁。孔子说:"克制自己,一切都照着礼的要求去做,这就是仁。一旦这样做了,天下的一切就都归于仁了。实行仁德,完全在于自己,难道还在于别人吗?"

颜渊说:"请问实行仁的条目。"孔子说:"不合于礼的不要看,不合于礼的不要听,不合于礼的不要说,不合于礼的不要做。"颜渊说:"我虽然愚笨,也要照您的这些话去做。"

2020.10.10
《论语》夜读308
仲弓就是冉雍,孔夫子最得意的弟子之一。颜渊的仁是克己复礼,是最高标准;仲弓的仁是己所不欲、勿施于人,是普通人的标准,是主敬行恕无怨。

敬是对陌生人;恕是对朋友,对熟人;无怨是对亲人,对同学,对同事。由远到近,三个层面都强调同理心、强调换位思考,这是普通人可以达到的"仁"。

颜渊篇2
仲弓问仁,子曰:出门如见大宾,使民如承大祭。己所不欲,勿施于人。在邦无怨,在家无怨。仲弓曰:雍虽不敏,请事斯语矣。

仲弓问如何为仁,孔子说:出门办事如同去接待贵宾,使唤百姓如同去进行重大的祭祀,都要认真、严肃。自己不愿意要的,不要强加于别人;无论是在邦国中,还是在家族中,都能做到不埋怨。仲弓说:我虽然不聪敏,但肯定会照着老师的话去做。

2020.10.12
《论语》夜读310
司马牛这个学生性格急躁,话也多。他的哥哥在宋国作乱,司马牛坚决反对就离开宋国去了卫国;他哥哥失败后投奔卫国,司马牛就离开卫国去往齐国;他哥投奔齐国,他又离开齐国奔向吴国,就是不肯与兄长共事。

颜渊篇3
司马牛问仁。子曰:"仁者,其言也讱。"

曰:"其言也讱,斯谓之仁已乎?"子曰:"为之难,言之得无讱乎?"

司马牛问仁德。孔子道:"仁人,他的言语迟钝。"

司马牛道:"言语迟钝,这就叫作仁了吗?"孔子道:"做起来不容易,说话能够不迟钝吗?"

2020.10.13
《论语》夜读311

司马牛的问题真多啊!问完了仁,又来问君子,孔老师微微一笑:不忧不惧!

司马牛一怔:我的那点心思还是被老师看穿了!

司马牛一直为那几个犯上作乱的兄弟烦恼。他的那些兄弟啊!眼下有的死于战乱,有的逃往他国,整个家族大有败落之势,对此,司马牛深深忧惧。现在他向老师问君子,老师的答案令人感动。

颜渊篇4

司马牛问君子。子曰:"君子不忧不惧。"

曰:"不忧不惧,斯谓之君子已乎?"子曰:"内省不疚,夫何忧何惧?"

司马牛问怎样去做一个君子。孔子道:"君子不忧愁、不恐惧。"

司马牛道:"不忧愁、不恐惧,这样就可以叫作君子了吗?"孔子道:"自己问心无愧,那有什么可以忧愁和恐惧的呢?"

2020.10.14
《论语》夜读312

司马牛在孔门七十二贤中排名第二十五,最后在鲁国城门外去世。这一章就是著名的司马牛之忧。

颜渊篇5

司马牛忧曰:"人皆有兄弟,我独亡。"子夏曰:"商闻之矣:死生有命,富贵在天。君子敬而无失,与人恭而有礼,四海之内皆兄弟也。君子何患乎无兄弟也?"

司马牛忧愁地说:"别人都有兄弟,唯独我没有。"子夏说:"我听说过:'死生有命,富贵在天。'君子只要对待所做的事情严肃、认真,不出差错,对人恭敬而合乎于礼的规定,那么,天下人就都是自己的兄弟了。君子何愁没有兄弟呢?"

2020.10.15

《论语》夜读313

浸润之谮,就是不断扭曲点滴小事,积攒成可怕的歪曲力量。肤受之愬,仓促间关乎生死的诬告。

知人者智,自知者明。这一天子张问老师怎样才算明智。孔老师说,对于那些不动声色、温水煮青蛙一样的点滴诽谤都能看得清,转瞬之间的生死诬告都能辨得明,不为所动,正确决断。

颜渊篇6

子张问明。子曰:"浸润之谮,肤受之愬,不行焉,可谓明也已矣。浸润之谮,肤受之愬,不行焉,可谓远也已矣。"

子张问怎样做才算是明智。孔子说:长期不显山不露水的微小诬陷、关键时刻的要命毁谤,都能看清楚、想明白,就可以称得上明智了;长期不显山不露水的微小诬陷、关键时刻的要命毁谤,都不起作用,就可以称得上是有远见了。

2020.10.16

《论语》夜读314

孔夫子告诉子贡:充足的粮食、强大的军队以及老百姓对政府的信任是治理政事最重要的三样。其中最重要的是取信于民,百姓对政府充满信心,一切困难都能迎刃而解,任何目标都能达成。

颜渊篇7

子贡问政。子曰:"足食,足兵,民信之矣。"

子贡曰:"必不得已而去,于斯三者何先?"曰:"去兵。"

子贡曰:"必不得已而去,于斯二者何先?"曰:"去食。自古皆有死,民无信不立。"

子贡问怎样去治理政事。孔子道:"充足粮食、充足军备,百姓对政府就有信心了。"

子贡道:"如果迫于不得已,在粮食、军备和人民的信心三者之中一定要去掉一项,先去掉哪一项?"孔子道:"去掉军备。"

子贡道:"如果迫于不得已,在粮食和人民的信心两者之中一定要去掉一项,先去掉哪一项?"孔子道:"去掉粮食。没有粮食,不过死亡,但自古以来谁都免不了死亡。如果人民对政府缺乏信心,国家是站不起来的。"

2020.10.17
《论语》夜读315

卫国大夫棘子成认为,君子只要有好的品质即可,无须讲究外表的文采。子贡不以为然。子贡认为,君子表里一致,良好的本质应当有适当的表现形式;否则,本质再好,也无法显现出来。

颜渊篇8

棘子成曰:"君子质而已矣,何以文为?"子贡曰:"惜乎夫子之说君子也!驷不及舌。文犹质也,质犹文也,虎豹之鞟犹犬羊之鞟。"

棘子成说:"君子只要具有好的品质就行了,要那些表面的仪式干什么呢?"子贡说:"真遗憾,夫子您这样谈论君子。一言既出,驷马难追。本质就像文采,文采就像本质,都是同等重要的。去掉了毛的虎、豹皮,就如同去掉了毛的犬、羊皮一样。"

2020.10.19
《论语》夜读317

彻,是周朝的赋税制度。大概是收十分之一的田赋。这个比例还是比较合理的。春秋时期,社会动荡不安,政府财用不足,就不断增加赋税。这一天,鲁哀公就问孔子的学生有若:今年收成不好,经济衰落,国家财政入不敷出,你看怎么办?有若说:减税啊!鲁哀公瞪大眼睛:我没听错吧?眼下征两成都还不够,怎么能减?减了以后国家的财政怎么办呢?有若说:老百姓富足了,国家当然就会富足。如果加重税收,百姓越来越吃不消,经济只会更加萧条,那时百姓离心离德,到哪里去征税呢?

颜渊篇9

哀公问于有若曰:"年饥,用不足,如之何?"

有若对曰:"盍彻乎?"

曰:"二,吾犹不足,如之何其彻也?"

对曰:"百姓足,君孰与不足?百姓不足,君孰与足?"

鲁哀公向有若问道:"年成不好,国家用度不够,应该怎么办?"

有若答道:"为什么不实行十分抽一的税率呢?"

哀公道:"十分抽二,我还不够,怎么能十分抽一呢?"

答道:"如果百姓的用度够,您怎么会不够?如果百姓的用度不够,您又怎么会够?"

2020.10.20

《论语》夜读317

子张问孔子如何提高自身修养、明辨是非?孔子说,使自己的人格升华,主要在心理修养,即忠和信。对人对事存本心,不歪曲。竭尽全力在所不惜。相信自己,对人厚道,言而有信。看到应该做的事就毫不迟疑去做。不以自身的贪念影响自己的判断,拥有这样的修养和内心的安详,不是富有,也离富有相去不远了。

颜渊篇10

子张问崇德辨惑。子曰:"主忠信,徙义,崇德也。爱之欲其生,恶之欲其死。既欲其生,又欲其死,是惑也。'诚不以富,亦祇以异。'"

子张问如何去提高品德,辨别迷惑。孔子道:"以忠诚、信实为主,唯义是从,这就可以提高品德。爱一个人,希望他长寿;厌恶起来,恨不得他马上死去。既要他长寿,又要他短命,这便是迷惑。这样,的确对自己毫无好处,只是使人奇怪罢了。"

2020.10.21

《论语》夜读319

齐景公,齐灵公之子,齐庄公之弟,春秋时期齐国君主。

齐景公既有治国的壮怀激烈,又沉湎声色、贪图享乐。作为君主,他不愿放弃其中的任何一个,于是他的身边就有截然不同的两批大臣,一批是治国之臣,一批是乐身之臣。齐景公在位58年,国内治安相对稳定,国外无重大战事发生,晋国、楚国以及各国诸侯皆不敢擅自攻打齐国。

国情有所好转后,齐景公不再从谏如流,他忠臣、奸臣"两用之"。依赖晏婴、司马穰苴等忠臣为其治国安邦,同时又不拒绝梁丘据、裔款等奸臣的阿谀奉承。

齐景公临终前,废长立幼,导致死后不久,陈乞乘虚发动政变,夺取了齐国的朝政大权,拉开了"田氏代齐"的序幕。

颜渊篇11

齐景公问政于孔子。孔子对曰:"君君,臣臣,父父,子子。"公曰:"善哉!信如君不君,臣不臣,父不父,子不子,虽有粟,吾得而食诸?"

齐景公向孔子问政治。孔子答道:"君要像个君,臣要像个臣,父亲要像父亲,儿子要像儿子。"景公道:"对呀!若是君不像君,臣不像臣,父不像父,子不像子,即使粮食很多,我能吃得着吗?"

2020.10.22

《论语》夜读320

老是批评子路的孔夫子今天终于表扬子路啦。夫子说,子路做公务员啊,坦率公正,答应办到的事一定立即就办,决不拖延。处理讼事时,常常能用几句话就断定双方争论的是非。

颜渊篇12

子曰:"片言可以折狱者,其由也与?"子路无宿诺。

孔子说:"只听了单方面的供词就可以判决案件的,大概只有仲由吧。"子路说话没有不算数的时候。

2020.10.23

《论语》夜读321

讼,争也。以手曰争,以言曰讼,属于司法范畴。孔子在鲁国的官职是大司寇,就是最高法院院长。职位仅次于鲁定公和三桓,在鲁国排名第五,是名副其实的大官。

孔子的职务是鲁定公任命的,可是当时鲁定公已经被三桓架空,孔子当然也就更加没有实权。孔子的政令只在鲁定公的几座城内有效,三桓地盘上行不通。

于是,孔子开始谋求削弱三桓,准备让鲁定公重新掌握鲁国政权,这就触犯了三桓的利益,阻力重重。几个月后,孔子不得不离开鲁国,出走别处,率领弟子周游列国。当然,直到去世,孔子都享有大司寇的待遇。

颜渊篇13

子曰:"听讼,吾犹人也。必也使无讼乎!"

孔子说:"审理诉讼,我同别人差不多。一定要使诉讼的事件完全消灭才好。"

2020.10.24

《论语》夜读322

子张是孔门十哲之一。他是一个帅哥,面容俊秀,举止潇洒。他宽宏豁达,与他交往的朋友都是贤能之人。子张不计恩怨,很有气度,被称为"古之善交者",是孔门弟子中忠信的楷模,后人称之有"亚圣之德"。

这一天子张向夫子请教政治,夫子就说啦:对待工作要孜孜不倦,永远不要有倦怠之感、怠慢之心;执行政令要有忠诚之心、踏实之举。

颜渊篇14

子张问政。子曰:"居之无倦,行之以忠。"

子张问政治。孔子道:"在位不要疲倦、懈怠,执行政令要忠心。"

2020.10.26

《论语》夜读324

"成人之美"是成什么呢?好的、善的、惠及他人的,是帮别人达成美好的愿望;反之,倘若帮别人干坏事,目标实现了,那便是"助纣为虐"。有一种人,总是想着让别人好,尽力为别人创造条件,成全别人的好事。这便是儒家的"推己及人"。

颜渊篇15

子曰:"博学于文,约之以礼,亦可以弗畔矣夫!"

孔子说:"君子广泛地学习文献,再用礼节来加以约束,也就可以不至于离经叛道了。"

颜渊篇16

子曰:"君子成人之美,不成人之恶。小人反是。"

孔子说:"君子成全别人的好事,不促成别人的坏事。小人却和这相反。"

2020.10.27

《论语》夜读325

政就是正,自己端正,方可正人。桃李不言,下自成蹊。夫子对当权者季康子说"帅之以正",只要你当领导的自己做得正,下面的风气就自然正了,这一章是偏重于为政,偏重于领导而言。

颜渊篇17

季康子问政于孔子。孔子对曰:"政者,正也。子帅以正,孰敢不正?"

季康子向孔子问政治。孔子答道:"政字的意思就是端正。您自己带头端正,谁敢不端正呢?"

2020.10.28

《论语》夜读326

庄子说人们将黄金珠宝隐藏妥当,只能防止小偷小盗。至于那些大盗,就怕你不把黄金珠宝等财物集中隐藏起来,你越是装得牢、锁得紧,大盗来了才拿得方便。甚至明目张胆地抢劫,还要失主自己代他搬去。至于占领了人家的国土,那么就变成了英雄、侯王。这便是"窃钩者诛,窃国者为诸侯,诸侯之门而仁义存焉"。

孔夫子始终教人过俭朴的生活,走朴实无华的路子。人人如此,社会就安定,盗窃也少了。居上位的人偏好某一事物,则下面会跟着偏好得更厉害。爱好而得不到,于是就行窃了。

颜渊篇18

季康子患盗,问于孔子。孔子对曰:"苟子之不欲,虽赏之不窃。"

季康子苦于盗贼太多,向孔子求教。孔子答道:"假若您不贪求太多的财货,就是奖励偷抢,他们也不会干。"

2020.10.29

《论语》夜读327

这一章孔夫子继续谈政治,"风气"二字,最初就是从这一章来的。君子之德像风一样,普通人之德像草一样。一阵风吹过,草一定顺着风的方向倒。风力越大,草倒下的力量也越大。所以,好的领导常常是一个大政治家,他的思想、他的言语、他的行为都会产生深远的影响,蔚然成风。领导品德卓然,下面的风气自然会好。不用一兵一卒,其气势必然不可阻挡,教化成风,民心所向,国家欣欣向荣、蒸蒸日上。

颜渊篇19

季康子问政于孔子曰:"如杀无道,以就有道何如?"孔子对曰:"子为政,焉用杀?子欲善而民善矣。君子之德风,小人之德草。草上之风,必偃。"

季康子向孔子请教政治,说道:"假若杀掉坏人来亲近好人,怎么样?"孔子答道:"您治理政治,为什么要杀戮?您想把国家搞好,百姓就会好起来。领导人的作风好比风,老百姓的作风好比草,风向哪边吹,草就向哪边倒。"

2020.10.30

《论语》夜读328

达是什么?是闻达、贤达还是通达?孔老师对此是这样看的:第一,本质正直,心思纯正;第二,慷慨好义;第三,察言而观色,有眼光,看得清楚,有先见之明;第四,对人谦虚,绝不傲慢。如此,方为贤达。

颜渊篇20

子张问:"士何如斯可谓之达矣?"子曰:"何哉,尔所谓达者?"子张对曰:"在邦必闻,在家必闻。"子曰:"是闻也,非达也。夫达也者,质直而好义,察言而观色,虑以下人。在邦必达,在家必达。夫闻也者,色取仁而行违,居之不疑。在邦必闻,在家必闻。"

子张问:"读书人要怎样做才可以叫达?"孔子道:"你所说的达是什么意思?"子张答道:"做国家的官时一定有名望,在大夫家工作时一定有名望。"孔子道:"这个叫闻,不叫达。怎样才是达呢?本质正直,遇事讲理,善于分析别人的言语,观察别人的颜色,从思想上愿意对别人退让。这种人,做国家的官时固然事事行得通,在大夫家一定事事行得通。至于闻,表面上似乎爱好仁德,实际行为却不如此,可是自己竟以仁人自居而不加疑惑。这种人,做官的时候一定会骗取名望,居家的时候也一定会骗取名望。"

2020.10.31
《论语》夜读329
资质平平却异常勤奋的樊迟同学向孔老师提出了三个哲学问题:怎样提高自己的德行,怎样避免别人对自己的无形怨恨,怎样不做糊涂事?孔老师对应的三答是:不要瞻前顾后,先行动起来再说;常思己过,不论人非;冲动之下不做决定。

颜渊篇21
樊迟从游于舞雩之下,曰:"敢问崇德,修慝,辨惑。"子曰:"善哉问!先事后得,非崇德与?攻其恶,无攻人之恶,非修慝与?一朝之忿,忘其身,以及其亲,非惑与?"

樊迟陪侍孔子在舞雩台下游逛,说道:"请问怎样提高自己的品德,怎样消除别人对自己无形的怨恨,怎样辨别出哪种是糊涂事。"孔子道:"问得好!首先付出劳动,然后收获,不是提高品德了吗?批判自己的坏处,不去批判别人的坏处,不就消除无形的怨恨了吗?因为偶然的愤怒,便忘记自己,甚至忘记了爹娘,不是糊涂吗?"

2020.11.2
《论语》夜读331
孔子的学生樊迟来自草根一族,他学习刻苦,懂得种田。未进孔门之前,他已在冉求手下做事,樊迟有勇有谋。鲁哀公十一年齐师伐鲁,冉求率军御敌,命樊迟为车右。大军压境,鲁军不敢过沟迎战,樊迟建议冉求一马当先,立于军前,冉求采纳了,结果鲁军大获全胜。不久,冉求接回了孔子,樊迟拜孔子为师,成为孔子的学生。

樊迟求知心切,三次向孔子请教"仁"的学说,还问"知""崇德、修慝、辨惑"。

对于樊迟提出的问题,孔子都以很浅显的话语回答他,只给他讲最基本的道理,只教他"仁"的最基本概念——"爱人"。孔老师讲得多时,樊迟一时消化不了就去请教学长子夏。学霸子夏给他举了皋陶、伊尹两个例子,告诉他,有德行的人居于上位,就可以遏制坏人,让坏人无可乘之机。

颜渊篇22

樊迟问仁。子曰:"爱人。"问知。子曰:"知人。"

樊迟未达。子曰:"举直错诸枉,能使枉者直。"

樊迟退,见子夏曰:"乡也吾见于夫子而问知,子曰,'举直错诸枉,能使枉者直',何谓也?"

子夏曰:"富哉言乎!舜有天下,选于众,举皋陶,不仁者远矣。汤有天下,选于众,举伊尹,不仁者远矣。"

樊迟问仁。孔子道:"爱人。"又问智。孔子道:"善于鉴别人物。"

樊迟还没有透澈地理解。孔子道:"把正直人提拔出来,位置在邪恶人之上,能够使邪恶人正直。"

樊迟退了出来,找到子夏,说道:"刚才我去见老师向他问智,他说,'把正直人提拔出来,位置在邪恶人之上',这是什么意思?"

子夏道:"意义多么丰富的话呀!舜有了天下,在众人之中挑选,把皋陶提拔出来,坏人就难以存在了。汤有了天下,在众人之中挑选,把伊尹提拔出来,坏人也就难以存在了。"

2020.11.4

《论语》夜读333

这是颜渊篇的最后一章,以仁开始,以仁作结。颜渊的同学曾子谈交友之道。朋友的积极意义何在?慎以自处,乐以相处,志同道合,彼此辅助,达到行仁的境界。

颜渊篇24

曾子曰:"君子以文会友,以友辅仁。"

曾子说:"君子用文章学问来聚会朋友,用朋友来帮助我培养仁德。"

有一件事,孔子选择躺平

2020.11.5
《论语》夜读334

今天开始读《子路篇》。

子路是鲁国人,姓仲,名由,字子路,曾担任季氏的家臣,所以又被称作季路。子路比孔子小9岁,是孔门年龄最大的弟子,也是追随孔子时间最长的弟子。那个结缨而死的故事主角就是子路。彼时,子路已然是花甲之年的老人,他忠心事主,于万千军马中,勇往直前,虽千万人吾往矣!浩然之气感天动地!以身赴死,不幸被砍成肉酱。噩耗传来,孔门师生无不为之悲痛,孔夫子更是伤心欲绝,第二年便溘然长逝。

《论语》一书,提及子路41次。他是孔子最出色、最亲近的弟子之一,位列孔门十哲政事一科。这一篇共30章,其中的名句有"言必信,行必果""欲速则不达,见小利则大事不成""其身正,不令而行;其身不正,虽令不从""君子和而不同,小人同而不和"等。

子路篇1

子路问政,子曰:"先之,劳之。"请益,曰:"无倦。"

子路问为政之道。孔子说:"自己先要身体力行带好头,然后让老百姓辛勤劳作。"子路请求多讲一些,孔子说:"不要倦怠。"

2020.11.6

《论语》夜读 335

仲弓当大干部了,就来问孔老师当称职干部的要诀,夫子说了三点:建立好制度,用制度管人;气量要大,能够包容别人的小过失;发现人才,举荐人才。

子路篇2

仲弓为季氏宰,问政。子曰:"先有司,赦小过,举贤才。"

曰:"焉知贤才而举之?"子曰:"举尔所知。尔所不知,人其舍诸?"

仲弓做了季氏的总管,向孔子问政治。孔子道:"给工作人员带好头,不计较人家的小错误,提拔优秀人才。"

仲弓道:"怎样去识别优秀人才把他们提拔出来呢?"孔子道:"提拔你所知道的;那些你所不知道的,别人难道会埋没他吗?"

2020.11.7

《论语》夜读 335

名,会意字。许慎的解释是,到了晚上,黑乎乎看不出人的脸面,相遇之时,便只好以口自报名字,以免发生误会。

夫子说,治理国家,首先要正名,名正才能言顺。正名就是明确思想路线,路线不对,就会南辕北辙,背道而驰。

子路篇3

子路曰:"卫君待子而为政,子将奚先?"

子曰:"必也正名乎!"

子路曰:"有是哉,子之迂也!奚其正?"

子曰:"野哉,由也!君子于其所不知,盖阙如也。名不正,则言不顺;言不顺,则事不成;事不成,则礼乐不兴;礼乐不兴,则刑罚不中;刑罚不中,则民无所错手足。故君子名之必可言也,言之必可行也。君子于其言,无所苟而已矣。"

子路对孔子说:"卫君等着您去治理国政,您准备首先干什么?"

孔子道:"那一定是纠正名分上的用词不当吧!"

子路道:"您的迂腐竟到如此地步吗!这又何必纠正?"

孔子道:"你怎么这样鲁莽!君子对于他所不懂的,大概采取保留态度,你怎么能乱说呢?用词不当,言语就不能顺理成章;言语不顺理成章,工作就不可能搞好;工作搞不好,国家的礼乐制度也就建立不起来;礼乐制度建立不起来,刑罚也就不会得当;刑罚不得当,百姓就会惶惶不安,连手脚都不晓得摆在哪里才好。所以君子用一个词,一定有它一定的理由,可以说得出来;而顺理成章的话也一定行得通。君子对于措辞、说话要没有一点马虎的地方罢了。"

2020.11.9

《论语》夜读337

樊迟同学又来请教孔老师问题了!这一次他问的是怎样种田种菜,孔老师微微一笑:樊同学这些问题你去问老农啊!老师我这些方面比不上他们。樊同学退下了。

孔老师继续对弟子们说:这小子问我这些!同学们,有道是上有所好,下必效之。当干部的喜欢什么,百姓就追随什么;领导讲礼诚信,百姓必然守礼无伪,擎妇将雏,应者云集,何须亲自躬耕呢?

子路篇4

樊迟请学稼。子曰:"吾不如老农。"请学为圃。曰:"吾不如老圃。"

樊迟出。子曰:"小人哉,樊须也!上好礼,则民莫敢不敬;上好义,则民莫敢不服;上好信,则民莫敢不用情。夫如是,则四方之民襁负其子而至矣,焉用稼?"

樊迟请求学种庄稼。孔子道:"我不如老农民。"又请求学种菜蔬。孔子道:"我不如老菜农。"

樊迟退了出来。孔子道:"樊迟真是小人,统治者讲究礼节,百姓就没有人敢不尊敬;统治者行为正当,百姓就没有人敢不服从;统治者诚恳、信实,百姓就没有人敢不说真话。做到这样,四方的百姓都会背负着小儿女来投奔,为什么要自己种庄稼呢?"

2020.11.10

《论语》夜读338

不学诗，无以言。一部《诗经》就是一部西周的百科全书。读了《诗经》后让他去处理政事，如果不能上通下达，那就让他到广阔天地里经风雨、见世面；如果还办不好事情，在孔老师看来，那些诗，读了等于白读。

子路篇5

子曰："诵《诗》三百，授之以政，不达；使于四方，不能专对；虽多，亦奚以为？"

孔子说："熟读《诗经》三百篇，交给他以政治任务，却办不通；叫他出使外国，又不能独立地去谈判酬酢；纵使书读得多，又有什么用处呢？"

2020.11.12

《论语》夜读340

卫国在哪里呢？它是鲁国的邻国，与鲁国紧密相连，是孔夫子周游列国的第一站。

当初周公旦摄政，平定管、蔡之乱后，就把原本管、蔡监管的殷商之民迁到卫，让他的弟弟康叔封治理卫国。周公旦对弟弟关爱有加，亲自撰写治国方略交给康叔封，让他按照这些条陈治理卫国。康叔封就是卫国第一任领导。

岁月流转，到了周幽王时代，卫国的领导是卫武公。卫武公在位55年。

公元前771年，犬戎杀进西安城里，西安就是当时的都城镐京，他们杀死了周幽王。卫武公闻听大惊，立马亲自率领一众精兵强将来解镐京的燃眉之急。卫武公平息了犬戎叛乱，又辅佐周幽王之子周平王东迁洛邑，承继大统。东周从此登上历史舞台，翻开了崭新的一页！

卫武公很有贤君风范，他励精图治，察纳雅言。在他的治理下，民风淳朴，国泰民安。相传他95岁时还写诗警醒自己。这首诗是这样的："辟尔为德，俾臧俾嘉。淑慎尔止，不愆于仪。不僭不贼，鲜不为则。投我以桃，报之以李。"意思是：修德养性，使它高尚美好。举止要谨慎，行为要规范，仪容要端正，不犯过错不害人。你敬我一尺，我还你一丈。

今天当我们读到《诗经》里那首著名的《淇奥》时,要知道,那就是当时的民众用来歌颂卫武公美德的!

这一章是孔夫子对鲁国、卫国的肯定,说它们的治国政令差不多,有西周遗风,是礼仪之邦。

子路篇7

子曰:"鲁、卫之政,兄弟也。"

孔子说:"鲁国的政治和卫国的政治,像兄弟一般相差不远。"

2020.11.13

《论语》夜读341

卫公子荆堪称知足常乐的典范,是史上最完美的王子。卫公子荆是卫献公的儿子,虽贵为王子,却毫无骄矜之色,亦无骄奢之气。他很会过日子,不论什么东西,稍有一点就连呼够了够了!再增加一些,他就会说齐了齐了,再更多一点,他便连连摇头:奢侈啦,太奢侈啦!

子路篇8

子谓卫公子荆,"善居室,始有,曰:'苟合矣。'少有,曰:'苟完矣。'富有,曰:'苟美矣。'"

孔子谈到卫国的公子荆,说:"他善于居家过日子,刚有一点儿,便说道:'差不多够了。'增加了一点儿,又说道:'差不多完备了。'多有一点儿,便说道:'差不多富丽堂皇了。'"

2020.11.14

《论语》夜读342

这一天,孔老师来到了卫国。冉有同学鞍前马后带老师参观。孔老师一看,连连点头:"卫国搞得不错呀!挺繁荣的。"冉有连忙请教:"下一步该做什么呢?""让民众富起来呀!""老师,再下一步呢?""教化啊!"

冉有默默记下了老师的教诲:为政三部曲——繁荣、富有、教化!

子路篇9

子适卫,冉有仆。子曰:"庶矣哉!"

冉有曰："既庶矣,又何加焉?"曰："富之。"

曰："既富矣,又何加焉?"曰："教之。"

孔子到卫国,冉有替他驾车子。孔子道:"好稠密的人口!"

冉有道:"人口已经众多了,又该怎么办呢?"孔子道:"使他们富裕起来。"

冉有道:"已经富裕了,又该怎么办呢?"孔子道:"教育他们。"

2020.11.16

《论语》夜读345

孔子带着弟子周游列国14年,先后到过卫、曹、宋、郑、陈、楚等国,所到之处,大国忙着争霸,小国忙着自保,孔子的政治主张无法得到施展,他惆怅又失落。他对弟子们说,哪个国君如果采纳我的建议,只要给我3年! 1年初见成效,3年繁荣富强。

子路篇10

子曰:"苟有用我者,朞月而已可也,三年有成。"

孔子说:"假若有用我主持国家政事的,1年便差不多了,3年便会很有成绩。"

2020.11.18

《论语》夜读347

世,会意兼形声字。金文的世是三个"十"递相连接,表示延续,篆文则将三个点演变为三个短横。隶变后楷书写作世。世,30年为一世。

一个国家要政通人和,施行仁政,孔老师认为必须要有30年才能做到。

子路篇12

子曰:"如有王者,必世而后仁。"

孔子说:"假若有王者兴起,一定需要30年才能使仁政大行。"

2020.11.20

《论语》夜读348

孔子也有开玩笑的时候。这一天,那个把他从卫国接回国的冉有回来晚了,孔老师就问:"今天怎么这么晚才回来啊?"冉有支支吾吾:"有政务要处理。"当此之时,季氏的不臣之心路人皆知,所谓的政务也不过诸如此类,因此,孔老师撇了撇嘴:"明白明白,你不说我也知道!"

子路篇14

冉子退朝。子曰:"何晏也?"对曰:"有政。"子曰:"其事也。如有政,虽不吾以,吾其与闻之。"

冉有从办公的地方回来。孔子道:"为什么今天回得这样晚呢?"答道:"有政务。"孔子道:"那只是事务罢了。若是有政务,虽然不用我了,我也会知道的。"

2020.11.21
《论语》夜读349

公元前500年,齐国和鲁国在夹谷交战。在孔子的辅佐下,鲁国从齐国手中夺回了汶阳,鲁定公大喜。回国后,鲁定公任命孔子担任大司寇,管理鲁国的治安法度,由此,孔子得以推行自己的政治主张。这是孔子一生中短暂的施展抱负的从政时光。这一章是孔子回答定公的问话。孔子认为,身为国家领导人说话一定要深思熟虑,往往一句话就会影响大局,决定国家的命脉。

子路篇15

定公问:"一言而可以兴邦,有诸?"

孔子对曰:"言不可以若是其几也。人之言曰:'为君难,为臣不易。'如知为君之难也,不几乎一言而兴邦乎?"

曰:"一言而丧邦,有诸?"

孔子对曰:"言不可以若是其几也。人之言曰:'予无乐乎为君,唯其言而莫予违也。'如其善而莫之违也,不亦善乎?如不善而莫之违也,不几乎一言而丧邦乎?"

鲁定公问:"一句话兴盛国家,有这事吗?"

孔子答道:"说话不可以像这样地简单、机械。不过,人家都说:'做君上很难,做臣子不容易。'假若知道做君上的艰难,自然会谨慎、认真地干去,不近于一句话便兴盛国家吗?"

定公又道:"一句话丧失国家,有这事吗?"

孔子答道:"说话不可以像这样地简单、机械。不过,大家都说:'我做国君没有别的快乐,只是我说什么话都没有人违抗我。'假若说的话正确而没有人违抗,不也好吗?假若说的话不正确而也没有人违抗,不近乎一句话便丧失国家吗?"

2020.11.23
《论语》夜读351

叶公本名沈诸梁,他的曾祖父是春秋五霸之一的楚庄王。24岁那年他被楚昭王封到叶邑为尹。主政期间,他休养生息,兴修水利,西陂注方城山之水,东陂引澧河之水,蓄水灌田,以利农桑。这是中国最早的水利工程之一。叶公受到了楚国朝野上下的敬重。他的子孙,从此以封邑为姓,所以沈诸梁是叶姓族人的真正祖先。

孔子周游列国,专程到叶地拜访叶公,希望能得到叶公的重用。这期间,孔子多次和叶公谈论为政之道。孔子认为,得人心者得天下。人心的向背是衡量领导者成败的风向标。周围人心悦诚服,远方的人趋之若鹜,若能如此,足矣。

子路篇16

叶公问政。子曰:"近者悦,远者来。"

叶公问政治。孔子道:"境内的人使他高兴,境外的人使他来投奔。"

2020.11.24
《论语》夜读352

子夏是孔子晚年最得意的弟子之一。他才思敏捷,并不固守"克己复礼",而是与时俱进,在教书育人方面成绩斐然。孔子去世之后,他来到魏国,魏文侯向他请教问题。他培养了李悝、吴起、西门豹等声名赫赫的学生,李悝写有《法经》,是法家的始祖。

子路篇17

子夏为莒父宰,问政。子曰:"无欲速,无见小利。欲速,则不达;见小利,则大事不成。"

子夏做了莒父的县长,问政治。孔子道:"不要图快,不要顾小利。图快,反而不能达到目的;顾小利,就办不成大事。"

2020.11.25

《论语》夜读353

孔子的叶邑之行并未收获预期的效果,于是他很快离开叶邑,去往别处。孔子的弟子们对此颇为不满。到了后来,有儒士便借用叶公喜欢画龙的故事,杜撰了《叶公好龙》的寓言,把叶公喻作伪君子。

子路篇18

叶公语孔子曰:"吾党有直躬者,其父攘羊,而子证之。"孔子曰:"吾党之直者异于是:父为子隐,子为父隐。——直在其中矣。"

叶公告诉孔子道:"我那里有一个坦白、直率的人,他父亲偷了羊,他便告发。"孔子道:"我们那里坦白、直率的人和你们的不同:父亲替儿子隐瞒,儿子替父亲隐瞒——直率就在这里面。"

2020.11.26

《论语》夜读354

仁是什么?在孔子的思想中代表了很多。盲人摸象,各执一端。从形而上的本体,到形而下万事万物的用,都归到仁。

这一天,樊迟问仁,孔子讲了个人修养的仁。孔老师说,平常的言行要恭敬诚恳,做事要尽心尽责。当你具备了恭、敬、忠这三个要点,即使到了没有文化的野蛮地区,也非常了不起。这便是传说中内圣外王的修养。

子路篇19

樊迟问仁。子曰:"居处恭,执事敬,与人忠。虽之夷狄,不可弃也。"

樊迟问仁。孔子道:"平日容貌态度端正、庄严,工作严肃、认真,对别人忠心诚恳,这几种品德,即使到外国去,也是不能废弃的。"

2020.11.27

《论语》夜读355

这一天子贡向老师请教士的标准,孔子沉吟片刻,悠悠然道出三句话:

其一,有所为有所不为;

其二,孝亲尊长;

其三,说话守信用,做事有始终。

话音刚落,子贡又问:"老师,您说说如今这些公务员怎么样?"

孔子微微一笑:"不过是一群为稻粱谋的人,哪里称得上士呢?"

子路篇20

子贡问曰:"何如斯可谓之士矣?"子曰:"行己有耻,使于四方,不辱君命,可谓士矣。"

曰:"敢问其次。"曰:"宗族称孝焉,乡党称弟焉。"

曰:"敢问其次。"曰:"言必信,行必果,硁硁然小人哉!——抑亦可以为次矣。"

曰:"今之从政者何如?"子曰:"噫!斗筲之人,何足算也?"

子贡问道:"怎样才可以叫作'士'?"孔子道:"自己的行为保持羞耻之心,出使外国,很好地完成君主的使命,可以叫作'士'了。"

子贡道:"请问次一等的。"孔子道:"宗族称赞他孝顺父母,乡里称赞他恭敬尊长。"

子贡又道:"请问再次一等的。"孔子道:"言语一定信实,行为一定坚决,这是不问是非黑白而只管自己贯彻言行的小人呀,但也可以说是再次一等的'士'了。"

子贡道:"现在的执政诸公怎么样?"孔子道:"咳!这些器识狭小的人算得什么?"

2020.11.28

《论语》夜读358

崇尚中庸之道的孔子认为,现实生活中平和中庸的人可遇不可求,那怎么办呢?结交狂狷之士!他们是社会的中流砥柱。大而言之,他们是国家水深火热之际挺身而出的人;小而言之,他们是你危难之中援之以手的人。

子路篇21

子曰:"不得中行而与之,必也狂狷乎!狂者进取,狷者有所不为也。"

孔子说:"得不到中庸平和的人与之交往,那就一定要和狂者、狷者为伍。狂者,积极进取,一意向前;狷者,清高自守,耿直正派。"

2020.11.30
《论语》夜读363

持之以恒有多重要呢？孔子没有正面阐述。他从反面说，如果做不到持之以恒，那就不但不能做医生，作为普通人还有可能自取其辱。

子路篇22

子曰："南人有言曰：'人而无恒，不可以作巫医。'善夫！""不恒其德，或承之羞。"子曰："不占而已矣。"

孔子说："南方人有句话说：'人如果做事没有恒心，就不能当巫医。'这句话说得真好啊！""人不能长久地保存自己的德行，免不了要遭受耻辱。"

孔子说："这句话是说，没有恒心的人用不着去占卦了。"

2020.12.1
《论语》夜读366

"山一程，水一程，身向榆关那畔行，夜深千帐灯。"

从2019.12.1到今天2020.12.1《论语》夜读整整一年啦！感谢各位良师益友的陪伴和鼓励！

一部《论语》共二十篇492章，一路读来生吞活剥，不求甚解。偶有所得，欣喜若狂。深感阅读是最长情的陪伴！学业未满，未来可期！诸友，请见证我将《论语》夜读进行到底！

子路篇23

子曰："君子和而不同，小人同而不和。"

孔子说："君子用自己的正确意见来纠正别人的错误意见，使一切都做到恰到好处，却不肯盲从附和。小人只是盲从附和，却不肯表达自己的不同意见。"

2020.12.3
《论语》夜读368

跟什么人共事呢？宽容的、有底线的、让你发挥所长的；不能跟什么人共事呢？刻薄的、求全责备的、见利忘义的。

子路篇25

子曰:"君子易事而难说也。说之不以道,不说也;及其使人也,器之。小人难事而易说也。说之虽不以道,说也;及其使人也,求备焉。"

孔子说:"在君子手底下工作很容易,讨他的欢喜却难。不用正当的方式去讨他的欢喜,他不会欢喜的;等到他使用人的时候,却衡量各人的才德去分配任务。在小人手底下工作很难,讨他的欢喜却容易。用不正当的方式去讨他的欢喜,他会欢喜的;等到他使用人的时候,便会百般挑剔,求全责备。"

2020.12.4

《论语》夜读369

《诗经·小雅》中说"骄人好好,劳人草草",意思是说傲慢自大的人得意忘形,被谗言缠身的人忧心忡忡,这些皆不可取。身而为人,可取的状态是:平静坦然,豁达开朗。

子路篇26

子曰:"君子泰而不骄,小人骄而不泰。"

孔子说:"君子安详舒泰,却不骄傲凌人;小人骄傲凌人,却不安详舒泰。"

2020.12.5

《论语》夜读370

讱,是个会意字。从言,从内。表示有话在肚子里,难以说出来。

仁者是些什么样的人呢?刚强正直的人,坚毅果敢的人不可能面带谄媚之色;质朴方正的人,谨小慎言的人不可能花言巧语,这些人不可能巧言令色,这就是夫子心目中的仁者。

子路篇27

子曰:"刚、毅、木、讱近仁。"

孔子说:"刚强、果决、朴质,而言语不轻易出口,有这四种品德的人近于仁德。"

2020.12.7

《论语》夜读372

朋友之间互相批评、互相勉励;兄弟之间心情愉悦,和睦相处;做到这些,就是士啦!

子路篇28

子路问曰:"何如斯可谓之士矣?"子曰:"切切偲偲,怡怡如也,可谓士矣。朋友切切偲偲,兄弟怡怡。"

子路问道:"怎么样才可以叫作'士'了呢?"孔子道:"互相批评,和睦共处,可以叫作'士'了。朋友之间,互相批评;兄弟之间,和睦共处。"

2020.12.8
《论语》夜读373

今天读子路篇的最后两章。

《诗经·小雅·小旻》有云:"不敢暴虎,不敢冯河。'人知其一,莫知其他。"孔子用"暴虎冯河"骂过子路,批评他只晓得用武力、用军事,偏向于武功,而不懂得为政之道。

孔子虽然主张为政以德,却不讳言用武。他认为无论何时一个国家都应该重视国防。老百姓被有德行的君子教化久了,加上训练有素,那也可以为国效力,沙场杀敌了。反之,无道之君让毫无经验的人奔赴前线,无异让他们白白送死,这是完全不可取的!

子路篇29

子曰:"善人教民七年,亦可以即戎矣。"

孔子说:"善人教导人民达七年之久,也能够叫他们作战了。"

子路篇30

子曰:"以不教民战,是谓弃之。"

孔子道:"用未经受过训练的人去作战,这等于糟踏生命。"

万人如海一身藏

2020.12.9
《论语》夜读374

今天开始读《宪问篇》。

原宪,字子思,春秋末年宋国商丘人。孔子弟子,孔门七十二贤之一。

宪问篇 1

宪问耻。子曰:"邦有道,谷;邦无道,谷,耻也。""克、伐、怨、欲不行焉,可以为仁矣?"子曰:"可以为难矣,仁则吾不知也。"

原宪问孔子什么是可耻。孔子说:"国家有道,做官拿俸禄;国家无道,还做官拿俸禄,这就是可耻。"原宪又问:"好胜、自夸、怨恨、贪欲都没有的人,可以算是做到仁了吧?"孔子说:"这可以说是很难得的,但至于是不是做到了仁,那我就不知道了。"

2020.12.10
《论语》夜读375

原宪出身贫寒,比孔子小36岁,幼年即拜孔子为师。孔子在鲁国做大司寇时,原宪就担任老师的家宰,孔子给他九百斛的俸禄,他觉得太多了,推辞不要。

孔子去世后,原宪居住在卫国一个小巷内。房子很狭窄,茅草为顶,蓬蒿为门,破瓮做窗,上漏下湿。每天粗茶淡饭,生活极为清苦。原宪端坐其间,弹琴歌唱,安贫乐道,不与世俗同流合污。

问舍求田,原无大志;掀天揭地,方是奇才。一个人如果过分追求物质财富,沉湎于物质享受,是很难有大作为的。

宪问篇2

子曰:"士而怀居,不足以为士矣。"

孔子说:"读书人而留恋安逸,便不配做读书人了。"

2020.12.11

《论语》夜读376

冯道,史上唯一一个历经11位皇帝而不倒的大臣,乃政坛不倒翁本翁。

倘若你要问他有什么秘诀,他会说没有秘诀。冯道性情纯朴、宽厚,唯一的爱好就是读书写文章。

冯道国亡而身不死,视国君为路人,朝秦暮楚,史上鄙夷他的人很多,以欧阳修、司马光为最。冯道自号长乐老子,亦招来众议。对此,王安石有不同的看法,他认为冯道能屈身以安人,就好像诸佛菩萨一样,是大慈悲的行为。李贽也认为,冯道五十年间,虽历经四姓,事一十二君以及耶律契丹等,但是冯道凭一己之力,使百姓和士兵免受锋镝之苦,冯道已经尽了安抚百姓的人臣本分了。冯道生活严谨,行为端正,态度纯良,正所谓危行言逊。他所恪守的正是中华文化的精神,哪怕豺狼当道,也没有向谁尽忠。孟子说,社稷为重,君为轻,冯道正是这样做了,何错之有呢?

宪问篇3

子曰:"邦有道,危言危行;邦无道,危行言孙。"

孔子说:"政治清明,言语正直,行为正直;政治黑暗,行为正直,言语谦顺。"

2020.12.14

《论语》夜读379

寒浞是历史上最善于操纵舟船的高手,和后羿的神射齐名。

4000多年前,有位陆地行舟的大力士,人称少年英雄寒浞。他的父亲寒浞称霸九州以后,除弊兴利,把寒水治理成既能水上运输又可灌溉农田的"运粮河"。庄稼收割后怎么运呢？寒浇想了一个办法：把空船拖上岸,在田地里一边收割一边就近装船,装满后再把船拖到河里运走。"陆地行舟"的奇特现象出现了！寒浇力大,拖船身先士卒、以一当十,从此,闻名遐迩,流传千古。

宪问篇5

南宫适问于孔子曰："羿善射,奡荡舟,俱不得其死然。禹稷躬稼而有天下。"夫子不答。

南宫适出,子曰："君子哉若人！尚德哉若人！"

南宫适向孔子问道："羿擅长射箭,奡擅长水战,都没有得到好死。禹和稷自己下地种田,却得到了天下。怎样解释这些历史？"孔子没有答复。

南宫适退了出来。孔子道："这个人,好一个君子！这个人,多么尊尚道德！"

2020.12.16

《论语》夜读381

"父母之爱子则为之计深远",父母爱自己的孩子,就会谋划他的未来,为他做长远的考虑。倘若事事安排妥当,结果常常事与愿违。反而是把孩子放到生活中去锻炼去成长,陪伴他感受生活的酸甜苦辣,更能有所收获。

英国最好的学校伊顿公学规定,学生必须睡硬板床,吃粗茶淡饭,接受非常严苛的训练,以此培养学生的合作意识和自律精神。他们认为,真正的贵族一定是富于自制力及强大的精神力量,所以从小就开始培养。一个对社会有价值的人常常由此产生,他们兼具文化教养、社会担当、自由灵魂。

忠、信一体。朋友也罢,员工或下属也罢,当发现有所不妥、需要调整时,就要用恰当的方式表达出来。如果不说,则难以心安。

宪问篇7

子曰："爱之,能勿劳乎？忠焉,能勿诲乎？"

孔子说："爱他,能不叫他劳苦吗？忠于他,能够不教诲他吗？"

2020.12.17

《论语》夜读382

话说春秋时期,郑国一份外交辞令出台,必须经过以下四个步骤：裨谌打草稿,世叔提意见,子羽推敲修改,子产润饰定稿。一份文件,群贤出力,和衷共济。

孔子举此例,谆谆告诫众弟子,政令无小事,小到一张纸条,都要细心揣摩,反复斟酌,才可发布。

宪问篇8

子曰:"为命,裨谌草创之,世叔讨论之,行人子羽修饰之,东里子产润色之。"

孔子说:"郑国外交辞令的创制,裨谌拟稿,世叔提意见,外交官子羽修改,子产做字词上的加工。"

2020.12.18

《论语》夜读383

子产执政,进行了自上而下的改革,郑国因此出现了中兴局面。

子西是楚国的大夫,担心孔子在楚国取代自己,就排挤孔子。当弟子问起子西时,孔子语焉不详,不加评论。

管仲治理齐国,将大夫伯氏的300亩良田充公,害得伯氏一家粗茶淡饭度日,伯氏却心服口服,毫不怨恨管仲。孔子认为管仲为政的水平到了这种境界,令人敬佩。

宪问篇9

或问子产。子曰:"惠人也。"

问子西。曰:"彼哉!彼哉!"

问管仲。曰:"人也。夺伯氏骈邑三百,饭疏食,没齿无怨言。"

有人向孔子问子产是怎样的人物。孔子道:"是宽厚慈惠的人。"

又问到子西。孔子道:"他呀,他呀!"

又问到管仲。孔子道:"他是人才。他剥夺了伯氏骈邑300户的采地,使伯氏只能吃粗粮,到死没有怨恨的话。"

2020.12.21

《论语》夜读386

鲁国大夫孟公绰学问渊博、生活清廉、安贫乐道、德高望重。在孔子看来，孟公绰可以非常胜任赵国、魏国这些大国的政府顾问，但是孟公绰却不能担任滕国、薛国这些小国的能臣。原因何在？孟公绰大方向的辨别很有见地，处理具体问题的才干有所欠缺。

为政者，知人善任很重要。

宪问篇11

子曰："孟公绰为赵魏老则优，不可以为滕、薛大夫。"

孔子说："孟公绰，若是叫他做晋国诸卿赵氏、魏氏的家臣，那是力有余裕的；却没有才能来做滕、薛这些小国的大夫。"

2020.12.22

《论语》夜读387

孔子的完人模版有两个：

1. 理想版，智、仁、勇、才艺兼备又具有礼乐修养的人；
2. 现实版，见利思义，见危受命，遵守诺言的人。

宪问篇12

子路问成人。子曰："若臧武仲之知，公绰之不欲，卞庄子之勇，冉求之艺，文之以礼乐，亦可以为成人矣。"曰："今之成人者何必然？见利思义，见危授命，久要不忘平生之言，亦可以为成人矣。"

路问什么是完人。孔子说："像臧武仲那样的智慧，孟公绰那样的不贪心，卞庄子那样的勇敢，冉求那样的多才多艺，再用礼乐加以修饰，也就可以称为完人了。"又说，"现今的所谓完人又哪里一定能如此呢？看见利益能想到是否合乎义，见到危难敢于献身，早已约定的事不忘记去做，也就可以称为完人了。"

2020.12.23

《论语》夜读388

孔子周游列国，在卫国时间最长。公叔文子是卫国的大夫，他的家臣僎有贤才，他就推荐给国君，让他做了大夫，与自己平起平坐。这样举贤荐能的胸襟、气度让孔子对他称赞有加。卫国饥荒，公叔文子就教人把粥施给饥饿的难民；卫国有难，他以死保卫国君；他整治政务与邻国相交，使国家免遭耻辱。他去世后，国君卫灵公很哀伤，给公叔文子的谥号"贞惠文"，以示嘉赞。

宪问篇 13

子问公叔文子于公明贾曰："信乎，夫子不言，不笑，不取乎？"

公明贾对曰："以告者过也。夫子时然后言，人不厌其言；乐然后笑，人不厌其笑；义然后取，人不厌其取。"

子曰："其然？岂其然乎？"

孔子向公明贾问到公叔文子，说："他老人家不言语，不笑，不取，是真的吗？"

公明贾答道："这是传话的人说错了。他老人家到应说话的时候才说话，别人不厌恶他的话；高兴了才笑，别人不厌恶他的笑；应该取才取，别人不厌恶他的取。"

孔子道："是这样吗？难道真是这样的吗？"

2020.12.24

《论语》夜读389

臧武仲是臧文仲的孙子、臧宣叔的儿子，他智商超群，能言善辩。他熟知礼仪规范，处处遵循礼制秩序，维护了鲁国的地位。这便是传说中的以智存鲁。

后来他得罪了孟孙氏逃离鲁国，回到防邑，他向鲁君要求，以立臧氏之后为卿大夫作条件，自己离开防邑。对此，孔子认为他以自己的封地为据点，想要挟君主，犯上作乱，实为大不忠。

宪问篇 14

子曰："臧武仲以防求为后于鲁，虽曰不要君，吾不信也。"

孔子说："臧武仲凭借防邑请求鲁君在鲁国替臧氏立后代，虽然有人说他不是要挟君主，我不相信。"

2020.12.25

《论语》夜读390

春秋五霸"挟天子以令诸侯"成就霸业各有其道。齐桓公依靠管仲，开盐铁、官山海,富庶了齐国,称霸了天下。晋文公在外流亡19年,他谦逊好学,善于交往贤能智士。城濮之战,以少胜多,大败楚军,召集齐宋,践土会盟,成为第二位霸主,开创了晋国长达百年的霸业。

宪问篇15

子曰:"晋文公谲而不正,齐桓公正而不谲。"

孔子说:"晋文公诡诈好耍手段,作风不正派;齐桓公作风正派,不用诡诈,不耍手段。"

2020.12.26

《论语》夜读391

孔夫子正在比较齐桓公和晋文公,子路插话了。他翻出了管仲当初原本辅佐公子纠的历史,质疑管仲的人品。对于管仲,夫子"不以一眚掩大德",夫子认为齐国九次召开诸侯联会,从不以武力示人,称霸的同时,社会稳定,周朝延续,管仲的这些做法算得上为政以德,是妥妥的仁德啊。

宪问篇16

子路曰:"桓公杀公子纠,召忽死之,管仲不死。"曰:"未仁乎?"子曰:"桓公九合诸侯,不以兵车,管仲之力也。如其仁,如其仁。"

子路道:"齐桓公杀了他哥哥公子纠,公子纠的师父召忽因此自杀,但是他的另一个师父管仲却活着。"接着又道:"管仲该不是有仁德的吧?"孔子道:"齐桓公多次地主持诸侯间的盟会,停止了战争,都是管仲的力量。这就是管仲的仁德,这就是管仲的仁德。"

2020.12.28

《论语》夜读393

"大行不顾细谨,大礼不辞小让",孔子对管仲的称道坚定不移,面对子贡的质疑,孔子再次指出管仲做出的巨大贡献。

假如没有管仲,世界将会走向何方?人人披头散发,衣襟朝左,妥妥的蛮夷模样!

管仲辅佐齐桓公提出"尊王攘夷"。尊王,礼制得以周全,周王室可以续存；攘夷，拒击北戎，震慑南楚，从此四野八荒都向周王室朝贡。

宪问篇17

子贡曰："管仲非仁者与？桓公杀公子纠，不能死，又相之。"子曰："管仲相桓公，霸诸侯，一匡天下，民到于今受其赐。微管仲，吾其被发左衽矣。岂若匹夫匹妇之为谅也，自经于沟渎而莫之知也？"

子贡道："管仲不是仁人吧？桓公杀掉了公子纠，他不但不以身殉难，还去辅相他。"孔子道："管仲辅相桓公，称霸诸侯，使天下一切得到匡正，人民到今天还受到他的好处。假若没有管仲，我们都会披散着头发，衣襟向左边开，沦为落后民族了。他难道要像普通老百姓一样守着小节小信，在山沟中自杀，还没有人知道的吗？"

2020.12.29

《论语》夜读394

春秋时期的选官制度与夏商时期一样，是世袭制，即"世卿世禄"制。贵族凭借血缘关系，世代做官。公叔文子身为贵族，发现自己的家臣僎很有才干，就把这位能干的平民推荐给国君，担任与自己平级的官员，这种举贤荐能的胸怀和气度，孔子看来，与其谥号"文"完美匹配。

宪问篇18

公叔文子之臣大夫僎与文子同升诸公。子闻之，曰："可以为'文'矣。"

公叔文子的家臣大夫僎，由于文子的推荐，和文子一道做了国家的大臣。孔子知道这事，便道："这便可以谥为'文'了。"

2020.12.30

《论语》夜读395

卫灵公就是娶了南子的那个卫国国君，这个人在很多事情上不靠谱，但是他有一个优点，就是很会用人，而且还非常信任选用的大臣，所以卫国依然运行得很好！

宪问篇19

子言卫灵公之无道也，康子曰："夫如是，奚而不丧？"孔子曰："仲叔圉治宾客,祝鮀治宗庙,王孙贾治军旅。夫如是,奚其丧?"

孔子讲到卫灵公的昏乱,康子道:"既然这样,为什么没有败亡?"孔子道:"他有仲叔圉接待宾客,祝鮀管理祭祀,王孙贾统率军队,像这样,怎么会败亡?"

2020.12.31
《论语》夜读396
《红楼梦》第七十八回:"如此甚好。你念,我写。若不好了,我搥你的肉,谁许你先大言不惭的。"今天这一章便是"大言不惭"一词的源头。孔老师认为一个人的言语须服从他的能力,一切自吹自擂、自卖自夸的行为皆不足取;须谨言慎行,言行相符。

宪问篇20
子曰:"其言之不怍,则为之也难。"
孔子说:"那个人大言不惭,他实行就不容易。"

2021.1.1
《论语》夜读397
公元前481年春,齐简公的宠臣阚止在上朝途中遇到一件事情:有个叫田逆的田氏族人杀人,阚止命人将其拘捕,可田逆却被田氏族人救下逃脱了。阚止在齐简公的支持下,准备驱逐田氏。谁知阚止的家仆陈豹向田氏告密。左丞相田恒先发制人,率军进宫劫持了齐简公。阚止带领军队反攻,被田氏打败,阚止只好外逃。田氏军穷追不舍,慌忙中阚止迷路,误入了田氏的封邑丰丘,在郭门被田氏杀死。到了六月,齐简公与夫人在仓皇逃往徐州,在路上,被田恒的追兵杀死。田恒就立了简公的弟弟骜为君,这就是齐平公,田恒自任太宰。

身在鲁国的孔子听说此事,非常愤怒。孔子认为名与器不可假人,权力的运行必须有其秩序。

于是孔子沐浴更衣,整冠入宫,朝见鲁哀公,请哀公发兵讨伐齐国,可是鲁哀公没有实权,操纵权柄的季氏根本不愿出兵讨伐。

孔子只能望洋兴叹：不是我不想伸张正义啊，我进言了！我进言了啊！

宪问篇21

陈成子弑简公。孔子沐浴而朝，告于哀公曰："陈恒弑其君，请讨之。"公曰："告夫三子！"

孔子曰："以吾从大夫之后，不敢不告也。君曰'告夫三子'者！"

之三子告，不可。孔子曰："以吾从大夫之后，不敢不告也。"

陈恒杀了齐简公。孔子斋戒沐浴而后朝见鲁哀公，报告道："陈恒杀了他的君主，请你出兵讨伐他。"哀公道："你向季孙、仲孙、孟孙三人去报告吧！"

孔子退了出来，道："因为我曾忝为大夫，不敢不来报告，但是君上却对我说，'向那三人报告吧'！"

孔子又去报告三位大臣，不肯出兵。孔子道："因为我曾忝为大夫，不敢不报告。"

2021.1.6

《论语》夜读402

在历代孔庙祭奠中，位列孔庙东廊第一，居先贤之首的，不是孔子的弟子，而是卫国大夫蘧伯玉，这表达了儒家对蘧老夫子的敬重。

蘧伯玉年长孔子30多岁，是孔子的良师益友。孔子周游列国14年，在卫国时间最长，前后两次都住在蘧伯玉家，达9年之久。他的政治主张和学问修养对孔子产生了深远的影响。

蘧伯玉是第一个提出以德治国的人，他担任卫国大夫期间，兴道德教化，休养生息，宽松为政。卫国因此稳立中原，百姓安居乐业。

《庄子·则阳篇》中说"蘧伯玉行年六十而六十化"，就是说他年已60还能与日俱新，随着时代的变化而变化。所以，他还是第一个与时俱进的人，第一个每天三省吾身的人。

有一天晚上，卫灵公和夫人南子在聊天，这时他听见宫外有马车行驶的声音，马车到了宫门口还停了一会儿。卫灵公觉得很奇怪，南子告诉灵公，这车中坐着的肯定是蘧伯玉，因为他表里如一，不欺暗室。灵公一调查果然如此。所以，蘧伯玉还是第一个主张慎独的人。

蘧伯玉思想深邃，与道家渊源也很深。他比老子大10岁，主张"弗治而治"，开老庄"无为而治"之先声。庄子记载的"螳臂挡车"的故事也是出自蘧伯玉之口。

蘧伯玉"耻独为君子"，他认为独善其身是可耻的，应以自己的言行影响他人、影响社会，让更多的人成为君子。两千多年来，蘧伯玉作为"君子典范"受人景仰，他的家乡长垣也被称为"君子乡""君子里"。

宪问篇25

蘧伯玉使人于孔子。孔子与之坐而问焉，曰："夫子何为？"对曰："夫子欲寡其过而未能也。"

使者出。子曰："使乎！使乎！"

蘧伯玉派一位使者访问孔子。孔子给他坐位，尔后问道："他老人家干些什么？"使者答道："他老人家想减少过错却还没能做到。"

使者辞了出来。孔子道："好一位使者！好一位使者！"

2021.1.7

《论语》夜读403

"英雄到老皆皈佛，宿将还山不论兵。"抗金名将韩世忠被秦桧除了兵权后，每天骑着一头驴子在西湖边上溜达，溜达完了就在湖边的酒馆里喝酒，既不谈国事也不谈军事。

这世上并没有什么感同身受，你不在那位置，就没有那位置上的体验，也不可能洞察内情。把种菜的事情交给菜农去做，把烧菜的事情交给厨师去做，把政治交给当权者，每个人做好自己职责范围内的事情，才是物尽其用，人尽其才，各得其所。

宪问篇26

子曰："不在其位，不谋其政。"

曾子曰："君子思不出其位。"

曾子说："君子所思虑的不超出自己的工作岗位。"

2021.1.8

《论语》夜读404

"好学近乎知,力行近乎仁,知耻近乎勇",仁智勇一向被称为三达德,是君子必备的三种基本素养。仁者乐天知命,平和宁静,能坦然面对一切,所以不忧;智慧的人能洞悉事物的真相,掌握事情的发展方向,所以从不困惑;勇敢的人勇往直前,毫不畏惧。

这三者,仁是主体,智和勇是一对美丽的翅膀,三者兼具,完美的君子人格就树立起来了。

宪问篇27

子曰:"君子耻其言而过其行。"

孔子说:"说得多,做得少,君子以为耻。"

宪问篇28

子曰:"君子道者三,我无能焉:仁者不忧,知者不惑,勇者不惧。"子贡曰:"夫子自道也。"

孔子说:"君子所行的三件事,我一件也没能做到:仁德的人不忧虑,智慧的人不迷惑,勇敢的人不惧怕。"子贡道:"这正是他老人家对自己的叙述哩。"

2021.1.9

《论语》夜读405

方,通假字,同谤,批评。子贡直率,经常批评别人,孔子不以为然:你自己就很完美吗?就不能包容一些吗?哪有那么多的闲工夫品头论足?

宪问篇29

子贡方人。子曰:"赐也贤乎哉?夫我则不暇。"

子贡讥评别人。孔子对他道:"你就够好了吗?我却没有这闲工夫。"

2021.1.11

《论语》夜读407

每个人都希望自己有存在价值,担心自己不被人关注,孔老师就说啦:这个担心太多余啦,还是把精力用在做好你自己上吧!

宪问篇30

子曰:"不患人之不己知,患其不能也。"

子说:"不担心别人不知道我,只担心自己没有足够的能力。"

2021.1.13
《论语》夜读403

鲁国隐士微生亩,看到孔子兴办私学,四处推行自己的主张非常不解,认为完全没有必要。孔子怀揣"知其不可而为之"的行道主张,淡淡一笑:"唤醒一个是一个嘛!"

宪问篇32

微生亩谓孔子曰:"丘何为是栖栖者与?无乃为佞乎?"孔子曰:"非敢为佞也疾固也。"

微生亩对孔子说:"你为什么如此奔波、忙碌呢?不是为了讨好别人吧?"孔子说:"我并非讨好别人,只是憎恶世人的固执。"

2021.1.14
《论语》夜读404

"人中吕布,马中赤兔",作为汗血宝马的赤兔马是人们眼中的极品好马。它秉性刚烈,不事贰主,吕布死后不久,赤兔马思念主人成疾,也消失在人们的视线中;

"马作的卢飞快,弓如霹雳弦惊",的卢马背负着刘备跨过宽阔的檀溪,甩掉了追兵,救下刘备一命;

宝马良驹是主人的坐骑,更伴随着英雄名垂青史。它的可贵,不仅仅是它的速度,更在于它对主人的妥帖、默契和忠贞,在于它感人至深的品性。老马识途就是这种品性的体现。孔老师以此告诉微生亩,为了天下,为了社会,只求耕耘,莫问收获。孔子以一己之力,兴办私学,因材施教,周游列国,克己复礼,儒家文化成为中华民族的主流文化,孔子如万古长夜的一盏明灯,彻照古今。

宪问篇33

子曰:"骥不称其力,称其德也。"

夫子说:"称为骥马的,并不是称它之力,乃是称它之德呀。"

2021.1.15
《论语》夜读405

老子说"大小多少,报怨以德",所以以德报怨出自老子之口,是道家思想。那么儒家呢?孔子说"以直报怨",以公平、正直来回答怨恨。"谁言寸草心,报得三春晖";若是那豺狼来了,迎接它的有猎枪!

宪问篇34

或曰:"以德报怨,何如?"子曰:"何以报德? 以直报怨,以德报德。"

有人对孔子道:"拿恩惠来回答怨恨,怎么样?"孔子道:"拿什么来酬答恩惠呢? 拿公平、正直来回答怨恨,拿恩惠来酬答恩惠。"

2021.1.16
《论语》夜读406

孔子幼年丧父,与母亲相依为命,贫贱度日。15岁开始一心向学,学的是普通平常的知识,领悟的却是至高的道理。他的为政之道和报国之志无人理解,周游列国14年无功而返,可是这又怎样呢? 孔子不埋怨、不责备,他说,上天是了解我的,我的思想主张终将被推行。诚哉斯言! 悠悠两千余载,儒家文化作为中华文化的主流,源源不断,绵绵不绝。

宪问篇35

子曰:"莫我知也夫!"子贡曰:"何为其莫知子也?"子曰:"不怨天,不尤人,下学而上达。知我者其天乎!"

孔子叹道:"没有人知道我呀!"子贡道:"为什么没有人知道您呢?"孔子道:"不怨恨天,不责备人,学习一些平常的知识,却透彻了解很高的道理。知道我的,只是天吧!"

2021.1.18
《论语》夜读408

孔子做了鲁国的司法部长后,把子路派到权臣季孙氏家当总管,同时大力推行自己的政治主张。鲁国的一个官僚公伯寮非常看不惯孔子,就经常在季孙氏的面前说子路的坏话,搬弄是非,挑拨离间,渐渐地季孙氏不大信任子路,也对孔子产生了怀疑。孔子的另一个学生子服景伯在朝中担任要职,见此情景很是不平,就跑来对老师说:不能任由公伯寮这样下去了,老师我有法子让他斩首示众。孔子淡淡一笑:不必啦!我是为天地行正道,至于能否行得通,都是天命,哪里是一个公伯寮能左右的呢?

宪问篇36

公伯寮愬子路于季孙。子服景伯以告,曰:"夫子固有惑志于公伯寮,吾力犹能肆诸市朝。"

子曰:"道之将行也与,命也;道之将废也与,命也。公伯寮其如命何!"

公伯寮向季孙毁谤子路。子服景伯告诉孔子,并且说:"他老人家已经被公伯寮所迷惑了,可是我的力量还能把他的尸首在街头示众。"

孔子道:"我的主张将实现吗,听之于命运;我的主张将永不实现吗,也听之于命运。公伯寮能把我的命运怎样呢!"

2021.1.19
《论语》夜读416

当国邦无道,社会混乱之际,贤者报国无门,空怀报国之志,怎么办呢?走为上策,眼不见为净,逃避现实,离世归隐吧!孔子周游列国,先后遇到7位隐者:长沮、桀溺、荷蓧丈人、石门、荷蒉、仪封人、狂接舆,此时一一道来,夫子缓缓地告诉弟子们:贤者回避的方式有四,避世、避地、避色、避言!

宪问篇37

子曰:"贤者辟世,其次辟地,其次辟色,其次辟言。"

子曰:"作者七人矣。"

孔子说:"有些贤者逃避恶浊社会而隐居,次一等的择地而处,再次一等的避免不好的脸色,再次一等的逃避恶言。"

孔子又说:"像这样的人已经有7位了。"

2021.1.20

《论语》夜读417

"万人如海一身藏"这是苏东坡对大隐隐于市的解读。孔子怀抱大志,无处施展,周游列国无非就是寻找一方施展的舞台,连连碰壁,依然初心不改。隐者晨门不能理解,称孔子是明知做不到依然拼命坚持的人,他大概在想:孔子为什么不退隐呢?晨门哪里懂得孔子大隐隐于市的志向呢?

宪问篇38

子路宿于石门。晨门曰:"奚自?"子路曰:"自孔氏。"曰:"是知其不可而为之者与?"

子路在石门住了一宵,第二天清早进城,司门者道:"从哪儿来?"子路道:"从孔家来。"司门者道:"就是那位知道做不到却一定要去做的人吗?"

2021.1.21

《论语》夜读418

荷蒉者也是一位隐士,他从孔子的击磬升中听出了固执的味道,认为明知不可为而为之实在不可取,他用《诗经》中的话"深则厉,浅则揭"提醒孔子,对此,孔子报以轻轻摇头。100多年后,孟子的一句话可以道出孔子此时的心声:虽千万人吾往矣!

宪问篇39

子击磬于卫,有荷蒉而过孔氏之门者,曰:"有心哉,击磬乎!"既而曰:"鄙哉,硁硁乎!莫己知也,斯己而已矣。深则厉,浅则揭。"

子曰:"果哉!末之难矣。"

孔子在卫国,一天正敲着磬,有一个挑着草筐子的男子恰在门前走过,便说道:"这个敲磬是有深意的呀!"等一会儿又说道:"磬声硁硁的,可鄙呀,它好像在说,没有人知道我呀!没有人知道自己,这就罢休好了。水深,索性穿着衣裳走过去;水浅,无妨撩起衣裳走过去。"

孔子道:"好坚决!没有办法说服他了。"

2021.1.22

《论语》夜读419

尊崇孝道,源远流长。

从呱呱坠地、牙牙学语、蹒跚学步到完全脱离父母的怀抱,大约需要3年。古制规定,为报哺育之恩,至亲辞世,子女必须守孝3年。从寻常百姓到帝王家概莫能外。老国君驾崩,承继大统的国君首先做的不是亲政,而是居住在凶庐里,守孝3年。在这3年里,国家大事一概交给宰相处理,文武百官都听命于宰相。

宪问篇40

子张曰:"《书》云:'高宗谅阴,三年不言。'何谓也?"

子曰:"何必高宗,古之人皆然。君薨,百官总己以听于冢宰三年。"

子张道:"《尚书》说:'殷高宗守孝,住在凶庐,3年不言语。'这是什么意思?"孔子道:"不仅仅高宗,古人都是这样:国君死了,继承的君王3年不问政治,各部门的官员听命于宰相。"

2021.1.25

《论语》夜读422

子路问孔子:从政的公务员该怎么做才称职?孔子说,内持敬畏之心,外持谦恭之态,不断修炼自己以对待工作、对待领导、对待百姓。子路不信:"就这些吗?"孔子微微一笑:做到这些可不容易啊!目前为止连尧舜都没有全做到呢!

宪问篇42

子路问君子。子曰:"修己以敬。"

曰:"如斯而已乎?"曰:"修己以安人。"

曰:"如斯而已乎?"曰:"修己以安百姓。修己以安百姓,尧舜其犹病诸?"

子路问怎样才能算是一个君子。孔子道:"修养自己来严肃、认真地对待工作。"

子路道:"这样就够了吗?"孔子道:"修养自己来使上层人物安乐。"

子路道:"这样就够了吗?"孔子道:"修养自己来使所有老百姓安乐。修养自己来使所有老百姓安乐,尧舜大概还没有完全做到哩!"

2021.1.26
《论语》夜读423
鲁国人原壤,是孔子的老朋友,放浪形骸,不重礼仪。原壤的母亲去世了,孔子就过来帮着清洗棺木、料理丧事。原壤呢,在一旁无所事事,手拿一块木板笃笃地敲击着棺材,自言自语道:"我很久未唱歌抒怀了。"然后,他清了清嗓子唱道:"棺材的纹理就像狸猫之首,握在手心真高兴。"

孔子视而不见,默默走开了。一起来帮忙的人问:"先生难道还要搭理这种人吗?"

孔子说:"亲人总归是亲人,老朋友总归是老朋友。总不能为这事就翻脸啊。"

这一天,孔子去看望原壤,原壤既不出门迎接,也没有站起身,他伸着长腿随意地坐在座位上,孔子摇了摇头:"你啊!年轻时不懂礼节,现在又饱食终日,无所用心,实在祸害不浅啦!"一边说一边用手里的拐杖敲了敲原壤的小腿,坐了一会儿,走了。

宪问篇43
原壤夷俟。子曰:"幼而不孙弟,长而无述焉,老而不死,是为贼。"以杖叩其胫。

原壤两腿像八字一样张开坐在地上,等着孔子。孔子骂道:"你幼小时候不懂礼节,长大了毫无贡献,老了还白吃粮食,真是个害人精。"说完,用拐杖敲了敲他的小腿

忍耐,人生的必修课

2021.1.28
《论语》夜读425
今天开始读第十五篇——《卫灵公篇》。
孔子主张以礼治国,礼让为国,当卫灵公咨询他军事方面的问题时,他不以为然,匆匆作答。第二天,孔子就带着众弟子离开了卫国。

卫灵公篇1
卫灵公问陈于孔子。孔子对曰:"俎豆之事,则尝闻之矣;军旅之事,未之学也。"明日遂行。

卫灵公向孔子问军队列阵之法。孔子回答说:"祭祀、礼仪方面的事情,我还听说过;用兵打仗的事,从来没有学过。"第二天,孔子便离开了卫国。

2021.1.29
《论语》夜读426
孔子一行人在陈国,带来的粮食都吃光了,不少弟子饿出病来,连下床的力气都没有了。子路怒气冲冲找到孔子:"君子居然也会有穷到这样的地步?"孔子说:"是啊!不同的是,君子在这种情况下能守住底线,小人却会不择手段。"

卫灵公篇2
在陈绝粮,从者病,莫能兴。子路愠见曰:"君子亦有穷乎?"子曰:"君子固穷,小人穷斯滥矣。"

孔子在陈国断绝了粮食,跟随的人都饿病了,爬不起床来。子路很不高兴地来见孔子,说道:"君子也有穷得毫无办法的时候吗?"孔子道:"君子虽然穷,还是坚持着;小人一穷便无所不为了。"

2021.1.30
《论语》夜读427

万事万物都有其内在的规律,这个规律就是蕴藏在事物之中的那个"一"。读万卷书、行万里路,目的都在于此。所以,孔夫子谆谆告诫子贡:学问的求取积累固然重要,更重要的是找到其内在的联系,一以贯之,自然融会贯通。

卫灵公篇3

子曰:"赐也,女以予为多学而识之者与?"对曰:"然,非与?"曰:"非也,予一以贯之。"

孔子道:"赐!你以为我是多多地学习又能够记得住的吗?"子贡答道:"对呀,难道不是这样吗?"孔子道:"不是的,我有一个基本观念来贯穿它。"

2021.2.1
《论语》夜读428

德,会意兼形声字。最初出现在商代甲骨文中。德的古字形从彳、从直,表示遵行正道之意。后来左边表示行走,右边像一只眼睛上面有一条直线,表示眼睛要看正,即"行得要正,看得要直"之义。到了西周时期,在右边的眼睛下加了一颗"心",此时,"德"又多了一条标准,即除了"行正、目正"外,还要"心正"。

德,就是做人做事的准则底线,外得于人,内得于己,德是发自内心的惠及他人的行为,孔子语重心长地对子路说,明白个中深义的人太少啦。

卫灵公篇4

子曰:"由!知德者鲜矣。"

孔子对子路道:"由!懂得'德'的人可少啦。"

2021.2.2

《论语》夜读429

孔夫子的无为而治与老子的无为而治颇为不同。

老子主张智慧启迪，不过分干预，让万民发现自然之道，发挥潜能，自我实现；孔子主张人性向善，为政以德，积极进取，以德行感召百姓，教化万民。

卫灵公篇5

子曰："无为而治者其舜也与？夫何为哉？恭己正南面而已矣。"

孔子说："自己从容安静而使天下太平的人大概只有舜吧？他干了什么呢？只是庄严、端正地坐朝廷罢了。"

2021.2.3

《论语》夜读430

孔子认为，待人诚恳，正直坦率；尊重对方的文化习惯，不把自己的意志强加于人，做到了这两点，无论做事还是出访都处处行得通。子张听了，连忙把这些话记在自己的腰带上。

卫灵公篇6

子张问行。子曰："言忠信，行笃敬，虽蛮貊之邦，行矣。言不忠信，行不笃敬，虽州里，行乎哉？立则见其参于前也，在舆则见其倚于衡也，夫然后行。"子张书诸绅。

子张问如何才能使自己到处行得通。孔子道："言语忠诚老实，行为忠厚严肃，纵到了别的部族国家，也行得通。言语欺诈无信，行为刻薄轻浮，就是在本乡本土，能行得通吗？站立的时候，就仿佛看见'忠诚老实忠厚严肃'几个字在我们面前；在车里，也仿佛看见它刻在前面的横木上；时时刻刻记着它，这才能使自己到处行得通。"子张把这些话写在了腰带上。

2021.2.4

《论语》夜读431

卫国大夫史鱼秉公刚正，直言进谏，被称为卫国的柱石之臣。他发现蘧伯玉德才兼备、为人正直却不被卫灵公重用，另一位谄媚之臣弥子瑕却深得卫灵公的欢心，就多次劝谏，一直没有被采纳。眼见得自己时日无多，史鱼就把儿子叫到跟前：为人臣子没能扶正国君的过失，就是失职啊！生前不能正君，死后无以成礼。孩子啊，你要为我做件事！接着便如此这般叮嘱，儿子面露难色，史鱼说，你必须照办，儿子无奈点头。

史鱼去世后，儿子按照叮嘱，将史鱼的遗体安置在窗下。前来吊唁的卫灵公大吃一惊：这，成何体统？儿子便把史鱼的话转告给卫灵公。卫灵公深受感动，就重用了蘧伯玉，远离了弥子瑕。史鱼的葬礼这才按照礼仪隆重举行。

卫灵公篇7

子曰："直哉史鱼！邦有道，如矢；邦无道，如矢。君子哉蘧伯玉！邦有道，则仕；邦无道，则可卷而怀之。"

孔子说："好一个刚直不屈的史鱼！政治清明像箭一样直，政治黑暗也像箭一样直。好一个君子蘧伯玉！政治清明就出来做官，政治黑暗就可以把自己的本领收藏起来。"

2021.2.5

《论语》夜读433

该说不说，就会失去人才，失去朋友；不该说却说，就是浪费口舌。智者既不失人也不失言。那么该与不该之间如何把握？这是一个问题。需要细心观察，精准判断以及换位思考，切记：己所不欲，勿施于人。

卫灵公篇8

子曰："可与言而不与之言，失人；不可与言而与之言，失言。知者不失人，亦不失言。"

孔子说："可以同他谈，却不同他谈，这是错过人才；不可以同他谈，却同他谈，这是浪费言语。聪明人既不错过人才，也不浪费言语。"

2021.2.6

《论语》夜读434

颜真卿刚正忠烈，懿文立德，硕学践行，以身事国；文天祥零丁洋里叹零丁,惶恐滩头说惶恐,慷慨就义。他们都是放弃生命以成全自己的信仰。这种风范,就是孔子口中的志士仁人。

卫灵公篇9

子曰:"志士仁人,无求生以害仁,有杀身以成仁。"

孔子说:"志士仁人,不贪生怕死因而损害仁德,只勇于牺牲来成全仁德。"

2021.2.8

《论语》夜读436

"磨刀不误砍柴工",完成一件事,预先做好充分的准备,妥帖的计划,事情必然顺利进行。多与社会名流交谈,多与国内贤达之士交往,自己的品德才学也会得到提高,胸襟眼界开阔了,方方面面关系理顺了,做起事情来必然得心应手,自然就达到仁的境界。

卫灵公篇10

子贡问为仁。子曰:"工欲善其事,必先利其器。居是邦也,事其大夫之贤者,友其士之仁者。"

子贡问怎样去培养仁德。孔子道:"工人要搞好他的工作,一定先要搞好他的工具。我们住在一个国家里,就要敬奉那些大官中的贤人,结交那些士人中的仁人。"

2021.2.9

《论语》夜读437

孔子认为,治理好一个国家应当汲取历朝历代的精华:行夏朝历法,乘商朝车子,佩周朝礼帽,奏韶乐和武乐,远离郑曲和小人。

卫灵公篇11

颜渊问为邦。子曰:"行夏之时,乘殷之辂,服周之冕,乐则韶、舞。放郑声,远佞人。郑声淫,佞人殆。"

颜渊问怎样去治理国家。孔子道:"用夏朝的历法,坐殷朝的车子,戴周朝的礼帽,音乐就用韶和武。舍弃郑国的乐曲,斥退小人。郑国的乐曲浮靡淫秽,小人危险。"

2021.2.10

《论语》夜读438

从空间上看，一个人所立足的不过是脚下的方寸之地，但是你所考虑、所着眼的应当是方寸之外的旷野，否则你只能困在眼前的弹丸之地；从时间上看，任何事情不做长远的考虑，就会被当下的烦恼所困惑。

卫灵公篇11

子曰："人无远虑，必有近忧。"

孔子说："一个人没有长远的考虑，一定会有眼前的忧患。"

2021.2.11

《论语》夜读439

颜值主义者古已有之，就比如卫灵公吧，认识南子之前颇能知人善任，卫国在几位贤臣的治理下蒸蒸日上。娶了南子之后，卫灵公为其美貌所惑乱了方寸，任由南子干涉朝政，有一次昏了头竟然要废太子，太子闻讯连夜逃到了宋国。

对卫灵公寄予厚望的孔子仰天长叹道："唉！好色古来多，好德有几人啊！"

鼠岁将逝，牛年在即！恭祝诸友新春快乐，牛年大发！

卫灵公篇13

子曰："已矣乎！吾未见好德如好色者也。"

孔子说："完了吧！我从没见过像喜欢美貌一般地喜欢美德的人哩。"

2021.2.13

《论语》夜读442

做好每件事的秘笈无他：开动脑筋，多问几个"为什么"，多问几个"怎么办"。

卫灵公篇16

子曰："不曰'如之何，如之何'者，吾末如之何也已矣。"

孔子说："一个人不想想'怎么办，怎么办'的，对这种人，我也不知道怎么办了。"

2021.2.14

《论语》夜读443

孔子眼中有两种猪队友：一是说话不靠谱，言之无物；二是自作聪明，卖弄小聪明。你永远喊不醒一个装睡的人，这样的学生难教，这样的人难共事，这样的部下难领导。

卫灵公篇17

子曰："群居终日，言不及义，好行小慧，难矣哉！"

孔子说："同大家整天在一块，不说一句有道理的话，只喜欢卖弄小聪明，这种人真难教导！"

2021.2.15

《论语》夜读444

仅仅读死书是算不上君子的，还要有四个担当：义、礼、逊、信。做事恰当，行止有礼，态度谦逊，言而有信。

卫灵公篇18

子曰："君子义以为质，礼以行之，孙以出之，信以成之。君子哉！"

孔子说："君子对于事业，以合宜为原则，依礼节实行它，用谦逊的言语说出它，用诚实的态度完成它。的确是一位君子呀！"

2021.2.16

《论语》夜读445

孔子要求自己的弟子要有真才实学，学以成德。子贡办事通达，善于雄辩；子路果敢决断，勇于担当；冉求多才多艺，精于政事。他们皆以自身的才能成就了一番功业。因此，孔子说，君子必须精进学业，不断提升自己。

卫灵公篇19

子曰："君子病无能焉，不病人之不己知也。"

孔子说："君子只惭愧自己没有能力，不怨恨别人不知道自己。"

2021.2.22

《论语》夜读451

一天,子贡问孔夫子:"老师,我想立个座右铭,您看写啥呢?"

夫子轻轻吐出一个字:"恕!"

"恕?就是那个如心?宽恕?"子贡不解地问。

夫子说:"正是!"

"难道我还不够'恕'吗?我看到鲁国在外为奴的人主动把他给赎回来,连赎金都不要政府的,这还不算?"

孔子注视着眼前的弟子:这是个品学兼优的学霸;口若悬河、一举牵动四国利益的天才外交家、政治家,成功的商人,自己周游列国的成全者,半是欣赏半是期待地说:"己所不欲,勿施于人!"

停顿了一会儿,夫子接着说:"待人处事,你自己不喜欢做的事情,也不要强加给别人。"

子贡点点头:"老师您这是要我遇事多换位思考,多站在对方的立场上考虑问题啊!"

子贡怀揣着老师的叮嘱,秉持"君子爱财,取之有道"的理念,始终牢记"己所不欲,勿施于人",一生诚信经商,办事通达。他是孔子弟子中的首富,被民间奉为财神。

卫灵公篇24

子贡问曰:"有一言而可以终身行之者乎?"子曰:"其恕乎!己所不欲,勿施于人。"

子贡问道:"有没有一句可以终身奉行的话呢?"孔子道:"大概是'恕'吧!自己所不想要的任何事物,就不要加给别人。"

2021.2.24

《论语》夜读453

古代史官在笔录记载时,遇到疑问的地方就空在那里,而把自己的看法写在后面,决不妄加揣测,自以为是。这样,后人就可以看到存疑的地方,看到真实的情况,这是严谨、笃实。

有人买了马却不会驯服驾驭,就把马送给会驾驭的先调教驯服,老老实实承认自己不会,这是不耻下问,存心向善啊。

说到这里,孔夫子感叹道:"当今这样谨笃服善之人太少啦!"

卫灵公篇26

子曰:"吾犹及史之阙文也。有马者借人乘之,今亡矣夫!"

孔子说:"我还能够看到史书存疑的地方。有马的人自己不会训练,先给别人使用,这种精神,今天也没有了吧。"

2021.2.25

《论语》夜读454

忍,形声字,能也。从心、刃声。刀刃对于心敢于行、敢于止之能耐,是忍之范式。

小不忍则乱大谋,有两层含义:其一,容忍、包容,说话做事对于细枝末节,不要斤斤计较,要有包容之心,这样才能成就大事;其二,忍是坚忍,是决断,遇事要有决断,不能磨磨叽叽,优柔寡断,当断不断、反受其乱,必不能成就大事。

卫灵公篇27

子曰:"巧言乱德。小不忍,则乱大谋。"

孔子说:"花言巧语足以败坏道德。小事情不忍耐,便会败坏大事情。"

2021.2.26

《论语》夜读455

有一种人,为了心中的大义,特立独行,一时不为世人接受,甚至招致众人的厌恶;还有一种人,一味地哗众取宠,沽名钓誉,暂时风评很好;遇到这两种情况,孔夫子说,千万别盲目跟风,擦亮双眼,细细考量,再下结论。

卫灵公篇28

子曰:"众恶之,必察焉;众好之,必察焉。"

孔子说:"大家厌恶他,一定要去考察;大家喜爱他,也一定要去考察。"

2021.2.27

《论语》夜读456

弘,形声兼会意字,从弓、从口,弓亦声,本义指发弓的声音,引申为大,意思为扩充、广大、发扬。

我们来到这个世界上,刚开始浑浑噩噩,不断学习,不断成长,每个人对世界的认知不同,对规律、对大道的体察也不一样。

卫灵公篇29

子曰:"人能弘道,非道弘人。"

孔子说:"人能够把道廓大,不是用道来廓大人。"

2021.3.2

《论语》夜读459

有一天,一个年轻人写信给作家杨绛,抱怨时下社会太浮躁了,找不到大显身手的地方,为此很苦恼,想请杨绛先生赐教。先生说:"你的问题在于读书不多,而想得太多。"对此,孔夫子开出了良方:孩子啊,赶紧去学习吧!

卫灵公篇31

子曰:"吾尝终日不食,终夜不寝,以思,无益,不如学也。"

孔子说:"我曾经整天不吃,整晚不睡,去想,没有益处,不如去学习。"

2021.3.6

《论语》夜读463

春秋时期,战乱频仍。

为了争权夺利,父子反目,兄弟成仇。孔子大声疾呼,怀仁心施仁政吧。乡亲们哪,不要担心仁慈会招人欺负。你看到过淹死的、烧死的,你看到过践行仁慈被害死的吗?

卫灵公篇34

子曰:"民之于仁也,甚于水火。水火,吾见蹈而死者矣,未见蹈仁而死者也。"

孔子说:"百姓需要仁德,更急于需要水火。往水火里去,我看见因而死了的,却从没有看见践行仁德因而死了的。"

2021.3.8
《论语》夜读465
"别裁伪体亲风雅,转益多师是汝师。"
在仁德面前、在真理面前,一切关系都要退而求其次,哪怕是师承关系也要退让。
"吾爱吾师,吾更爱真理。"

卫灵公篇36
子曰:"当仁,不让于师。"
孔子说:"面临着仁德,就是老师,也不同他谦让。"

2021.3.11
《论语》夜读468
孔子的弟子中,有富可敌国的子贡,也有身居陋巷的颜渊;有出身高贵的周文王第十子嫡传后裔冉求,也有山野之子仲由;有雄辩滔滔的宰予,也有沉静少言的曾参,三千弟子,性格各异,阶层不同,孔子都能一视同仁,平等相待。

卫灵公篇39
子曰:"有教无类。"
孔子说:"人人我都教育,没有贫富、地域等区别。"

2021.3.13
《论语》夜读470
说话或者写文章,首要的是把意思表达清楚,而不是讲究华丽词藻的堆砌和铺排。

卫灵公篇41
子曰:"辞达而已矣。"
孔子说:"言辞,足以达意便罢了。"

2021.3.15
《论语》夜读472

一天,一个叫冕的盲人乐官来与孔子相会。孔子与他相偕而行。走到台阶前时,孔子轻声告诉冕:小心,这里有台阶;走到坐席时,孔子又轻轻说道:坐席到了,您坐。冕落座后,孔子一一介绍座中各位。事后,子张就问:老师您在示范怎样跟盲人讲话吗?孔子点点头,至诚、恳恻之情溢于言表。

卫灵公篇42

师冕见,及阶,子曰:"阶也。"及席,子曰:"席也。"皆坐,子告之曰:"某在斯,某在斯。"

师冕出。子张问曰:"与师言之道与?"子曰:"然;固相师之道也。"

师冕来见孔子,走到阶沿,孔子道:"这是阶沿啦。"走到坐席旁,孔子道:"这是坐席啦。"都坐定了,孔子告诉他说:"某人在这里,某人在这里。"

师冕辞了出来。子张问道:"这是同盲人讲话的方式吗?"孔子道:"对的;这本来就是帮助盲人的方式。"

敬畏，立身之本

2021.3.16
《论语》夜读473

冉求和子路都做了季氏的家臣。这一天，他们跑来告诉老师：季氏将要攻打小国颛臾了，而且现在不打就会成为隐患。孔子说：你们哪，完全没有尽到人臣劝诫和辅佐之责，季氏的隐患不在颛臾而在自己的内部。

季氏篇1

季氏将伐颛臾。冉有、季路见于孔子曰："季氏将有事于颛臾。"孔子曰："求！无乃尔是过与？夫颛臾，昔者先王以为东蒙主，且在邦域之中矣，是社稷之臣也。何以伐为？"

冉有曰："夫子欲之，吾二臣者皆不欲也。"

孔子曰："求！周任有言曰：'陈力就列，不能者止。'危而不持，颠而不扶，则将焉用彼相矣？且尔言过矣，虎兕出于柙，龟玉毁于椟中，是谁之过与？"

冉有曰："今夫颛臾，固而近于费。今不取，后世必为子孙忧。"

孔子曰："求！君子疾夫舍曰欲之而必为之辞。丘也闻有国有家者，不患寡而患不均，不患贫而患不安。盖均无贫，和无寡，安无倾。夫如是，故远人不服，则修文德以来之。既来之，则安之。今由与求也，相夫子，远人不服，而不能来也；邦分崩离析，而不能守也；而谋动干戈于邦内。吾恐季孙之忧，不在颛臾，而在萧墙之内也。"

季氏将要讨伐颛臾。冉有、子路去见孔子说："季氏就要攻打颛臾了。"孔子说:"冉求,这不就是你的过错吗?从前是周天子让颛臾主持东蒙祭祀的,而且在鲁国的疆域之内,是国家的臣属啊,为什么要讨伐它呢?"

冉有说:"季孙大夫想去攻打,我们两个人都不同意。"

孔子说:"冉求,周任有句话说:'尽自己的力量去负担你的职务,实在做不好就辞职。'有了危险不去扶助,跌倒了不去搀扶,那还用辅助的人干什么呢?而且你说的话错了。老虎、犀牛从笼子里跑出来,龟甲、玉器在匣子里毁坏了,这是谁的过错呢?"

冉有说:"现在颛臾城墙坚固,而且离费邑很近。现在不把它夺取过来,将来一定会成为子孙的忧患。"

孔子说:"冉求,君子痛恨那种不肯实说自己想要那样做而又一定要找出理由来为之辩解的做法。我听说,对于诸侯和大夫,不怕贫穷,而怕财富不均;不怕人口少,而怕不安定。财富均了,也就没有所谓贫穷;大家和睦,就不会感到人少;安定了,也就没有倾覆的危险了。因为这样,所以如果远方的人还不归服,就用仁、义、礼、乐招徕他们;已经来了,就让他们安心地住下去。现在,仲由和冉求你们两个人辅助季氏,远方的人不归服,而不能招徕他们;国内民心离散,你们不能保全,反而策划在国内使用武力。我只怕季孙的忧患不在颛臾,而是在自己的内部呢!"

2021.3.19
《论语》夜读476

入芝兰之室久而不闻其香,入鲍鱼之肆久而不闻其臭。与哪种人为友,直接影响你的生活。

季氏篇4

孔子曰:"益者三友,损者三友。友直,友谅,友多闻,益矣。友便辟,友善柔,友便佞,损矣。"

孔子说:"有益的朋友有三种,有害的朋友情况有三种。同正直的人交朋友,跟诚信的人交朋友,同博学多闻的人交朋友,便有益处。同谄媚奉承的人交朋友,同当面恭维、背后毁谤的人交朋友,同夸夸其谈的人交朋友,便有害了。"

2021.3.20

《论语》夜读477

德国的"铁血宰相"俾斯麦,是世界上最早为工人建立社会保险、医疗保险和养老金制度的人。

他有一个特点,常常在背后赞美别人的长处,尤其是他的政敌。这让他赢得了意想不到的支持和尊重。这种做法,孔子早就提过:乐道人之善。

季氏篇5

孔子曰:"益者三乐,损者三乐。乐节礼乐,乐道人之善,乐多贤友,益矣。乐骄乐,乐佚游,乐晏乐,损矣。"

孔子说:"有三种喜好是有益的,有三种喜好是有害的。以礼乐调节自己为喜好,以称道别人的长处和好处为喜好,以有许多贤德之友为喜好,这些是有益的。奢侈浪费、纵情游乐、大吃大喝,这些喜好是有害的。"

2021.3.22

《论语》夜读479

打铁观火候,说话看眼色。孔子的情商很高,跟人说话要掌握好节奏,轮到你说时你再说,别抢话;要坦诚,知无不言,别藏藏掖掖;要有分寸,别冒冒失失。

季氏篇6

孔子曰:"侍于君子有三愆:言未及之而言谓之躁,言及之而不言谓之隐,未见颜色而言谓之瞽。"

孔子说:"有三种错误是人们在尊长面前最容易犯的:没让说话却抢着说话,这是急躁;让说话却保持沉默,这是隐瞒;说话的时候不看别人的表情,这是失察。"

2021.3.23

《论语》夜读480

《淮南子·人间训》中说,"凡人之性,少则猖狂,壮则暴强,老则好利",年轻人初生牛犊不怕虎,不知天高地厚,容易自大猖狂;壮年人身强体壮,是社会的中坚,多恃强而傲;老年人不会赚钱了,容易贪小便宜。

对此,孔夫子给出了秘方:戒色、戒斗、戒得。

季子篇7

孔子曰:"君子有三戒:少之时,血气未定,戒之在色;及其壮也,血气方刚,戒之在斗;及其老也,血气既衰,戒之在得。"

孔子说:"君子有三种事情必须引以为戒。年轻的时候,血气还未成熟,要戒除对女色的迷恋;等到身体发育成熟的阶段,血气方刚,要戒除与人争斗;年老的时候,血气衰弱,要戒除贪婪的欲望。"

2021.3.25

《论语》夜读482

人才有很多种,师襄鼓琴,生而知之;孔子鼓琴,学而知之;其实他们都是天才。普通人也有两种:一是遇到难题到处学习,寻求对策,学有所得;另一种则是听之任之,得过且过了。

季氏篇9

孔子曰:"生而知之者上也,学而知之者次也;困而学之,又其次也;困而不学,民斯为下矣。"

孔子说:"生来就知道的是上等,学习然后知道的是次一等;实践中遇见困难,再去学它,是再次一等;遇见困难而不学,老百姓就是这种最下等的了。"

2021.3.26

《论语》夜读483

我们的生活差不多是由这样九件事组成的,贯穿其中,即是修炼自我:看要看明白,听要听清楚,脸色要温和,神态要谦恭,说话要诚恳,做事须尽心,遇疑则问,发怒先想后果,获利须思合法。如此,天天向上,日臻完善。

季氏篇10

孔子曰:"君子有九思:视思明,听思聪,色思温,貌思恭,言思忠,事思敬,疑思问,忿思难,见得思义。"

孔子说:"君子有九种需要考虑的事情:观察的时候,要考虑是否看清;听的时候,要考虑是否听清;自己的脸色,要考虑是否温和;容貌态度,要考虑是否谦恭;说话的时候,要考虑是否诚恳;做事情的时候,要考虑是否谨慎;碰到疑问之时,要考虑是否应该询问别人;愤怒之时,要考虑是否考虑周全;获取利益之时,要考虑是否符合道义。"

2021.3.30

《论语》夜读487

伯鱼就是孔鲤,孔子的儿子,也是孔子的学生。他有个同学陈亢,总怀疑老师会给儿子开小灶,画重点。这个想法搅得他坐卧不宁,又不敢问老师。这一天,眼见得老师不在,陈亢便凑到孔鲤身边,一股脑儿地倒出自己的困惑,孔鲤噴了他一下,徐徐作答,陈亢听了,心满意足地回到座位上去了。

季氏篇13

陈亢问于伯鱼曰:"子亦有异闻乎?"

对曰:"未也。尝独立,鲤趋而过庭。曰:'学诗乎?'对曰:'未也。''不学诗,无以言。'鲤退而学诗。他日,又独立,鲤趋而过庭。曰:'学礼乎?'对曰:'未也。''不学礼,无以立。'鲤退而学礼。闻斯二者。"

陈亢退而喜曰:"问一得三,闻诗,闻礼,又闻君子之远其子也。"

陈亢向孔子的儿子伯鱼问道:"您在老师那儿,得到了与众不同的传授吗?"

答道:"没有。他曾经一个人站在庭中,我恭敬地走过。他问我道:'学诗没有?'我道:'没有。'他便道:'不学诗就不会说话。'我退回便学诗。过了几天,他一个人站在庭中时,我又恭敬地走过。他问道:'学礼没有?'我答:'没有。'他道:'不学礼,便没有立足社会的依据。'我退回便学礼。只听到这两件。"

陈亢回去非常高兴地道:"我问一件事,知道了三件事。知道诗,知道礼,又知道了君子对他儿子的态度。"

2021.3.31

《论语》夜读488

这是季氏篇的最后一章,讲的是如何称呼国君之妻,属于礼制的范畴。

是不是孔子所言，一直存疑。

季氏篇14

邦君之妻，君称之曰夫人，夫人自称曰小童；邦人称之曰君夫人，称诸异邦曰寡小君；异邦人称之亦曰君夫人。

国君的妻子，国君称她为夫人，她自称为小童；国内的人称她为君夫人，但对外国人便称她为寡小君；外国人也称她为君夫人。

老好人，好不好

2021.4.1
《论语》夜读489
今天开始读《阳货篇》。

阳货是季氏的家臣，容貌上与孔子颇有几分相似。季氏把持鲁国的朝政，阳货又把持季氏的权柄。当初青年孔子想参加季氏的士林聚会，被阳货拒之门外。多年以后，孔子声名远播，阳货想拉拢孔子，趁他不在家送了一只烤乳猪。孔子如法炮制，挑了阳货不在家时上门答谢，不料在路上遇到了阳货，由此引发了一出斗智斗勇的精彩对白。

阳货篇1
阳货欲见孔子，孔子不见，归孔子豚。

孔子时其亡也，而往拜之。

遇诸涂。

谓孔子曰："来！予与尔言。"曰："怀其宝而迷其邦，可谓仁乎？"

曰："不可。——好从事而亟失时，可谓知乎？"曰："不可。——日月逝矣，岁不我与。"

孔子曰："诺；吾将仕矣。"

阳货想要孔子来拜会他，孔子不去，他便送给孔子一个蒸熟了的小猪，使孔子到他家来道谢。

孔子探听他不在家的时候，去拜谢。

两人在路上碰着了。

他叫着孔子道:"来,我同你说话。"孔子走了过去。他又道:"自己有一身的本领,却听任着国家的事情糊里糊涂,可以叫作仁爱吗?"孔子没吭声。

他便自己接口道:"不可以;——一个人喜欢做官,却屡屡错过机会,可以叫作聪明吗?"孔子仍然没吭声。他又自己接口道:"不可以;——时光一去,就不再回来了呀。"

孔子这才说道:"好吧;我打算做官了。"

2021.4.2
《论语》夜读490

这两句话被放在《三字经》的开篇,我们太熟悉啦。孔老师认为,生而为人,本性都是差不多的,无所谓善、无所谓恶。可是后天的环境和教育不同,受到的浸染和熏陶也不同,人的习性就会有天壤之别。

阳货篇2

子曰:"性相近也,习相远也。"

孔子说:"人性情本相近,因为习染不同,便相距很远。"

2021.4.3
《论语》夜读491

常人的可塑性很强,向善则善,向恶则恶,变数很大。生而知之的智者和困而不学的愚人就不同了,他们都是无法改变的。

阳货篇3

子曰:"唯上知与下愚不移。"

孔子说:"只有上等的智者和下等的愚人是改变不了的。"

2021.4.5
《论语》夜读493

以弦歌之声,行礼乐之教,是行政管理的最高境界。言偃做了武城的父母官之后,推行的正是礼乐教化。行游至此的孔子看到了,就跟言偃开玩笑,

2019年12月9日作者在明德书院作《论语》讲座,与部分听众合影留念,前排左起第四人为作者。

区区弹丸之地,用得着这么高级的管理吗?真是杀鸡用了把牛刀啊!

言偃反问道:"这是老师教的呀,难道您忘了?"孔子连忙对其他学生说,言偃说得对,我刚才是开玩笑呢。

阳货篇4

子之武城,闻弦歌之声。夫子莞尔而笑,曰:"割鸡焉用牛刀?"

子游对曰:"昔者偃也闻诸夫子曰:'君子学道则爱人,小人学道则易使也。'"

子曰:"二三子!偃之言是也。前言戏之耳。"

孔子到了子游做县长的武城,听到了弹琴瑟、唱诗歌的声音。孔子微微笑着,说道:"宰鸡,何必用宰牛的刀?治理这个小地方,用得着教育吗?"

子游答道:"以前我听老师说过,做官的学习了,就会有仁爱之心;老百姓学习了,就容易听指挥、听使唤。教育总是有用的。"

孔子便向学生们道:"二三子!言偃的这话是正确的。我刚才那句话不过同他开玩笑罢了。"

2021.4.6
《论语》夜读494

子路是孔老师忠实的信徒,老师走到哪里他就跟到哪里,处处唯老师马首是瞻。倘若你以为子路是愚忠愚孝,那就大错特错了。他听说老师要接受叛臣公山佛扰的邀请,去费邑从政,很不开心:"即使没地方去,也不能去费邑啊!您不知道他是什么人吗?您就这么不爱惜您的羽毛吗?"孔子原就不打算真去,只是试探一下子路的辨别能力,孔子笑了:"如果我去,必将施以王道,以图复兴。"

阳货篇5

公山弗扰以费畔,召,子欲往。

子路不说,曰:"末之也,已,何必公山氏之之也?"

子曰:"夫召我者,而岂徒哉?如有用我者,吾其为东周乎?"

公山弗扰盘踞在费邑图谋造反,叫孔子去,孔子准备去。

子路很不高兴,说道:"没有地方去便算了,为什么一定要去公山氏那里呢?"

孔子道:"那个叫我去的人,难道是白白召我吗?假若有人用我,我将使周文王武王之道在东方复兴。"

2021.4.8
《论语》夜读496

和公山弗扰一样,佛肸也是一个叛臣,也向孔子抛出了橄榄枝,孔子打算去。子路当然反对啦,孔子告诉子路:"内心坚定的人,不管遇到什么境况,都初心不移、本质不变。"

阳货篇7

佛肸召,子欲往。

子路曰:"昔者由也闻诸夫子曰:'亲于其身为不善者,君子不入也。'佛肸以中牟畔,子之往也,如之何?"

子曰:"然,有是言也。不曰坚乎,磨而不磷;不曰白乎,涅而不缁。吾岂匏瓜也哉?焉能系而不食?"

佛肸叫孔子,孔子打算去。

子路道:"从前我听老师说过,'亲自做坏事的人那里,君子不去的。'如今佛肸盘踞中牟谋反,您却要去,怎么说得过去呢?"

孔子道:"对,我说过这话。但是,你不知道吗?最坚固的东西,磨也磨不薄;最白的东西,染也染不黑。我难道是匏瓜吗?哪里能够只是被悬挂着而不给人吃食呢?"

2021.4.10
《论语》夜读498

孔老师说,学诗好啊!可以兴观群怨,培养观察力,培养想象力,提高情商和说话技巧。于私,能以此陪伴父母;于公,可以服务君主。亦可与鸟木虫鱼为友。

阳货篇9

子曰:"小子何莫学夫诗?诗,可以兴,可以观,可以群,可以怨。迩之事父,远之事君;多识于鸟兽草木之名。"

孔子说:"学生们为什么没有人研究诗?读诗,可以培养联想力,可以提高观察力,可以锻炼合群性,可以学得讽刺方法。近呢,可以运用其中道理来侍奉父母;远呢,可以用来服侍君上;而且,还可以多多地认识鸟兽草木的名称。"

2021.4.12
《论语》夜读500

这是一段父子对话,孔老师告诉自己的儿子:《周南》《召南》是《诗经》开首的两篇,是正始之道、教化之基,如果没有搞懂,就等于在站壁啊!"

阳货篇10

子谓伯鱼曰:"女为《周南》《召南》矣乎?人而不为《周南》《召南》,其犹正墙面而立也与?"

孔子对伯鱼说道："你研究过《周南》和《召南》了吗？人假若不研究《周南》和《召南》，那会像面正对着墙壁而站着！"

2021.4.15
《论语》夜读503
李大钊先生说，中国一部历史，是乡愿与大盗结合的记录。乡愿并无杀头之罪，孔老师为啥对其深恶痛绝？乡愿，伪君子的代名词，看上去似忠似廉，无非戴着一副假面孔；患得患失，不分是非，没有底线。

阳货篇13
子曰："乡愿，德之贼也。"
孔子说："没有真是非的好好先生，是足以败坏道德的小人。"

2021.4.20
《论语》夜读508
齐桓公作为诸侯，当穿红色，但他喜欢穿紫衣，于是齐国上下效仿成风，紫布价格涨到了素布的五倍以上。后来，在管仲的建议下，齐桓公就不穿紫衣了，国民也就不再仿效了。对于这种爱好紫色、崇尚紫色的时尚，孔子痛心疾首。

阳货篇18
子曰："恶紫之夺朱也，恶郑声之乱雅乐也，恶利口之覆邦家者。"
孔子说："我讨厌紫色夺去了朱红色的光彩和地位，讨厌郑国的声乐扰乱了典雅的乐曲，讨厌用强嘴利舌颠覆国家这样的事情。"

2021.4.22
《论语》夜读510
阳货是孔子第一个不想见的人，孺悲是第二个。

阳货篇20
孺悲欲见孔子，孔子辞以疾。将命者出户，取瑟而歌，使之闻之。
孺悲想见孔子，但孔子以生病为由推辞不见。传话的人刚走出门，孔子就拿来瑟边弹边唱，有意让孺悲听见。

2021.4.23
《论语》夜读511

生而为人,从呱呱坠地、牙牙学语,到蹒跚学步,到完全摆脱父母的怀抱,所需时间起码三年。礼制中规定的守孝三年,就是以这样的方式反哺父母,追思慈恩。可是那个大白天睡觉的宰予却不以为然,认为没有必要那么长时间。孔老师对此非常生气:这家伙太不仁了!

阳货篇21

宰我问:"三年之丧,期已久矣。君子三年不为礼,礼必坏;三年不为乐,乐必崩。旧谷既没,新谷既升,钻燧改火,期可已矣。"

子曰:"食夫稻,衣夫锦,于女安乎?"

曰:"安。"

"女安,则为之!夫君子之居丧,食旨不甘,闻乐不乐,居处不安,故不为也。今女安,则为之!"

宰我出,子曰:"予之不仁也!子生三年,然后免于父母之怀。夫三年之丧,天下之通丧也,予也有三年之爱于其父母乎!"

孔子的学生宰我问孔子关于为父母守孝三年的事情,认为守孝一年就够了。他说:"因为如果一位君子在三年之中不学习礼仪并在生活中运用,就会忘掉礼仪知识;假如将音乐荒废三年,也会完全忘记。而且,按照自然生长规律,一年之中,割掉的陈谷已经吃完,土地里长出了新的谷物;一年之中,烧火用的各种木头也长了一个轮回。因此,我相信,一年之后,哀痛可能会减轻。"

孔子回答:"如果服丧一年后,就开始吃美食、穿华服,你会感到心安理得吗?"

"我会的。"学生宰我回答。

孔子回答:"如果你觉得心安理得,就那么做吧。但是君子在三年守孝期间,吃美味不觉得可口,听音乐不觉得开心,住在家里感觉不到舒适,因此才不这样做。现在既然你觉得心安理得,你就那么做吧!"

宰我离开后,孔子说:"这个人真是没有仁德呀!小孩子出生后三年才能离开父母的怀抱。现在为父母守孝三年是天下公认的丧礼。至于这个人,他在孩提时难道就没有享受到父母的疼爱吗?"

2021.4.27

《论语》夜读515

仁者爱人,对于那些不符合仁的行为深恶痛绝。这一天,孔子和子贡各自吐槽自己最不喜欢的人。

阳货篇24

子贡曰:"君子亦有恶乎?"子曰:"有恶。恶称人之恶者,恶居下流而讪上者,恶勇而无礼者,恶果敢而窒者。"曰:"赐也亦有恶乎?""恶徼以为知者,恶不孙以为勇者,恶讦以为直者。"

子贡问:"君子也会有憎恨的事情吗?"

孔子回答:"有憎恨的事情。君子憎恨那些到处宣扬他人恶劣品行的人;憎恨那些自己生活水平低下、品格不端,却极力贬低为追求生活而积极向上的人;憎恨那些勇猛却不懂礼仪的人;憎恨那些顽固不化却思想狭隘、自私自利的人。"

孔子又问:"赐,你是不是也有憎恨的事情啊?"

"是的。"子贡回答,"我憎恨那些吹毛求疵却自以为聪明的人;我憎恨那些专横跋扈却自以为勇敢的人;我憎恨那些揭发他人隐私却自以为正直的人。"

过去的就让它过去吧，专注当下

2021.4.30
《论语》夜读518
今天开始读《微子篇》。
相传微子是孔子的先祖，子姓，宋氏，名启，河南商丘人，他是商王帝乙的长子，商纣的大哥，宋国的开国国君。

微子篇1

微子去之，箕子为之奴，比干谏而死。孔子曰："殷有三仁焉。"

当殷朝衰败的时候，王室的三位成员微子离开了国家，箕子做了奴隶，比干因为屡次强谏激怒纣王而被杀。孔子说："这是殷朝的三位仁者啊！"

2021.5.1
《论语》夜读519
柳下惠是鲁国的大法官，掌管刑事诉讼。他是遵守传统道德的典范，以讲究礼节著称。他高尚的德行被看作儒家心目中的贤人，孔子称他为逸民，孟子称他为和圣。他是展姓和柳姓的始祖。

微子篇2

柳下惠为士师，三黜。人曰："子未可以去乎？"曰："直道而事人，焉往而不三黜？枉道而事人，何必去父母之邦？"

柳下惠做法官，却多次被撤职。有人对他说："您不可以离开鲁国吗？"他道:"正直地工作,到哪里去不多次被撤职? 不正直地工作,为什么一定要离开祖国呢?"

2021.5.2
《论语》夜读520
齐景公是一个有争议的人物。他既有壮怀激烈的治国之志,又有贪图享乐的嗜好;施展抱负他倚重晏婴这样的良相,同时,他又挥霍奢侈,晚年废长立幼,为田氏代齐埋下隐患。

微子篇3
齐景公待孔子曰:"若季氏,则吾不能;以季孟之间待之。"曰:"吾老矣,不能用也。"孔子行。

齐景公谈到给孔子的待遇说:"用鲁君对待季氏的模样对待孔子,那我做不到;我要用次于季氏而高于孟氏的待遇来对待他。"不久,又说道:"我老了,没有什么作为了。"孔子离开了齐国。

2021.5.3
《论语》夜读521
孔子做了鲁国的大司寇以后,励精图治,国力强盛,威震各国诸侯。他的邻居齐国不安起来,这样下去可不行啊,得想个办法把孔子从鲁国赶走。不久,齐国给鲁国送来80个美艳的女子,果然,从此君王不早朝。孔子非常失望,想劝谏劝谏。正好赶上鲁国此时有祭祀活动,孔子没有收到惯例的祭肉,明白自己再也不会被器重了,就带着众弟子,离开了鲁国。

微子篇4
齐人归女乐,季桓子受之,三日不朝,孔子行。

齐国送了许多歌姬舞女给鲁国,季桓子接受了,三天不问政事,孔子就离职走了。

2021.5.4

《论语》夜读522

接舆是楚国贤者陆通的字,他躬耕自守,装狂避世。他看到孔子到处游说自己的政治主张,就面对孔子唱歌,说乱世没有拯救的希望,劝说孔子。孔子正想与他细谈,他却扬长而去,置之不理。

微子篇5

楚狂接舆歌而过孔子曰:"凤兮凤兮!何德之衰?往者不可谏,来者犹可追。已而,已而!今之从政者殆而!"

孔子下,欲与之言。趋而辟之,不得与之言。

楚国的狂人接舆一面走过孔子的车子旁,一面唱着歌,道:"凤凰呀,凤凰呀!为什么这么倒霉?过去的不能再挽回,未来的还是能赶得上的。算了吧,算了吧!现在的执政诸公危乎其危啊!"

孔子下车,想同他谈谈,他却赶快避开了,孔子没法同他谈。

2021.5.6

《论语》夜读524

这一天,子路掉队了。他遇到了一位隐士——用拐杖挑着劳动工具的老者,子路对他恭敬有加。老人把子路带回家,让两个儿子杀鸡煮饭款待子路。子路赶上孔子后,把这一切报告了孔子,孔子让子路回头去找老人,却再也找不到了。

子路对着老师感慨:这些隐士,就知道洁身自好,一点没有任怨的精神,没有担当的勇气。如果人人都退隐了,社会义务谁来承担呢?老师啊,您带我们走的是一条自我牺牲的担当之路,您走到哪里,我就跟您到哪里。天涯海角,永远跟着您。

微子篇7

子路从而后,遇丈人,以杖荷莜。

子路问曰:"子见夫子乎?"

丈人曰:"四体不勤,五谷不分。孰为夫子?"植其杖而芸。

子路拱而立。

止子路宿,杀鸡为黍而食之,见其二子焉。

明日,子路行以告。

子曰:"隐者也。"使子路反见之。至,则行矣。

子路曰:"不仕无义。长幼之节,不可废也;君臣之义,如之何其废之? 欲洁其身,而乱大伦。君子之仕也,行其义也。道之不行,已知之矣。"

子路跟随着孔子,却远落在后面,碰到一个老头,用拐杖挑着除草用的工具。

子路问道:"您看见我的老师了吗?"

老头道:"你这人,四肢不劳动,五谷不认识,谁晓得你的老师是什么人?"说完,便扶着拐杖去锄草。

子路拱着手恭敬地站着。

他便留子路到他家住宿,杀鸡、做饭给子路吃,又叫他两个儿子出来相见。

第二天,子路赶上了孔子,报告了这件事。

孔子道:"这是位隐士。"叫子路回去再看看他。子路到了那里,他却走开了。

子路便道:"不做官是不对的。长幼间的关系,是不可能废弃的;君臣间的关系,怎么能不管呢? 你原想不沾污自身,却不知道这样隐居便是忽视了君臣间的必要关系。君子出来做官,只是尽应尽之责。至于我们的政治主张行不通,早就知道了。"

2021.5.7

《论语》夜读525

孔老师把隐士分为三类,每一类都持守各自的美德。至于孔老师自己,是与他们不一样的:无可无不可。"可以仕则仕,可以止则止,可以久则久,可以速则速",用之则为,舍之则藏,不固执己见,哪里需要到哪里去。

微子篇9

逸民:伯夷、叔齐、虞仲、夷逸、朱张、柳下惠、少连。子曰:"不降其志,不辱其身,伯夷、叔齐与!"谓:"柳下惠、少连,降志辱身矣,言中伦,行中虑,其斯而已矣。"谓:"虞仲、夷逸,隐居放言,身中清,废中权。我则异于是,无可无不可。"

古今被遗落的人才有伯夷、叔齐、虞仲、夷逸、朱张、柳下惠、少连。孔子道:"不动摇自己意志,不辱没自己身份,是伯夷、叔齐吧!"又说,"柳下惠、少连降低自己意志,屈辱自己身份了,可是言语合乎法度,行为经过思虑,那也不过如此罢了。"又说:"虞仲、夷逸逃世隐居,放肆直言。行为廉洁,被废弃也是他的权术。我就和他们这些人不同,没有什么可以,也没有什么不可以。"

2021.5.9
《论语》夜读527
风物长宜放眼量。为官、为友、为亲,对待他人,皆不可求全责备。那些隐士当初就是被环境所逼,消极避世。这种情况,其实是可以避免的。

微子篇10
周公谓鲁公曰:"君子不施其亲,不使大臣怨乎不以。故旧无大故,则不弃也。无求备于一人!"

周公对鲁公说道:"君子不怠慢他的亲族,不让大臣抱怨没被任用。老臣故人没有发生严重过失,就不要抛弃他。不要对某一人求全责备!"

2021.5.10
《论语》夜读528
八士集于一家,产于一母,祥和所钟,玮才蔚起,一个家庭为朝廷一下子出了八个贤能的人,这样的家庭让人艳羡,这样的朝廷可谓人才济济。在礼崩乐坏的年代里,越发思念那个盛世、那些贤者。

微子篇11
周有八士:伯达、伯适、仲突、仲忽、叔夜、叔夏、季随、季騧。

周朝有八个有教养的人:伯达、伯适、仲突、仲忽、叔夜、叔夏、季随、季騧。

知错能改，堪比英雄

2021.5.11

《论语》夜读529

今天开始读第十九篇——《子张篇》。

这是孔子去世后他的弟子们对孔子精神的追思和研究。全篇没有颜渊和子路的言论是因为他们在孔子之前去世。

子张篇1

子张曰："士见危致命，见得思义，祭思敬，丧思哀，其可已矣。"

子张说："士遇见危险时能献出自己的生命，看见有利可得时能考虑是否符合义的要求，祭祀时能想到是否严肃、恭敬，居丧的时候想到自己是否哀伤，这样就可以了。"

2021.5.13

《论语》夜读531

子夏的学生向师叔子张请教交友之道，子张微微一笑：我师哥怎么教你的？学生如实回答：能交的就交，不能交的不交。

孩子啊，祖师爷希望我们尊崇贤者，包容他人。你好呢，就要多多助人；如果我们自己不咋的，周围人也不会睬我们。

子张篇3

子夏之门人问交于子张。子张曰："子夏云何？"

对曰:"子夏曰:'可者与之,其不可者拒之。'"

子张曰:"异乎吾所闻:君子尊贤而容众,嘉善而矜不能。我之大贤与,于人何所不容?我之不贤与,人将拒我,如之何其拒人也?"

子夏的学生向子张问怎样去交朋友。子张道:"子夏说了些什么?"

答道:"子夏说,可以交的去交,不可以交的就拒绝他。"

子张道:"我所听到的与此不同:君子尊敬贤人,也接纳普通人;鼓励好人,可怜无能的人。我是非常好的人吗,对什么人不能容纳呢?我是坏人吗,别人会拒绝我,我怎能去拒绝别人呢?"

2021.5.18

《论语》夜读536

工匠在作坊里长本事,学者在学问中长智慧。

子张篇7

子夏曰:"百工居肆以成其事,君子学以致其道。"

子夏说:"各种工人居住于其制造场所完成他们的工作,君子则用学习获得那个道。"

2021.5.20

《论语》夜读538

子夏作为孔子的得意门生,在孔子去世后,办学成就和影响最大。子夏上承孔子、下启荀子和《大学》《中庸》,是最重要的传承者。

子张篇9

子夏曰:"君子有三变:望之俨然,即之也温,听其言也厉。"

子夏说:"君子有三变:远远望着,庄严可畏;向他靠拢,温和可亲;听他的话,严厉不苟。"

2021.5.21

《论语》夜读539

信,会意兼形声字。"信"字战国时代使用频率极高,地域差别很大。

秦汉文字从人、言,或仁、言,会人言可信之意。

秦文字从"人"或"仁"声,可能蕴含着对人言诚信的期望。

"信"字在战国时代大量用于人名、封君名,还作为吉语铭刻在印章中。

本义为言语真实,引申为诚实,不欺,又引申指信用,履行诺言而令对方不疑。

信任,最美好的字眼;信任,可以产生美好境界。

子张篇10

子夏曰:"君子信而后劳其民;未信,则以为厉己也。信而后谏;未信,则以为谤己也。"

子夏说:"君子必须得到信任以后才去动员百姓;否则百姓会以为你在折磨他们。必须得到信任以后才去进谏,否则君上会以为你在毁谤他。"

2021.5.24

《论语》夜读542

子游、子夏都是孔子的学生,他们一起位列文学科。子游并非不知道洒扫、应对、进退是入门初学之事。他担心的是子夏拘泥于器艺之技,反而忽略了大道,所以才这样说。子夏也不是不知道洒扫、应对、进退之上,还有礼乐大道,这是不可以忽视、不可以不传授给学生的。这是两个人各自不同的教学方法,实则他们之间并没有多大差别。

子张篇12

子游曰:"子夏之门人小子,当洒扫应对进退,则可矣,抑末也。本之则无,如之何?"

子夏闻之,曰:"噫!言游过矣!君子之道,孰先传焉?孰后倦焉?譬诸草木,区以别矣。君子之道,焉可诬也?有始有卒者,其惟圣人乎!"

子游道:"子夏的学生,叫他们做做打扫、接待客人、应对进退的工作,那是可以的;不过这只是末节罢了。探讨他们的学术基础却没有,怎样可以呢?"

子夏听了这话,便道:"咳!言游说错了!君子的学术,哪一项先传授呢?哪一项最后讲述呢?学术犹如草木,是要区别为各种各类的。君子的学术,如何可以歪曲?依照一定的次序去传授而有始有终的,大概只有圣人吧!"

2021.5.25

《论语》夜读543

子夏丧子,悲痛欲绝,哭瞎了眼睛。曾子闻讯前去吊唁:"子夏啊,看到你哭到失明,我也忍不住要哭啊。"边说边哭,子夏也哭了起来:"天啊!我没有罪过呀!"

曾子气愤地说:"你怎么没有罪过呢?以前我和你在洙水和泗水侍奉老师,后来你告老回到西河,使西河的人们把你比作老师。这是你的第一条罪过。"

"你居亲人之丧,没有可以为人特别称道的事,这是你的第二条罪过。"

"你儿子死了就哭瞎了眼睛。这是你的第三条罪过。"

曾子接着反问道:"你现在还认为你没有罪过吗?"

子夏听后扔掉手杖,下拜说:"我错了!我错了!我离开朋友独自居住太久了。"

从此子夏更加离群索居了。

本章是《论语》中最著名的句子之一,子夏在孔子弟子中办学成就最大。

子张篇13

子夏曰:"仕而优则学,学而优则仕。"

子夏说:"做官了,有余力便去学习;学习了,有余力便去做官。"

2021.5.26

《论语》夜读544

儒,在春秋时期就是礼仪主持人,是熟悉诗书礼乐而为贵族服务的人。儒家认为,礼,包含仪式、器物和礼意三个方面。采用什么仪式和器物由礼意决定。从这个角度来看,仪式和器物绝非摆设,而是礼意的具体表现。

子张篇14

子游曰:"丧致乎哀而止。"

子游说:"居丧,充分表现了他的悲哀也就够了。"

2021.5.27

《论语》夜读545

孔子去世之后,儒家分为八派,子张代表的这支排在最前面。在后儒中,子张的影响是相当大的。

子张篇15

子游曰:"吾友张也为难能也,然而未仁。"

子游说:"我的朋友子张是比较难能可贵的了,然而还不能做到仁。"

2021.5.28

《论语》夜读546

子张相貌堂堂,举止有时难免偏激,对于品德低下的人子张是不屑一顾的,所以他的同学曾参就认为,他难以达到仁的境界。

子张篇16

曾子曰:"堂堂乎张也,难与并为仁矣。"

曾子说:"子张的为人高得不可攀了,难以携带别人一同进入仁德。"

2021.5.31

《论语》夜读549

孟庄子继位后接着任用父亲留下的大臣,执行父亲制定的制度,没有改动,这在儒家看来,就是孝。

子张篇18

曾子曰:"吾闻诸夫子:孟庄子之孝也,其他可能也;其不改父之臣与父之政,是难能也。"

曾子说:"我听老师说过:孟庄子的孝,别的都容易做到;而留用他父亲的僚属,保持他父亲的政治设施,是难以做到的。"

2021.6.4

《论语》夜读553

圣人无常师,大道就在人间。孔子向老子学礼,向苌弘学乐,向郯子学做官,向师襄学琴。留心处处皆学问,人人皆可为吾师,圣人之道就是这样得来的。

子张篇22

卫公孙朝问于子贡曰:"仲尼焉学?"子贡曰:"文武之道,未坠于地,在人。贤者识其大者,不贤者识其小者。莫不有文武之道焉。夫子焉不学?而亦何常师之有?"

卫国的公孙朝向子贡问道:"孔仲尼的学问是从哪里学来的?"子贡道:"周文王武王之道,并没有失传,散在人间。贤能的人便抓住大处,不贤能的人只抓一些末节。没有地方没有文王武王之道。我的老师何处不学,又为什么要有一定的老师,专门地传授呢?"

2021.6.5
《论语》夜读554

子贡不是孔子最器重的学生,孔子却是子贡最敬重和仰望的老师。有人认为子贡比孔子优秀。子贡耐心地解释:"这就像两座房子,我是一所普通的别墅,优点一目了然;老师却像一座巍峨的宫殿,让人高山仰止。"

子张篇23

叔孙武叔语大夫于朝曰:"子贡贤于仲尼。"

子服景伯以告子贡。

子贡曰:"譬之宫墙,赐之墙也及肩,窥见室家之好。夫子之墙数仞,不得其门而入,不见宗庙之美,百官之富。得其门者或寡矣。夫子之云,不亦宜乎!"

叔孙武叔在朝廷中对官员们说:"子贡比他老师仲尼要强些。"

子服景伯便把这话告诉子贡。

子贡道:"拿房屋的围墙作比喻吧:我家的围墙只有肩膀那么高,谁都可以探望到房屋的美好。我老师的围墙却有几丈高,找不到大门走进去,就看不到他那宗庙的雄伟,房舍的多种多样。能够找着大门的人或许不多吧,那么,武叔他老人家的这话,不也是自然的吗?"

2021.6.7
《论语》夜读556

鲁国司马叔孙武叔算是跟孔子杠上了,又开始诋毁孔子了。子贡闻言,对叔孙武叔说,我们孔老师的伟大与日月同辉,你这样做,不过是螳臂当车,太不自量力了。

子张篇24

叔孙武叔毁仲尼。子贡曰:"无以为也!仲尼不可毁也。他人之贤者,丘陵也,犹可踰也;仲尼,日月也,无得而踰焉。人虽欲自绝,其何伤于日月乎?多见其不知量也。"

叔孙武叔毁谤仲尼。子贡道:"不要这样做,仲尼是毁谤不了的。别人的贤能,好比山丘,还可以超越过去;仲尼,简直是太阳和月亮,不可能超越它。人家纵是要自绝于太阳月亮,那对太阳月亮有什么损害呢?只是表示他不自量罢了。"

2021.6.8
《论语》夜读557

子贡事业有成,呼声日高,在很多人眼里,他远远超过怀才不遇的老师孔子。对此,子贡头脑非常清醒,他对孔子的崇高德行更加高山仰止。

子张篇25

陈子禽谓子贡曰:"子为恭也,仲尼岂贤于子乎?"

子贡曰:"君子一言以为知,一言以为不知,言不可不慎也。夫子之不可及也,犹天之不可阶而升也。夫子之得邦家者,所谓立之斯立,道之斯行,绥之斯来,动之斯和。其生也荣,其死也哀,如之何其可及也?"

陈子禽对子贡道:"您对仲尼是客气、是谦让吧,难道他真比您还强吗?"

子贡道:"高贵人物由一句话表现他的有知,也由一句话表现他的无知,所以说话不可以不谨慎。他老人家的不可以赶得上,犹如青天的不可以用阶梯爬上去。他老人家如果得国而为诸侯,或者得到采邑而为卿大夫,那正如我们所说的一叫百姓人人能立足于社会,百姓自会人人能立足于社会;一引导百姓,百姓自会前进;一安抚百姓,百姓自会从远方来投靠;一动员百姓,百姓自会同心协力。他老人家,生得光荣,死得可惜,怎么样能够赶得上呢?"

理想国

2021.6.9
《论语》夜读558

今天开始读《论语》第二十篇——《尧曰篇》,共3章。

尧,帝喾和庆都的儿子。姓祁,名放勋,上古时期的部落联盟首领,五帝之一。

尧的封地在祁地,就是今天的山西祁县。20岁那年,尧接替哥哥帝挚做了天子。身逢乱世,万国争雄。尧团结亲族,联合友邦,征讨四夷,统一了华夏各族,被推举为万国联盟首领。从政期间,尧派神箭手大羿射日,派鲧治水,制定历法,推广农耕,整饬百官。在位28年后,尧把天子位禅让给了舜,是禅让制的开创者。他是司马迁笔下最理想的君主。

尧曰篇1

尧曰:"咨!尔舜!天之历数在尔躬,允执其中。四海困穷,天禄永终。"舜亦以命禹。曰:"予小子履,敢用玄牡,敢昭告于皇皇后帝:有罪不敢赦。帝臣不蔽,简在帝心。朕躬有罪,无以万方;万方有罪,罪在朕躬。"周有大赉,善人是富。"虽有周亲,不如仁人。百姓有过,在予一人。"谨权量,审法度,修废官,四方之政行焉;兴灭国,继绝世,举逸民,天下之民归心焉。所重:民,食,丧,祭。宽则得众,信则民任焉。敏则有功,公则说。

尧说:"啧啧!你这位舜!上天的大命已经落在你的身上了。诚实地保持中道吧!假如天下百姓都隐于困苦和贫穷,上天赐给你的禄位也就会永远终止。"舜也这样告诫过禹。商汤说:"我小子履谨用黑色的公牛来祭祀,向伟大的天帝祷告：有罪的人我不敢擅自赦免，天帝的臣仆我也不敢掩蔽，都由天帝的心来分辨、选择。我本人若有罪，不要牵连天下万方；天下万方若有罪，都归我一个人承担。"周朝大封诸侯，使善人都富贵起来。周武王说："我虽然有至亲，不如有仁德之人。百姓有过错，都在我一人身上。"认真检查度量衡器，周密地制定法度，全国的政令就会通行了。恢复被灭亡了的国家，接续已经断绝了家族，提拔被遗落的人才，天下百姓就会真心归服了。所重视的四件事：人民、粮食、丧礼、祭祀。宽厚就能得到众人的拥护，诚信就能得到别人的任用，勤敏就能取得成绩，公平就会使百姓信服。

2021.6.10

《论语》夜读559

这一天，子张来请教孔老师："您说，怎样才能做好一个公务员呢？"

孔子微微一笑："简单啊：五美，四恶。"

尧曰篇2

子张问于孔子曰："何如斯可以从政矣？"

子曰："尊五美，屏四恶，斯可以从政矣。"

子张曰："何谓五美？"

子曰："君子惠而不费，劳而不怨，欲而不贪，泰而不骄，威而不猛。"

子张曰："何谓惠而不费？"

子曰："因民之所利而利之，斯不亦惠而不费乎？择可劳而劳之，又谁怨？欲仁而得仁，又焉贪？君子无众寡，无小大，无敢慢，斯不亦泰而不骄乎？君子正其衣冠，尊其瞻视，俨然人望而畏之，斯不亦威而不猛乎？"

子张曰："何谓四恶？"

子曰："不教而杀谓之虐；不戒视成谓之暴；慢令致期谓之贼；犹之与人也，出纳之吝谓之有司。"

子张向孔子问道："怎样才可以治理政事呢？"

孔子道："尊贵五种美德，排除四种恶政，这样就可以治理政事了。"

子张道："五种美德是些什么？"

孔子道："君子给人民以好处，而自己却无所耗费；劳动百姓，百姓却不怨恨;自己欲仁欲义,却不能叫作贪;安泰、矜持却不骄傲;威严却不凶猛。"

子张道:"给人民以好处,自己却无所耗费,这应该怎么办呢?"

孔子道:"就着人民能得利益之处因而使他们有利,这也不是给人民以好处而自己却无所耗费吗?选择可以劳作的去劳作,又有谁来怨恨呢?自己需要仁德便得到了仁德,又贪求什么呢?无论人多人少、无论势力大小,君子都不敢怠慢他们,这不也是安泰、矜持却不骄傲吗?君子衣冠整齐,目不斜视,庄严地使人望而有所畏惧,这也不是威严却不凶猛吗?"

子张道:"四种恶政又是些什么呢?"

孔子道:"不加教育便加杀戮叫作虐;不加申诫便要成绩叫作暴;起先懈怠,突然限期叫作贼;同是给人以财物,出手悭吝,叫作小家子气。"

2021.6.11
《论语》夜读560

这是《论语》的最后一篇:第492篇。孔老师说,生而为人,须知命、知礼、知言。知命,就会尊重规律、心存敬畏;知礼,就会懂得礼仪,进退有度;知言,就会明辨事理,应对得体。

560个夜晚,一部《论语》二十篇492章,每周6篇,第7天小结,温故知新。庶竭驽钝,日有所得。

感谢朋友圈诸友不厌其烦,天天鼓励;

感谢张建国先生的好声音,80期的每周小结,记录脚印,存续美好;

感谢大学同学朱云涛教授从不间断的关注;

感谢作协冯晓晴主席,明德静读,得益匪浅,收获良多;

感谢小师妹江兴林老师,谈笑有《论语》,切磋有同道;

"子之燕居,申申如也,夭夭如也。"

虽不能至,心向往之!

尧曰篇3

孔子曰:"不知命,无以为君子也;不知礼,无以立也;不知言,无以知人也。"

孔子说:"不懂得命运,没有可能作为君子;不懂得礼,没有可能立足于社会;不懂得分辨人家的言语,没有可能了解他人。"

风平舞雩

我的老师周建忠先生

周建忠先生是我们的古代文学课老师,他教我们的第一篇文章是《离骚》。

那一天,他手持一支粉笔,笑眯眯地站在讲台上。他讲得非常投入,语调抑扬顿挫,讲到激动处,手之舞之足之蹈之,完全把我们引领到他为我们构筑的精神世界里。

"帝高阳之苗裔兮,朕皇考曰伯庸",他讲屈原系出名门,血管里流着的是远祖颛顼的热血;

他讲江离辟芷,讲秋兰蕙茝,那么多的奇花异草,让我们目眩神迷,他说这些都是屈原美好品质、卓越才华的象征;

他讲楚怀王贤愚不分致屈原信而见疑,忠而被谤;

他讲屈原改革受阻,报国无门,怀石自沉,以死明志……

讲到这里,他的脸上不见了笑容,在黑板上写下了"逸响伟辞,卓绝一世"八个字。

那一刻,《离骚》连同周老师上课的样子就深深定格在我们心中,以至于只要我们同学聚会,谈起大学老师,就一定会谈到周先生给我们讲《离骚》时的风采。

前几年同学聚会建了一个群,群主同学邀周先生入群,先生欣然答应。得知先生出了诗集,我们就在群中表达了想要拜读的愿望。哪知过了几天,我们居然真的收到先生亲自寄来的新书,扉页上还有先生的亲笔签名。

摩挲着散发着墨香的新书,倍感厚重:先生是博士生导师,国家义务教育语文课程标准修订组专家,国内《楚辞》研究大师,上课、科研、笔耕,时间非常宝贵。我们这群离校数十年的学生,一直工作于基层学校,在先生桃李满天下的学生队伍里,普通得不能再普通、平凡得不能再平凡,可是先生还在百忙中亲自给我们寄书,拳拳师心,令人感佩。

彼时,除了温暖,还有一些其他东西,像光,像灯,照亮我们从师生涯前行的路。

今年五月,先生应邀到我们小城讲学,我和小林师妹相约,一起去拜望先生。先生和师母看到我们,非常开心,关切地询问我们工作、生活、家庭诸方面的情况,师母高大热情,先生与上课时的滔滔不绝不同,温和而含蓄。

我们看到他的桌上放着打开的笔记本,老师正在修改课件,就不忍过多打扰,告辞离开。一路上,我俩感叹着老师的笔耕不辍,惜时如金,更加敬佩。

到了第二天,出现在人们眼前的还是当年那个神采飞扬的先生。睿智、风趣的话语令人脑洞大开,每一个听课者都连呼过瘾。师妹将先生的课件发给我,我们发现,不仅先生的课还跟当年一样精彩,先生制作的课件采用的更是眼下最前沿的电教技术。先生再次亲身诠释了身为人师,什么叫课比天大。

如果说教育就是一个人忘记他在学校里所学的一切知识之后,剩下的东西;那么,教师就是学生离开了学校之后不由自主想成为的那种人,周先生就是这样的人。

周老师的生日是农历八月二十七日,与孔子同一天,联系老师的为人为文,这不像是巧合,更像是一种昭示:师者,仁心育人,为师的境界;诗心悟道,做人的情怀。人生中得遇这样的良师,实在是幸运。

此中有真意

从来未曾想过会跟膜拜的教育大师如此靠近。6月27日，在嘉定一中再次见到钱梦龙老师，距离上次见面已经过去了二十多年。那年3月，钱老师应邀在南通师专附中上课，一节《统筹方法》让我听得如痴如醉。当时钱老师穿一件深色中山装，风度儒雅，语调柔和，态度亲切，一块黑板，一支粉笔，一册课本，穿行于学生中间，一节课下来，气氛轻松，参与热烈，学有所得，我第一次知道原来语文课还可以这样上。

后来我也成了一名语文教师，不知不觉中，总是以钱老师上课的样子去模仿、去揣摩、去学习，虽小有所得，但始终未获真经，游离于本真语文的边缘。

今天在嘉定一中再次见到钱老师，他已是耄耋之年的老人，鹤发童颜，精神矍铄，一件本白麻质中式对襟短袖，满头白发梳得纹丝不乱。我坐在第二排中间，正好就在钱老师身后，会议开始前五分钟，老人在工作人员的陪同下来到会场，他向周围人微笑着点头致意，然后就静静地坐着等候活动开始。

我默默看着大师，心里念叨着：这就是敬爱的钱老师，语文教学的开拓者，德艺双馨的教育家，我顶礼膜拜的偶像。有好几次，我想上前对钱老师说：我是你的追随者，你教育理念的实践者。可是话到嘴边又没了勇气，因为眼下我是一个语文教学的逃兵，我的追随并不彻底，我已不知如何去教语文，只能选择逃跑，在历史教学的天地里暂寻一隅避风港。正犹豫间，轮到钱老师做讲座了。只见这位八十多岁的老人稳步走上主席台，熟练地插上U盘，迅速打开PPT，轻轻扫视全场，然后，开讲了——《简简单单教语文》。

大师先列举了目前语文教学界的种种怪状：语焉不详的课程定性、难以捉摸的语文素养以及形形色色名师的负面示范。那么，语文教学教什么呢？大师认为很简单：其一，通过听说读写，培养学生对祖国语言文字的感情和理解、表达和运用，进而提高语文素养；其二，通过阅读，使学生受到祖国语言文字所蕴含的人文思想内容的熏陶和感染，让语文教学发挥润物无声、潜移默化的功能，引导学生与作者对话、与经典交谈。怎么教呢？大师提倡"三主"：学生为主体、教师为主导、训练为主线，语文教师通过激发兴趣、培养习惯、教给知识，让学生爱读书、会读书、多读书，最终提升学生的语文素养，传承民族的文化精髓。

讲座时间不长，《简简单单教语文》。简简单单，寥寥四字，微言大义，一目了然。全场掌声热烈经久不息。我想，所谓大道至简，大概就是这样。

人们对待自己的偶像，往往有两种情况：一是任凭岁月流逝，痴心不改，忠实如旧；二是时间打败偶像，魅力不再，光芒褪尽，泯然众人矣。我对钱先生显然是前者，我想不仅是我，很多人对钱先生都怀有这样的感情。就像今天，这位耄耋老人，端坐台上，娓娓道来，对教育教学，赤诚依旧，本真依旧。时间在大师面前望而却步，个中原因何在？大师成长之路、从教之路的点点足迹给了我们答案。

有谁能想到这位教坛泰斗在小学阶段竟是个多次留级、被老师称作"聪明面孔笨肚肠"的学生。转机出现在他遇到武钟英老师之后，武老师用一本字典，让钱梦龙在每次教新课之前，把课文中生字的音义从字典里查出来，抄在黑板上供同学们学习，这抄就是一年。这一抄让钱梦龙变成了"该生天资聪颖"，这一抄让钱梦龙从此找到了自信，爱上了语文，掌握了自学语文的方法，也为他日后以初中学历胜任高中教学打下了坚实的基础。"问渠那得清如许，为有源头活水来"，今天当谈起钱老师的教学艺术时，我们不能忘记这位武钟英老师，是他的爱、是他的鼓励，唤醒了钱梦龙的潜质，而当钱梦龙走上讲台时，他首先传的就是武老师身上对学生深深的爱，对学生的接受、理解、包容和鼓励，这种爱，就是大师教学艺术的源头活水。

让大师教学艺术之路扎实稳健的另一点是他"反求诸己"的策略。孟子说"行有不得，反求诸己"，又说"不怨胜己者，反求诸己而已矣"，在教学过程中,遇到问题,总是先从自己身上找原因,从严要求自己,久而久之,找到了方法,摸索了规律,看似简单,却折射了大师自律的人品和严谨的态度。

语文本身并无真伪之分,她是中华文明五千年的精髓,滋养着千千万万的炎黄子孙。今天我们如果用政治的、科技的或其他什么去曲解、去断章取义,那是很悲哀的。钱先生以他为学从教的经历为我们树立了标杆,让我们不至迷茫,知道自己该做什么:潜下心来学经典、读名篇;怀揣着爱,引导学生体悟祖国语言文字的魅力,提升彼此的素养。

当我们怀揣初心,孜孜以求时,想必取得真经之日便不远矣。

灵魂有香气的女子

2017年5月,正是槐花飘香、蔷薇绽放的季节,《人民作家》一篇题为《当高铁从我们身边走过》的文章获得了62924的点击率!

这对72万人口的大丰城而言意味着什么呢?

意味着每10个成年人中就有1人读过这篇文章。

它创造了大丰文坛的奇迹。

这是一个怎样的作者,她轻轻振臂一呼,应者八方云集?

这是一群怎样的读者,蜂拥而至,激情满怀?

读者中靠她最近的当然是她的学生,现在的、以前的、历届的。不必说她灵动多姿的课堂给学生带来的文学滋养,也不必说丰富多彩的活动给学生带来的能力锻炼,单是她那洞察入微、善解人意的大大拥抱,就给了青春期的少女无限的慰藉和温暖。

还有她那高高举起又不能落下的戒尺,写尽了为师者无限的无可奈何。

她和孩子们一起体味着重新分班的痛苦和无奈,告诉他们:向前走,"我们都在"。孩子们看得见她眼中的光,感受到她传递的爱。

读者中当然有许多学生家长。她是孩子们的良师,也是家长的益友。六月考试季来了,她轻轻地告诉家长,抛弃焦虑,摆正心态,对孩子要有"天生我材必有用"的信心。

《两棵海棠的故事》让家长耐心些,再耐心些,冬天也会有海棠美丽地绽放。

她在呼吁,丢掉功利,让教育等一等我们的灵魂。她还在提醒:《亲,你儿喊你作业签字呢》《你再不陪我,我就长大了》,因为陪伴是最好的爱。

面对花季夭折的生命,她痛心疾首,发出了《孩子,我只想问你》的悲鸣,提出了《且活着且珍惜》的规劝。

家长在她的引领下,和孩子一起成长,肩负起陪伴的责任,品尝着吾家有子初长成的幸福。

读者中自然有很多的同龄人——

他们看见她夏夜点亮的水蜡烛,想起了童年水边仲夏夜的美好时光。

他们看见她和哥哥们一起舔月饼皮儿的可爱模样,想起那些物质虽极度贫乏、家人却心心相连的温暖时光。

他们看见她在炎炎夏日曝伏,翻晒那些藏在衣被里的老时光……

这时候,她其实已经不再是她,她是质朴,是真实,是坦诚,是我们每个人心中回不去的怀旧情结。

读者中还有一个特别的群体:《大丰之声》网站发起筹建的大丰义工联的义工们。他们心怀大爱,无私奉献,默默为大丰的老弱病残、为大丰的弱势群体数年如一日服务着。她以自己的方式加入了他们,把每次写文打赏的款项悉数捐给了大丰义工联,已捐款8000多元,她在他们眼里,是战友,是同志,是一起播撒爱心的人。

读者中必然有她的亲朋好友。他们知道,她不仅是老师、是义工,她还是孝顺的女儿、温柔的妻子、慈爱的母亲。

她任教双班语文,加上担任班主任,繁重的工作并没有妨碍她在假期洗手做羹汤,为家人烧一桌美味的饭菜,和女儿一起制作文美声靓的音频。

她更活成了她自己,她在花海徜徉,她在街头漫步,她在灯下漫笔,她在案头阅读,她还想瘦成一道闪电,炫煞众人。

她更是坚持不懈,2017年将52篇美文呈现在《人民作家》平台,赢得了一大批铁粉,拥有了一帮忠实的读者,读者对她的追随与其说是被她爱学生、爱家乡、爱生活的情感所吸引,不如说是与她向真、向善、向美的生活态度产生了强烈的共鸣。

倘若追根溯源,找寻原生家庭对她的影响,你会从她的文字中知道,她有一个勤劳能干、善良睿智的母亲,一个能编织宽容的桑葚花环的母亲;一个酷爱养花、爱女成痴的父亲,一个能用烟丝和指甲花为女儿染红指甲的父亲,这是她爱的起点,力量的源泉,品格的模板。

不错,她是这篇六万两千多点击率文章的作者。她像静静绽放的一枚栀子花,"举白欣迎七月风,天然塑就玉玲珑。娇羞本是女儿质,散尽清香碧无穷",她笔端有爱,心中有情,她用灵动的文字书写了万种风情。

她是江兴林,一个灵魂散发香气的女子。

谁把你的长发盘起

盛夏到了,天气热烘烘的。长长的头发披在肩上很不舒服,便把头发绾起髻盘起来了,立刻感觉清爽凉快了许多。

顶着发髻去看爸妈。妈妈走到我身后,摸摸我的发髻,轻轻地说:"头发盘起来啦?"

"嗯,太热,盘起来舒服。"

"还是放下来吧,这样老气。你还是编辫子好看。"

我暗自发笑:"老气?你以为你女儿多大了?"话到嘴边还是咽了回去。妈妈才不会管我多大呢,在她眼里,我哪怕100百岁,也是她的孩子,她永远长不大的孩子。

伸手扯去盘头发的皮筋,顺着妈妈的意思,把头发分成三股,慢慢编成了垂在脑后的一条辫子。妈妈注视着我,直到我的辫子编好,她才轻轻地长长地舒了一口气,很是满意地点点头:

"这样好!这样好!这样好看!"

这个场景太熟悉了。很多年前我上学的每个早晨,这个场景重复上演,日复一日。不同的是,编辫子的人不是我自己,而是妈妈。

爸爸是个工作狂,早起就去了办公室。照料我和弟弟上学的永远是我妈。妈妈很勤快,家里总是一尘不染。我和弟弟身上的衣服总是干干净净,合身好看。每天吃早饭时,妈妈拿着一把梳子站在我的身后,把我满头长发分成两半,编成两条长长的麻花辫,缝到过年过节还会再扎上两个蝴蝶结。

早饭吃好了,妈妈给我扎的辫子也编好了。这时候,妈妈就让我转过身来,端详着我的两条辫子。看看两根辫子是不是一样高、三股辫绳是不是分得一样匀,然后伸手再捋一遍我的两根乌亮柔滑的长辫子,满意地点点头,对我说:去吧,和弟弟上学去。

于是,清晨马路上的万道霞光,就照在了我和弟弟小小的身影上,照在了我随着迈动的步伐一上一下跃动的长辫子上。

上初中了,我开始自己梳头。两条麻花辫也换成了马尾辫。妈妈看着我的马尾在脑后一甩一甩的,总想让我再编回麻花辫,说了几次无果后,也就作罢默认了。

有一天,我看到同桌的短发,凭空起了剪去长发的念头,而且立马付诸实施。回到家,妈妈看到我的辫子不翼而飞,连连追问,接下来的两天理都没理我。一向温柔的妈妈这么生气,是我始料未及的,至今记得。现在想来,剪头发是我青春叛逆的小小举动,妈妈的不理我其实是一个母亲对孩子初长成、有独立行为能力时不被需要的深深失落。

后来,我成家了,有了自己的女儿,妈妈做外婆了。她除了各种疼爱外,还多了一种:扎辫子,羊角辫、百脚辫、五花辫……

在孩子剃去胎发,刚刚长长寸把时,这个新晋外婆就用红头绳给外孙女扎了个朝天阙;

再长长一点,换成两个羊角辫;

更长一些了,用五色橡皮筋扎成了百脚辫;

小丫头的头发长过肩了,外婆就开始为她编五花辫。

那天,我回家。一推门,妈妈坐在椅子上,手里拿着梳子正在给丫头梳头,孩子坐在小凳子上,依偎在外婆怀里,手里还举着红发带。梳好头,妈妈让丫头转过身,端详着,再用梳子梳梳丫头额前的刘海。那一刻,时光如昨,恍如隔世。

现在,女儿大了,每次回来,总要先去看外公、外婆。一见面,妈妈总喜欢抚摸着孩子的头,喃喃自语:"我家吟儿头发乌滴滴的,跟她妈妈一样。"

生命的传承家家不同,我们家就是:扎辫子。

这样的大热天,当你看到我的脑后拖着一条辫子时,我告诉你,我不是在装嫩,这是我妈让我编的。

藏在鞋子里的幸福

二妈妈是我的二伯母,耳聋,常年沉默寡言。她有一双巧手,会做菜,会做针线。

邻居家有红白喜事,都爱请二妈妈帮忙。每桌八个冷盘六个热菜,她一下子能帮人家整个三桌五桌,十桌八桌不在话下。客人走了,主家请二妈妈坐下吃饭,她不吃,接过主家递过来的香烟,点上火,埋头把锅碗瓢盆收拾得干干净净、整整齐齐。她有厨师的手艺,没有厨师的架子,乡里乡亲没有一个不夸她,没有一个不喜欢她。

在针线活上,二妈妈也是一样麻利,做出的衣服鞋袜特别合身舒服。她会做各种鞋,大人的、小孩的;单的、棉的,都会。单鞋,一根带子的方口鞋、没有带子的松紧口鞋,二妈妈都会。两天一双鞋底订好,糊糨子,黑布鞋面,滚上黑布鞋口,再订上亮闪闪铝制的搭扣,穿上脚一看,那叫一个美啊,都不想脱下来,睡觉时也不想脱,怕被别人抢去。松紧口的鞋子没有搭襻,方便穿脱,小孩子们都喜欢穿。有一回端午节二妈妈为我做了一件格子春秋衫,又用剩下的边角料做了一双格子布的松紧口布鞋,你想想,别的小朋友只能穿黑色的,而我,却拥有一双与众不同的花格子的,得有多神气。

棉鞋呢,二妈妈既会做系带的,又会做河蚌壳的。系带的漂亮,河蚌口的暖和,穿脱也方便。每年春节二妈妈总会做一双棉鞋带给我过年。我成家了,有宝宝了,二妈妈早早地做好小衣服让我妈带给我,一起带来的还有

两双小小的虎头鞋。软底,虎头威武,虎须翘起,灵动神气,一双大红,一双桃红。托在手上,分明就是一份精美的工艺品,令人爱不释手。

宝宝大了,会走路了,二婆奶奶为宝宝做的虎头鞋由软底换成了硬底,鞋头是不变的虎头,鞋帮上绣了百脚的蜈蚣、结网的蜘蛛和盘旋的蛇,鞋尾缀着一条长长的白色虎尾,宝宝走到哪里,虎尾就跟到哪里,煞是好看。每当宝宝脚长大一些,二婆奶奶的新鞋总会不约而至,而那些穿不下的鞋子总被同学、好友当着宝贝讨了去,在自家宝宝的脚上续写着美的篇章,以至于我自己现在手上反而没有一双了。

直到八十岁眼花了,在儿女的劝说下,二妈妈才放下了手里的针线活儿。堂哥堂嫂们都特别孝顺,二妈妈安享着幸福的晚年。每年春节前,我和爱人去看望二妈妈,她总会早早地备下果子、云片糕,我们一到,二妈妈就忙着泡茶,端出盛满果子云片糕的盘子,静静地看着我们吃,然后再递一根烟给我的爱人,让我靠着她坐下,摸摸我的头,摩挲我的手,看着我们微笑。待到家族聚会时,她会笑眯眯比画着身上的衣服,对妈妈夸我。

总觉得自己是个特别幸运的人。爸妈对我呵护有加。在奶奶八个孙子五个孙女中我又是得奶奶宠爱最多的那一个,这常常让我快乐得惴惴不安。二妈妈呢,自己有五个孝顺出色的子女,我又被二妈妈视同己出,有这一双双鞋子为证,更不必说幼时在堂哥堂姐的注视下与小妹妹一起独享二妈妈的插饭了。

有这样一位长辈,跟她在一起,看她无声地忙碌,专注地做事,无条件地爱你,想起她就想起爱和温暖,这是多么美好的事情!

世事无常,去年十月,九十二岁的二妈妈安详地走了。

腊月二十八这一天,我终于还是把车开去了陈家巷。我很清楚这一次再也不会看到那张熟悉的面孔,再也不会吃到她亲手泡的果子茶,再也不会有她的双手握着我的手,再也不会摩挲我的头发,再也不会凑到我的耳边说话。我,再也看不到我的二妈妈了。

我行走在小巷的石板路上,仿佛二妈妈就站在门口笑眯眯地等我。头顶上白的云蓝的天已经透着淡淡的春意,人家门口挂着的腊鱼腊肉已经传出香味,我的脚上今天也不是穿着二妈妈做的鞋,去年今日此门中,那个对我微笑的二妈妈再也寻找不见。再向前就是古盐商的河埠头,我折身而回,我觉得二妈妈看得到我的徜徉。

几多情,无处说,落花飞絮清明节。这是二妈妈离开后的第一个清明节,愿二妈妈在天堂安好。

那盏明灯

有人说,你工作的第一站遇到谁,你以后就会成为谁。深以为然。

那年八月的最后一个周末,我手持着教育局的介绍信来到学校报到,门房师傅把我带到一脸严肃的杨校长面前,杨校长只说了一句话:新来的大学生,你要做好吃苦的准备。

学校安排我做初二(2)班的班主任,教这个班的语文,另外再带1班和2班的历史。语文课和历史课都没有问题,令我头疼的是班主任工作。这是一个出了名的问题班,前任班主任回去休产假了,我就成了现任,杨校长仿佛早就预料到这一点,他亲自担任我们班的政治课,悄悄为我压阵。

笨办法才是好办法。彼时杨校已经年过半百,耕读老师出身的他对政治课其实比较陌生。他把私塾的方法引进到教学中,自己先背诵教材,烂熟于心,然后全班51个学生,一个不落,全部到他跟前背过去,再默写,一个个改过去,直到合格为止。每天清晨,六点半早读课之前半小时,杨校长先到,要求全班学生也到,学生在教室读,杨校长就坐在教室外国旗下的水泥围栏上,听一个又一个学生到他跟前背过去,背不利索的,回教室再读再背,背会为止。于是,在清晨的霞光中,一个鬓角斑白的老者,在迎风招展的红旗下,双目炯炯地注视着一个个豆蔻年华的孩子,听他们琅琅背书。他从不斥责孩子们,可是连最调皮的孩子,在他的眼光注视下,也会变得乐于学习。我觉得神奇,也不敢问杨校,多年以后自己读心理学书籍,悟出了:所有的孩子都需要关注和尊重,而杨校长给予孩子们的,正是最宝贵的关注和尊重。

清晨背了书的孩子们,都像注入了强心针,很快进入学习状态,追逐打闹、无故滋事的情况少了很多,一个学期下来,2班的政治稳稳第一,我的语文考了第二,我自己不满意,可是杨校长却颔首赞许。不久,他让教导主任通知我,与另一位老教师一起在教研片上开公开课。那位老师开的是《畏惧错误就是毁灭进步》,我开的是《陋室铭》,一节课下来,随着我黑板上为数不多的板书,学生已经把一篇《陋室铭》背出来了,听课的同行纷纷点赞,杨校长大加赞赏:"这个好!这个好!不用死记硬背。"

　　这是一所走读学校,没有食堂,也没有住校的教师和学生。我们几个新来的大学生成了第一批住校的老师。我们两个女教师的宿舍是由原来修理学生课桌的木匠间改造的。单层的墙壁,坐西朝东,九月的秋老虎威力很大,晚上睡在里面像个蒸笼。这还不是最主要的,这个走读学校没有烧饭师傅,附近也没有菜市场,吃饭成了大问题,上完第四节课,饥肠辘辘。杨校长常常把我们带回他家吃饭,看到我们不会做饭,就叫杨奶奶手把手教我们,在蹭了许多次饭后,我们终于学会了做饭,可以烧简单的家常菜了。甚至我还学会了用面粉摊饼,室友学会了做面疙瘩,日子久了,我们做摊饼、做面疙瘩的技艺精进。没有早读课的时候,我们喝着白粥,吃着鸡蛋摊饼,中午每人再来一碗青菜面疙瘩,挑上一块妈妈熬制的猪油,那叫一个香啊,恨不得把舌头一起咽下去。

　　杨校长是一盏明灯,教会了我用笨办法工作,教会了我用心细致过日子,教会我感受工作的喜悦和生活的美好。这些,成了我最宝贵的财富。

新绿翩翩如云起

文字是时光的翅膀,梦想是生命的翅膀,网络是《人民作家》的翅膀。

三年,在浩渺的银河中转瞬即逝,在人的一生中也不算很长。对《人民作家》而言,播种,生根,发芽,开花,成长……而今,她已遍布全国各地。这是网络的神奇,也是文字的神奇;这是梦想的神奇,也是行动的神奇。

三年,《人民作家》承载了一个个文学爱好者的梦想,点缀了他们的人生,放射出五彩斑斓的光,让每一个读者眼前一亮:原来我们的生活如此美好,原来我们的世界如此精彩,原来我们的身边生活着那么多善于发现美、创造美、表达美的人。

水是城市的灵魂,桥是城市的记忆,高铁是城市的命脉。高铁对72万大丰人而言,翘首以盼,众望所归。可好事多磨,建与不建,悬而未决。全区人民爱乡心切,焦灼万分。2016年5月,江兴林老师的《高铁从我们身边飞过》在《人民作家》发表,一石激起千层浪,不到两周时间,六万多的点击率。这是《人民作家》影响力的一次大检阅。《人民作家》为百姓发声,替民众代言,根深深地扎于人民之中,生生不息,蓬勃壮大。

我们流连于知青馆的文字图片、音像实物前,为五十多年前来到大丰的八万多上海知识青年的经历感慨、喟叹。此时,《人民作家》连载了张晓惠女士的长篇纪实小说《北上海》。作品生动再现了上海知青们在大丰难忘的蹉跎岁月,大开大合的历史画面、革命前辈的人格魅力、知识青年的生活百态……似飘逝的红头巾让人心潮激荡,如贫瘠的盐碱地让人扼腕无奈,几欲绝望。喜怒哀怒,爱恨情仇,引来无数知青强烈的共鸣。是回望,是感叹,是抚慰,更是致敬。

"问渠哪得清如许,为有源头活水来",2018年9月底,盐城人也能喝上长江水了。《人民作家》的读者们早就从《遇上你是我的缘》中知道了宝应,知道了氾水,家乡人民沉浸在"同饮一江水""两地一家亲"的喜悦中,作者韦国先生一手写文,一手为民造福的形象也愈加清晰了。

作为中国平安文化的倡导者,《人民作家》总编骆圣宏先生一直为全国的公安干警打造精神家园、心灵圣地。这里有老警官的从业经验,有新警察的工作心得;你可以一睹消防兵逆行者的英姿,你读得到基层派出所用心守护十万分之一国土的赤诚。你当然也注意到了《人民作家》资深作者刘婵同志,她数十年如一日,立足平凡,挚爱百姓,执着追求,痴心不改,"中国好人",实至名归,当之无愧。

远音尘吴瑛,搬得动货箱,写得了美文;离得开体制,做得了网商;热气腾腾生活,诗意洋溢抒怀。这娇小的女子体内蕴藏着大大的能量。

五月考试季前夕,《人民作家》编辑陈劲松老师一篇《高考来了》,从心理学家的专业角度,为孩子和家长减压,排解焦虑,聆听心声。《人民作家》,不仅在读者的手上、眼中,更走进了读者的心里。

《名家在线》作者冯晓晴,明德书院的掌门人,一双慧眼注目于小城的真善美。女子本弱,为母则强。晓晴女士让小城一个个教子有方、持家有道的优秀母亲笔抒胸臆,分享心得,让书香懿德走进更多家庭。

村干部朱明军的农家四部曲,让我们徜徉于希望的田野,品味新时代耕读传家的风采。

三年,小作者们的习作汇编成《我们在追梦的路上》,它记下了孩子们追梦的足迹,也记下了田紫嫣《意外的十六岁》。小荷尖尖,雏凤清声,是家庭的希望、家乡的骄傲、祖国的明天。

三年,透过《人民作家》平台,你看得到祖国的律动、小城的发展;你看得到民众的家长里短、寻常烟火;你看得到媒体的人文情怀、作家的侠骨柔情……《人民作家》就是这样,携来百友,游于红尘,文心义胆,诗意栖居。

　　生诞正逢雪迎春,日新年新万象新。红日初升,其道大光。《人民作家》,来日方长。从三到万,辉煌可期。彩笔题桐叶,佳句诵平安。最是一年春好处,新绿翩翩如云起。《人民作家》和祖国一样,和你我一样,明天会更好!

我们在冬天里游戏

这几天又是雨又是雪,小城遭遇了本地史上的极寒天气。此时,最好的选择莫过于守着闲书,大红袍一壶,炒米糖一碟,熟荸荠一碗,团坐在茶几边。

"众芳摇落独暄妍,占尽风情向小园",雪花纷纷扬扬飘落下来,手捧一杯热茶,凝神伫立,此时我的小院没有梅花盛开,傲霜的菊花倒别有一番风姿。

> 群山雪不到新晴,
> 多作泥融少作冰。
> 最爱东山晴后雪,
> 却愁宜看不宜登。

我的小城是一望无际的平原,没有山,太阳一出,楼顶上的雪没有立刻融化,却结成了一串又一串的冻冻钉。冻冻钉在阳光下晶莹剔透,美则美矣,同时又在提醒你:这天哪,已经冻得伸不开手了。

冻雪成冰的地方硬得打滑,这一天,人们打招呼的方式变成了这样:你,跌了几跤?

很自然想起了小时候的冬天。不刮风下雪的天气,玩的花样很多。

踢脚。两个人面对面站着,手牵着手,我的左脚贴着你的左脚,你的右脚贴着我的右脚,一前一后,有节奏地跳着,在这一起一伏的跳跃中,你看着我,我看着你,两个人哈出的气在空中汇成一团,升腾而起,脸变得红扑扑的,手和脚变得暖和和的,两个人再对视时,不由得哈哈大笑。

挤暖。这是群体对抗的游戏。实力大致相当的两拨人，双方各挑一个块头大、身板厚的打头，倚墙而站。宣布开始时，各队紧密团结，拼命挤着对方。往往是身小力薄的最先被挤出局，力量大的那一方勇往直前，直挤得对方没有退路，一支队伍哄然瓦解，由此胜者产生！

这些一般是男孩子的游戏，女孩子要文雅些，花样更多些。最常见的有三跳一踢。三跳就是跳绳、跳房子、跳橡皮筋，一踢就是踢毽子。这是武的，我力气不够，喜欢拉姆子，姑且称为文的吧。

姆子的材质不拘，可以是磨圆的小石块、小瓦块，也可以是布块。我曾经就有过五个布做的姆子，被我当作奢侈品时时带在身边。那是妈妈用碎布缝制的，大红、黄、蓝、绿各一枚，还有一枚桃红色的，我的最爱，那是以我过十岁的桃红缎子棉袄做剩的边角料做的。琴姐姐最会拉姆子，你看她把桃红姆子高高抛起，你的眼神跟着姆子正飞扬时，她已经把这桃红的姆子连同那大红、黄、蓝、绿的四枚姆子稳稳地握住手心。我佩服极了，羡慕得要命。可是我自己很难一下子同时抓住五枚姆子，多次试了还是没有成功，我难过得几乎要哭出来了。姐姐摸摸我的头：你手小，等再长大一些肯定就抓到啦！

此去经年，记忆中冬天的游戏里，必然有一枚高高抛起的桃红色姆子。

游戏是孩子的工作，聚会是成年人的游戏。

"寒夜客来茶当酒，竹炉汤沸火初红"，这样极寒的冬夜，三两好友，围炉而坐，茶也好，酒也好，一人一杯手里捧着，火锅里的汤咕噜咕噜沸腾着，你推一盘羊肉，我推一盘蘑菇，他推一盘粉丝，一个个吃得满头大汗，临了再推进一盘豆腐，一把面条，一个个吃得酣畅淋漓。这时的厅堂热气蒸腾，香气弥漫，心里、身上俱暖！

冬天的日子就是这样，风和日丽，伴着年迈的父母，晒晒太阳散散步，这是老年人的游戏；三二友人，涮涮火锅聊聊天，这是成年人的游戏；踢几趟足球、打几回手游、喝喝奶茶撸撸串，这是孩子们的游戏；或者，就一盏台灯，读一读闲书，听几段昆曲，这也是游戏，这是我一个人的游戏，一个人的清欢。

每种游戏，一样的平常，一样的逸当，它们都是冬天跳跃的音符，欢腾而清越，婉转且悠扬，这是每个人自己的轨迹。人们以各自的方式，拨动时光之弦，谱写着岁月如歌。

天地悠悠一白驹

"皎皎白驹,食我场苗。絷之维之,以永今朝。所谓伊人,于焉逍遥"。

这是《诗经·小雅·鸿雁之什》中的一段,诗人佚名,不知其谁,它歪打正着,仿佛在冥冥之中为白驹古镇下了一个批注——"于焉逍遥"。在此做客乐逍遥,在此生活更逍遥。仿佛在两千多年之前,古人就预见了白驹古镇的前世今生。

在江苏大丰境内,204国道上,比邻紧挨着三座古镇:刘庄、白驹、草堰。大丰人简称之刘白草。对于刘庄和草堰,人们更多地津津乐道于它们的古风古韵:刘庄,紫云古刹,梵音阵阵,诉说着千年沧桑;草堰,龙溪古街迤逦,古码头犹在,不负"两岸人家尽枕河"的美誉。白驹是一个特别的存在,悠悠历史和现代文明在白驹相遇、碰撞、交融、变幻,不负古人的预言,古风犹存,工业发达,地灵人杰,成为204国道上的一个传奇。

从古镇新街口西行,穿过西市街窄窄的小巷,来到与花家垛隔河相望的河码头,树木葱茏,串场河水静静环抱着花家高垛,这是传说中水泊梁山的原型。小说家施耐庵在串场河畔的白驹茅家园完成了鸿篇巨制《水浒传》。前些年,曾经风传两地为施耐庵是何方人氏而打口水战。其实,施是哪里人并不重要,关键是施耐庵在白驹完成了《水浒传》,是白驹这方水土给了他泉涌的文思、创作的灵感。地灵人杰,说的大概就是这个意思。

大凡历史悠久的小镇,常常像一个饱读诗书的宿儒,在新生事物面前,往往犹疑、观望、踌躇不前。白驹则不然。市场经济来了,白驹不恐慌、不拒绝,

投身其中,尽享乐趣。小镇上仅玩具企业和加工点就有108家(像极了《水浒传》里的108将)。白驹人勤快、巧气、肯动脑筋,做玩具正好发挥了这个长处。当初,玩具业在白驹镇方兴未艾之时,从白发苍苍的老者到放假在家的孩子,都不闲着。往往一边聊着天,一边缝着"布娃娃",神情自若,一边说一边做,嘴上手上两不误,实是一景。如今,白驹的玩具业已蓬勃发展,是远销海外、闻名遐迩的"玩具之乡"。

白驹人过日子投入、专注,自有自己的章法。

早上,白驹人喜欢三二好友,或全家出动,到茶馆里找老位子坐下。来一碟干丝,两只包子,或者一碗香气氤氲的鱼汤面、小馄饨,唠唠家常,谈谈生意,既享了口福,又完成了业务洽谈,人情、工作两不误。前些年,人们常去的是一家外地人开的"客伦饭店",里面的包子皮薄馅大,品相、口味俱佳。白驹人嘴刁,愣是没挑出它的毛病来。后来,老板把店开到了大丰,白案点心仍是它的特色。

下午,白驹人喜欢来两只老炉炭火贴的擦酥烧饼,咬一口,外酥里嫩,饼上的芝麻直往下掉,你得用另一只手接着,再喝口茶,那滋味,真叫一个香啊!

晚上更丰富,集场(其实就是剧场,白驹人习惯叫集场)里上演着各式的戏,京剧、越剧、淮剧、锡剧,什么样的剧种都有,其中以京剧、淮剧居多。说白驹人嘴刁,不仅体现在对吃的讲究上,还反映在对戏剧的鉴赏上。民国年间,各路戏班子对白驹既怕又爱:怕自己功夫不到家,在台上被懂行的白驹人喝了倒彩,下不了台;可一旦被白驹人接受、喜欢,就表明得到了行家的认可,登堂入室,身价立马高了几分,大可标榜了。

由于历史的原因,集场曾一度萧条,眼下,随着古镇文化的再度兴起,它易名为忠义堂,让人又是一番怀古幽思。

比邻它东首的是一条名唤陈家巷的小巷,在小巷巷口有一宅院。院开墙垣门,简洁素朴,两门对开,其色深,门上有一对黄铜门环,轻叩门环推门而进,却是院落深深,别有洞天,一进院的院北,青砖黛瓦的老作坊里,白首老者正在制作传统茶食;二进院,佳木葱茏,几间客舍白色的墙壁和淡灰色的方砖相互映衬,说不出的安静闲适。你可以躲进小屋成一统,亦可以约一二好友把盏品茗,尽兴畅谈。时间仿佛在这里凝固,世界只剩下天地、自然、你和知己。你会觉得自己活得何其的奢侈,何其的尽兴。你甚至产生了"不辞长做白驹人"的遐想。定定神,你不觉为自己的想法哑然失笑,然后慢慢踱出院子,可是你还会恋恋不舍回头看,你看到了店招迎风招展,上面的"快活林"三个字格外醒目。是啊,"快活林",够直白,也够接地气。它透出的是白驹人作为水浒原型地的自豪,以及能在这块土地上生活,并乐在其中的底气。

这,就是白驹。

刘庄的郢爰

戊子四月,范公堤上的刘庄古镇,绿满大地,落英缤纷。蚕桑才了,又忙插田。几个放假在河边捞鱼摸虾的孩子,从水中摸到了金币。闻讯而来的成人也加入了打捞的行列。一枚、两枚、三枚……共计摸出金币二十一枚。

这些金币叫郢爰,是我国最早的金币,来自两千多年前的楚国。

彼时刘庄叫云溪。

云溪是一片海岸沙洲,向东望去是茫茫不见边际的大海。斗转星移,自然更迭,这里变成滩涂湿地。胶东半岛上煮海为盐的技术传到了这里。云溪人舀海水,架灶火,烧杂草,办盐场。此地日照充足,风多雨少,蒸发旺盛,一时"烟火三百里,灶煎满天星"。以云溪的盐场最为繁盛。春日桃红柳绿,百花争艳;夏天万木垂荫,荷花竞放;秋季遍野金黄,盐蒿似火;冬时鹰枭晴雪,沙洲大海浑然一体。云溪引来大批盐商。

战国时期盐商很多,他们在产盐地从盐户手中购得食盐,再转卖各地,从中牟利。其中最有名的叫猗顿,他的财产富可敌国,与国王诸侯不相上下。

盐商,在中国漫长的盐业发展史中扮演着重要角色。当时政府对盐业生产经营严格控制,盐商们左手钻营政策,右手运作市场,谋略胆识,令人赞叹。扬州盐商和自贡盐商最有名。扬州盐商是纯粹的商人,是专营海盐买卖的"官商"。而自贡盐商既贩又产,集井盐开采、加工和市场拓展于一身。猗顿属于后一种盐商,他经营的是河东池盐。

这个猗顿原本姓王,来自齐鲁,是个年轻书生。齐鲁那地方盛产鱼盐,经济富庶。王生却是穷困潦倒，耕则常饥，桑则常寒，饱一顿，饿一顿，艰难度日。正当他为生活一筹莫展的时候，传来了范蠡弃官经商、富甲一方的消息。这王生放下手中的书本，向范蠡请教致富经。范蠡告诉他，想快富，养五畜。于是，王生千里迢迢来到水草丰美的山西西河，在猗氏王寮安了家，开始饲养五畜。从此王生有了个新名字"猗顿"。猗顿养的牛羊越来越多，不到十年，就成为与范公齐名的富翁。

猗顿在致富路上一路向前，养五畜，产池盐，脚步不停。他用自己饲养的牛马贩盐、运盐。他还发明了一种垦畦晒盐法，缩短了出盐时间，盐的产量直线上升。猗顿又开凿了山西第一条人工运河，贩盐、运盐的速度更快了。

猗顿把盐销往诸侯各国，顺带经营珠宝，日子一长，成了倾国巨富，甚至有人说猗顿之富已超过陶朱公，可与王室比肩。太史公司马迁为他点赞，"长袖善舞，多财善贾，其猗顿之谓乎"，将猗顿与他的老师陶朱公并列，称为"陶朱猗顿之富"。

猗顿喜欢做慈善，急公奉饷，悯孤怜贫，利国济民。

话说当年猗顿遍寻致富经之时，曾流落云溪，饥寒交迫，病倒路边。适逢一沈姓盐灶主搭救，热汤热饭，好生将养。待猗顿病愈上路，又赠予盘缠。现在猗顿梦想成真，成了大富翁，一直想报答恩人。忽然辗转听说恩人家道中落，处境艰难。

两淮盐，天下咸。猗顿知道淮盐的重要，也知道盐灶主最缺的是什么。这一天，他叫来刚刚从楚国做珠宝生意回来的大儿子，如此这般，叮嘱仔细，交给他一包东西，让他即刻赶往云溪。儿子打开一看，愣住了：这不是刚刚从郢都带回的郢爰吗？云溪有多大的生意需要用郢爰？他抬头看了看父亲，又低头看看郢爰。

这郢爰可是楚国金币中出现时代最早的一种金币，是楚国黄金货币的代表。这是一种称量货币，形制有两种，一种是正方形或长方形的金版，另一种是扁圆体的金饼，以前者为多见。使用时根据需要将金版或金饼切割成零星小块，然后通过特定的等臂天平称量，再行交换。即使是大少爷，平时能看到零星碎块的郢爰也很不容易，今天父亲居然包了这么多让他带去云溪。要知道，当时黄金的流通限于上层社会，而且只在国间礼聘、游说诸侯、国王赠赏和大宗交易时才使用。如果不是父亲生意成功,富可敌国,只恐怕连郢爰的影子都不会看到。

可是父命难违,大少爷还是带着郢爰出发,来到了云溪,打听沈恩人的下落。

当时云溪一带盐业生产由大大小小的盐灶提供。盐灶主召集盐工晒盐,再把盐卖给盐商。他们常常缺少资金,盐商就提供给他们,换取他们生产的盐。灶主家中出了事,生病求医,天灾人祸,就只能到盐商那里去预支用钱,这些都要打到盐价里抵消,所以盐价很低,有时甚至是无价的,一切由盐商说了算。盐商就是这样赚取利润的,沈恩人就是这种盐灶主。

大少爷发现云溪一带盐白如花,皎洁似雪,与河东池盐相比又是另一番风采,不禁对父亲心生敬佩。他一方面造房建园安顿恩人,一方面搭建盐仓积贮淮盐,再销往各地。云溪周围的大小盐商闻讯纷纷上门,大少爷带来的郢爰也被切割得大小不一,换成了一座座盐山。他在赚得钵满盆满的同时还谱写了一段滴水之恩、涌泉相报的佳话。

时光飞逝,岁月流转。

云溪的制盐经久不衰,两淮盐赋甲天下,云溪一带功不可没。

唐朝时,云溪改称紫庄,是盐城监九场之一。

宋改名为刘庄。清改称刘庄场,是海防重镇。

民国称刘庄寨。

现改回刘庄。

黄河夺淮后,刘庄的岸外沙洲与陆地之间出现了浅海——虎斑水,随着沙洲长大,与海岸并陆,其间的水道成了今天的斗龙河。

海势东迁,盐业衰落。这里的人们因势而进,把沉睡千年的滩涂湿地变成了阡陌相连、稻香遍野的丰收良田。

郢爰前脚来了,繁荣、富庶后脚便到了。

赴一场梅花盛会

九曲龙湾,十里梅花。

万木尚未复苏,梅花已然吐蕊。俏也不争春,只把春来报。梅花,妥妥的报春第一枝。此时,去梅花湾赴一场早春的梅花之约,已成为很多人春天的保留节目。

上学的小儿郎来了。牵着母亲的衣角,带着母亲的叮咛,孩子啊,你看这灿烂的梅花,香飘万里,璀璨夺目,你可知道"宝剑锋从磨砺出,梅花香自苦寒来"?

年轻的姑娘来了。举着手中的相机,她在梅花丛中穿梭,在梅花树下流连,在梅花面前驻足,她只觉得目不暇接:朱砂梅红得热烈,宫粉梅淡得娇羞,绿萼梅开得高冷。她在拍摄风景,看风景的人们在看她。你分不清哪里是梅花,哪里是姑娘,只觉得"白梅无暇红梅艳,暗香浮动笑春风"。姑娘放下了手中的相机,用唇膏在额上点出了一个鲜艳的梅花,面对着梅花潭顾盼生辉。临水照花,仙姿飘飘。此景只应天上有,人间哪得几回见?

翩翩少年来了。他被眼前的情景惊呆了:三千亩梅花啊!三生三世,十里梅花。我可以捡一枚梅子,遇一位手持梅花的姑娘吗?众人哈哈大笑:你肯定不用望梅止渴,也不会梅妻鹤子,你看那梅花树下站着的,可是你梦中的新娘?

中年的大叔也来了。正是铁肩担道、中流砥柱的年纪。一元复始,万象更新。在这粉墙黛瓦的梅花馆阁之中,与合作伙伴,啖几颗青梅,品一壶新茗，颇多几分"青梅煮酒论英雄"的豪情。正好可以调节一下身心，勾画一下蓝图。在新年里施展几番拳脚，晋级几层台阶。

耄耋的老者也来了。他们怎么能不来呢？儿孙绕膝，前呼后拥，走过半个多世纪的夫妻相携相拥，感叹着"青山依旧在，几度夕阳红"，还有什么不满足吗？这五瓣的梅花，可不就是五福的象征？

他们邂逅了千年梅王。

这株一千岁的梅王从遥远的宋朝来到了他们的面前。屈曲盘旋的虬枝，古朴雅致的树色，写满了历史的沧桑和梅花的神韵。人们既被深深地震撼，又被深深地吸引：时间打不倒你，苦寒压不垮你，你的韧性从何而来？你不屈的精神不就是传说之中民族的脊梁吗？

正沉思间，一阵咿咿呀呀的吴侬软语，伴随着大珠小珠落玉盘的丝弦声传入耳中。抬眼处，只见大红的宫灯下，一位白衣绿裙的女子正怀抱琵琶唱着评弹。

梅香浮动，梅韵依依，人们在梅花湾的怀抱里沉醉。

这个梅花的国度啊，是梅花的故园，亦是梅花的摇篮。梅花，从三千年前我国南方走来，惊艳了我们的眼，福泽了我们的口，抚慰了我们的心，振奋了我们的精神。每个国人，大抵都有一个梅花梦，都有一个挥之不去的梅花情结。那么来吧，梅花湾可以使你的每一个梅花梦得到解析、每一个梅花情结得到投射。

"疏是枝条艳是花，春妆儿女竞奢华。闲庭曲槛无余雪，流水空山有落霞"。在这千顷澄碧、万眼繁华的春光明媚里，梅花湾的三千亩梅花让你尽享视觉的饕餮盛宴。把梅花看遍，把美食尝遍，而你呢，在看过、尝过、拍过、笑过、美过之后，不忍离去。你，只想把美好留住。

向星空投去惊鸿一瞥

春意融融，春水澹澹。正月初七，世界暗星空保护基地江苏大丰野鹿荡迎来了中国科学院国家授时中心的两位科学家：质量管理处高海军处长和守时理论与方法研究室主任高玉平研究员。他们此行是为在野鹿荡设立数字天顶望远镜观测台做进一步考察。

野鹿荡暗星空保护区位于潮间带，是世界上仅有的两处潮间带之一，是世界上最大的海洋和世界上最大的陆地交汇地带，占地三千亩，是个小无人区。这里水清草茂，椋鸟在低空盘旋，是经济发达的长三角地区一片珍贵的未开垦的所在。在这里仰望星空是当下快节奏生活不可多得的奢侈享受。

恒星之美在于它的固定不移，此次国家授时中心的两位科学家，将要在这里设立数字天顶望远镜，就是通过对恒星的观测，测定地球的自转角，由此推定地球的自转的稳定性。目前，国内这样的测试点只有丽江和德令哈。

野鹿荡是江苏省科普基地，已经有了中国科学院长江三角洲北区地质演化观测站，这是地质方面的，456种植物种子为中科院南京植物研究所提供了标本。中华野鹿荡暗星空保护地是天文方面的。国家授时中心负责我国标准时间的产生和保持，野鹿荡暗星空保护基地负责人马连义说，国家授时中心在野鹿荡设立数字天顶望远镜观测台在满足国家标准时间保持工作的同时，还可以为72万大丰人民的孩子打开一扇时间之门，打开一扇科学之门，造福一方，造福千秋万代。

天顶望远镜落地之后，我们将对青少年进行天文科普，在孩子们心中播下科学的种子,这是公益事业,对开阔孩子们的视野,是一件功德无量的事。假以时日,天文学家将在他们当中诞生,从这个角度来看,两位科学家的到来,天顶望远镜的落户,对我们大丰而言,是划时代的!

两位科学家被基地守护者的人文情怀深深打动了,高玉平教授以手表展示如何利用时间确定方向,他说"时间折半对太阳,十二所指是北方",大家一试果然如此,惊叹时间和空间的联系如此神奇,惊叹科学家的总结如此智慧。高海军处长兴致勃勃,以手机做演示对随行的两位孩子讲了高德地图如何导航,孩子全神贯注听着,十四岁的初一少年小陈同学以明史中的情节向科学家致敬互动。

春风起,吹皱一池春水。随着天顶望远镜的落户,野鹿荡将揭开新的一页,向苍穹投下惊鸿一瞥。

鹤舞婆娑

金风习习,梧桐碧秋,蓝天下,卯酉河水静静流淌。卯酉河南岸的河滨公园树木葱郁,绿草如茵,中心广场矗立着五个大字——"慈善文化园","慈善"二字格外吸人眼球。鲜红的颜色,苍劲的书法显得蓝天格外旷远,慈善事业山高水长,善莫大焉。它出自卓越的佛教领袖、杰出的书法家赵朴初之手。

赵朴初来自安徽省"四代翰林"的安庆状元府,他的母亲笃信佛教,乐善好施。一次,他跟母亲去寺庙,方丈出了一个上联:火神殿火神菩萨掌管人间灾祸,赵朴初立马对出下联:观音阁观音大佛保佑黎民平安,方丈赞许道:小施主慈心深厚,日后必堪大用,福泽众生。果然,抗战时期赵朴初担任上海慈联难民委员会常委,救助难民,收容流浪儿童,到了20世纪80年代,担任中国佛教协会会长、中国佛学院院长,始终关注慈善,慈悲之心拳拳,慈悲之业丰硕,一辈子把慈善事业的大爱洒满人间。

在河滨公园青青的草坡上散布着数块文化石,最直白的莫过于一块"为善最乐"。这背后还有一个故事。东汉光武帝刘秀和皇后阴丽华一共生了八位皇子,汉明帝刘庄是他们的第四子,他继位之后,完全保留先帝光武帝刘秀的制度章法,使东汉王朝继续保持政治清明、经济强盛的发展态势,光武中兴得以延续。他的弟弟宪王刘苍任骠骑大将军,潜心辅佐汉明帝,谱写了兄弟俩明君和贤王相携手的传奇。一天,汉明帝问:"皇弟在家何事最快乐?"刘苍回答道:"为善最乐。"为善,是付出,亦是收获,收获的是心灵的充盈、精神的满足,灵魂的升华。

2020年3月底,疫情解封后,作者郊游

公园的制高点是善庆亭,顾名思义,积善之家必有余庆,积恶之家必有余殃。古色古香的亭柱上镌刻着一副副楹联,楹联名家的巧思加上书法家的妙笔,令每一副对联意蕴隽永,赏心悦目。

八千里云月,五千年文明,慈怀善行,蔚然成风。仁者高鹤年一生伴清风,友明月,奉献慈善,他远行千里,去往京津赈灾,注目家乡,投身苏北旱灾,在大丰慈善史上留下浓墨重彩的一笔。

善行的接力棒传到了今天,许鹏挺身而出。

阜宁风灾,许鹏来了!

广元沉船,许鹏来了!

玉树雪灾,许鹏来了!

新冠肺炎疫情下的武汉,许鹏来了!

可是啊可是,这一回,却再也不见许鹏回来的身影!一首《许鹏,你在哪里?》是深情的呼唤,是无限的缅怀,更是告慰英雄、义不容辞的担当!歌声激越、旋律婉转,余音袅袅,不绝如缕,把善行声声传唱,诉说着大爱无疆。

沿着草坡上的汀步石西行,银都桥南头两棵大树参天耸立,其叶如盖,树下,著名书法家张重光先生手书的"慈善文化园"古朴庄重,与东面的标牌遥相呼应。值得一提的是,二十多年前,河滨公园落成时,标牌亦是出自这位老书法家之手,此去经年,老先生鹤发童颜,是积善延龄的最好解读。

正行走间,突然下过一阵太阳雨,吹走了秋老虎的燠热。这,是善雨,是甘霖,是福泽,当慈善遇到大丰,人们将闻鹤起舞,善行处处;鹿鸣千里,慈声远播。

皎皎白驹　踏春而来

为什么我的眼中常含泪水,因为我深深爱着脚下的这片土地。

岁在辛丑,正月初三。春寒料峭,细雨霏霏,新桃送走旧符,浓浓的年味弥漫在古镇白驹上空。漫步水浒街上,阵阵古风扑面而来,剧院旁与快活林遥遥相对的朱门粉墙、小院回廊,更将古风古意烘托得淋漓尽致。刹那间,你以为自己在历史中徜徉。

引发你产生幻觉的是那间书苑:皎皎书苑!

你明白了古意源自这里:皎皎白驹!它从两千八百年前的《诗经·小雅》中飞驰到你的面前,这是中国文化的源头,一如白驹是每个白驹人的源头,她滋养了中华五千年生生不息的文脉,历久弥新!每一个离开故园的人啊,何尝不是怀揣一抔故乡的热土行走天涯,初心不变?

你是春秋时期管仲推出"官山海"政策时的那片热土吗?你说,彼时我是茫茫大海,我的每一瓢海水被晒成了一粒粒亮晶晶的白盐,成为国家财税的重要支柱。

你是西汉桑弘羊"盐铁会议"时的那片热土吗?你说,此前我曾是吴国的属地,刘濞就是在这里招募天下流民,煮海水为盐,从此富甲一方的。

你是北宋范仲淹兴修捍海堰时的那片热土吗?你说,范公堤上布满了白驹人的点点脚印,串场河畔摇曳着白驹人的桨声灯影。

你是施耐庵奋笔疾书时的那片热土吗?你说,茅家园陈列着施公的书案,花家垛给了施公水泊梁山的灵感。

你是孔尚任勘察水情的那片热土吗？你说，白驹镇上至今流传着他疏淮入海、风餐露宿的故事，南闸口边留下他坐立水中、亲饮咸水的身影。

你是新四军挥师北上、八路军结集南下的那片热土吗？你说，祖国临难，民族存亡，我是见证，亦是担当：是挺身而出，亦是泰山石敢当！

树高千丈，落叶归根。涓涓细流，百川到海。彼时的每一片热土，亦是此时我们脚下的这片热土。眼前这座书苑，虽然只是历史长河中一条微不足道的小溪，可是如果途经此地的你，撷取了其中一朵小小的浪花，欣赏它曼妙的姿态，汲取它独特的营养，那么，它不正变成传播古镇文化的源头？它是载体，你是使者，共同完成中华文化的接力。

天地悠悠一白驹，前有古人，后有来者，皎皎白驹，正踏春而来。

2021年春，作者在白驹

如歌的行板

丁酉小暑，我随江苏百人团来到东北师范大学参加研修培训。在这里，我们重温了以人为本的教育理念，感受了为师者以天地为课堂、以自然为教材的读写行走，获取了对学生体察入微、关怀抚慰的心理良方，收获颇多，连呼过瘾。

于我而言，实践有余，理论不足；低头拉车有余，抬头看路不足；拘泥于微观有余，放眼于宏观不足，诸如像《轴心时代的中西方人道主义》这样的讲座，就很能拓宽我的视野，深化我的思维，一时脑洞大开。

从公元前800年到公元前200年，人类的精神基础同时或独立地在中国、印度、波斯、巴勒斯坦和希腊奠定。直到今天，人类依然附着在这种基础上。人类的精神觉醒了，人们探求着原始宗教的意义，体会着个体的独立自存；摆脱愚昧，运用理智；表达个性，交流思想，产生了种种思想碰撞。在西方的希腊有智者运动，在东方的中国有百家争鸣。

自然地理环境决定思想文化。海洋文明决定了希腊城邦的商品经济比较发达，政治氛围宽松，伯利克里更是将西方奴隶制民主政治推向巅峰。这直接导致希腊文化最具科学性和民主性。希腊的智者们将人们以往对宇宙和自然界的关注和探索转移到人类社会和人类自身，宣告"人是万物的尺度"，把人置于世界和社会的中心。

这是西方人摆脱原始宗教和宇宙自然的支配，自我意识的觉醒，是整个西方第一次启蒙运动的根本原则，并在此基础上产生了自由、民主、平等的思想。他们尊重人的个体价值，尊重人的自然本性，认为人生而平等，这些思想在历史发展过程中日益成熟，奠定了西方的人文主义传统和价值观念。

这自然影响了西方的教育。西方教育更加尊重学生的人格，更加尊重学生的个性，更加有利于学生的身心发展，教育的效果自然不言而喻。

与此同时，处于大河文明的中国，农耕的自然经济发达，理性思维亦在崛起。诸子并立，百家争鸣，民本思想蓬勃发展。思想家们在人与自然的关系中，突出了人的地位和作用；在人类社会关系中，特别强调民的作用。然而，他们论述的是人的群体价值，没有谈到人的个体价值。唯一注意到人的个体价值的只有庄子，但又不能反映人的普遍自然本性，也就毫无任何社会意义。

一个民族的思想文化是长期发展的结果。古代中国人道主义缺少对人的个体价值的承认，缺少人人平等的思想。因此，作为中华民族的当代教育在对学生个体价值的承认以及对学生人格尊重方面是有一定的局限性的，"师道尊严"就是一个例证。今天在中国大多为人师者缺少的就是这一点。要补上这一课，并落实到行动上，任重道远，道阻且长。此番东师学习，周巩固教授的讲座是一种及时的、善意的提醒，黄宝国教授《差点教育理念的生成和发展》是对学生人格尊重和个性张扬的成功尝试，是我们学习的有效范例。

我想，在今后的教学中，除了精心打磨自身的专业技能外，尊重学生的人格，以平等之心对待学生，保护学生的个性，彰显学生的个性，应该是在教学中更加重视，并付诸行动上的。知易行难，为践行之，拟继续做如下努力：

强化师生平等的观念。人与人是生而平等的，教师和学生当然也是平等的，只是闻道先后的区别罢了。只有充分认识到师生平等，对于学生在课堂上下发出的不同声音才能尊重、接受、理解、包容，才能达到教学相长，促进学生身心发展的目的。

不断学习，认识自己，了解自己，认识学生，了解学生，以教者自身的身心平衡带动学生的身心平衡发展。一个人来到这个世界，就是一个认识、了解、接受、反馈的过程，当一个人做到了身心平衡，那么就能够与世界、与社会、与他人和谐共处，这是教育的职能，也是教育的功效，为人师者，当奏一曲如歌的行板，不断践行之。

在文字里相遇

去参加一个活动,那里距家有一个多小时的车程。早晨五点半起床,写了不到五百字的日更,然后到附近的网红面馆集合,小师妹请我们一行在这里吃了早饭再一起出发。

虾糠面依然是童年的味道,荷包蛋煎得刚刚好,咬一口,焦黄的蛋白酥脆,里面的糖心软糯糯的,配上姜丝和萝卜丁,香中带甜,辣中带脆,实在妙不可言。带着无比愉悦的心情,我们朝目的地出发。

我们来自不同的单位,除了一位是我大学的小师妹,其余以前都不认识,而且没有一位是专门从事写作的。唯一的共同点是我们都喜欢写作。写作让我们相遇,文字让我们相遇。其中一位在最好的年华身患癌症,刚刚治疗痊愈不久,又发现了新的癌症,但他积极治疗,乐观以待。治疗之余,练字、朗诵、写作,坚持不懈。文字给他信心,文字给他力量,神奇的是,癌症竟然在他的面前望而却步了。

小师妹教毕业班语文,兼任班主任,还有行政工作,非常繁忙。她坚持每周写一篇两千字左右的散文随笔,学生的喜怒哀乐、教师的酸甜苦辣、家长的千辛万苦,都诉诸她的笔端。一写就是整整一年,想了解一个好老师的所思所想,读她的文字就是了。

药剂师工作烦琐,同行的红,把目光投向小城,写了近百篇小城风土人情的文字。看她的文字就可以看到小城的一角,多彩而充满魅力。

另一位是在小区里做网格员,她在校学习时间不长,不足高中,却笔耕不辍，文字是她真性情的流露。从她身上你读到的不仅是文字，更有她对待生活的勇气。

开车的是位诗人，已经创作了千余首七律诗。生活中的大事小事，他信手拈来，皆可入诗，读来趣味盎然。他还是一个暖男，全程只开车，不说话，就跟他在家悄悄做家务不唠叨一样。

至于我，喜欢读书，各种书籍，生吞活剥，不求甚解。此前，我曾数年专注于苏东坡、专注于《论语》。写过一些文字，但还远远不够。我的不足在于输入较多，输出较少；想得不多，写得更少。这正是我眼下最需要克服的。

文字，就是这么神奇，在不同人的笔下绘就不同的风景，与自然风物一样，构成多姿多彩的大千世界。文字是媒介，把素未谋面的人连在一起，去共同探究世界的神秘莫测，变化万千。

就在写下这些文字的此刻，与他们相遇相识的过往历历在目，我再一次对他们心生敬意。这世界总有一些人，以自己的所为，活成一束光，照亮自己，照亮别人，照亮这世界，给人启迪，给人温暖，给人力量。在文字里相遇，很幸福。

买 菜 记

周末的早晨,去菜市场走一圈,是一件赏心乐事。

下得楼来,穿过门前小坡,刚刚修剪过的草坪散发出阵阵清香。几个早起的邻居正在葡萄长廊下打着太极。再踏上一段木栈道,红色的乌桕树叶与金黄的银杏叶错杂斑驳,让晨起的心格外愉悦。枝头有鸟,脚下还有一只猫突然从身边吱溜穿过去,会心一笑时,已经到了小区门口。

跨过斑马线,即是去往菜场的必经之路。这段路的距离实在不能算长,百十米的样子。首先要去的是小莲子生鲜店,我跟笑眯眯的小莲子买了一块五花肉、两根排骨,拿出手机付了账,并不立刻把这些带走,我向小莲子挤挤眼:"还是老样子,一小碟肉丝,其余红烧。""好的好的,你先去买其他菜。"

从小莲子生鲜店出来,走二三十步,右转,菜场就到了。

初冬的菜场一样琳琅满目,我直奔主题,往我想要的食材摊头去。不是因为赶时间,也不是那么多的新鲜蔬菜吸引不了我的眼球。菜场在我眼里就是一个宝库,蕴藏着无数宝贝,而我,每次只取一瓢饮,买完自己想要的,下一回依然对菜场充满无限的向往,再发现新宝贝,再享受新乐趣。像今天,我首先要买的是香茶干、红卤豆腐和小锅百叶。卖这些的不是一个豆腐西施,而是一个豆腐大叔。他每天做的豆制品都有定额,卖完为止,绝不多做。茶干是小方干,细腻,耐咬嚼;豆腐放在汤里久煮,就会出现朱自清笔下的鱼眼睛,令人遐想又回味无穷,氤氲着家的温暖。小锅百叶被豆腐大叔在木头案板上切成细细的丝,既省去了切的麻烦,又好像多了木头的清香,比机器切的,口感好很多。

菠菜和青菜是在菜场最东头买的。这块天地,大多都是一些年长的大伯大妈爷爷奶奶们自种给家里孩子吃,多余的部分拿来卖的,贴补家用与打发时间兼具。他们的菜大多是有机的,品相一般,口味很好。刚刚从田里挖出的菜,去了泥,有的甚至还择好,不一定是用方便袋,而是用旧布条一一捆好,只等你取了回去炒菜、烧汤。他们还有一个特点,就是许多人没有支付码,常常是做好一笔生意后,把你领到附近固定摊位有支付码的菜贩那里,满脸堆笑地求他们帮个忙。遇上爽快的,递上码扫过,一笔生意立成,彼此皆大欢喜。也有不耐烦的,摇摇头不借,或者要求买主也带走一点他摊位上的东西,这不免有一番周折。最过分的是,扫一次要给他好处,雁过拔毛。因此,每次买菜,我总会预备一些零碎的现金,省去麻烦。我挑了一把青菜、一把菠菜,青菜已经被卖菜的奶奶剪去菜头,择得干干净净;红红的菠菜头,肥硕的菠菜叶,很能激起人的食欲。身上带来的纸币让这笔生意立马成交。

在这个摊位边上,是一个卖柿饼的爷爷,晒干了柿饼呈现出透明的暗红,比琥珀深些,又比芝麻油的颜色淡些,称了一斤,同样是现金支付。

我还想买点黄豆回去。大妈摊位上三种豆摆在那里:黄豆、黑豆和白扁豆。跟大妈清爽的衣着打扮一样,大妈卖的豆,颗粒饱满,光泽圆润。蹲下来要了一斤,大妈笑笑:这里也就两斤多,不如你都要了吧,我这个豆煮着吃、炒着吃都好,磨豆浆的话出浆率很高。大妈用了一个非常专业的术语:出浆率,语气很诚恳,我自然全部买下了,大妈自然也是有支付码的,扫码完毕,我拎着沉甸甸的菜篮离开菜场。

路过小莲子生鲜店时,她像往常一样,已经帮我剁好了排骨,切好了肉丝、肉块,分别装好,这样我回到家洗洗就可以入锅了。

今天的买菜告一段落,接下来就是洗烹煎炸煮,舌尖上的美味就呼之欲出了。日子的活色生香就藏在这些琐屑里,这是生活的美学,是稳稳的幸福。

菜花欢子

油菜花一开,蛤蜊就肥了。

清明时节,常有小贩骑着车沿路叫卖:"菜花-欢子! 菜花-欢子!"

欢子就是蛤蜊,菜花欢子包卷饼,是清明时节最鲜美的食物。每到此时,妈妈总会买来菜花欢子,洗净,煮一锅水,放入欢子。坚硬的外壳,随着水温的升高,次第张开嘴,从一个个开了口的欢子里挑出嫩嫩的欢子肉,放入盘中,再将欢子汤倒进大碗中沉淀,滗去杂质,就是一碗其鲜无比的欢子汤。欢子肉是淡黄色的,每一个欢子都伸出一个小尾巴,软软的,很可爱。这时的欢子肉还不能吃,里面有泥沙,妈妈说,这欢子在水中要沿着同一个方向冲洗,否则就洗不干净,原理何在,我至今没有弄懂。反正这样做的结果的确是干净了,不碜了。

将洗好的欢子肉,新鲜的韭菜切成段,梅条肉切成细丝,半块豆腐切成丁,葱姜切末,佐以料酒,热锅冷油,急火快炒,一盘韭菜欢子炒肉丝转眼可得;嫌韭菜味重,换成莴苣丝,清香爽口,同样宜人。此前,另一口平底锅上早已做好了十几张鸡蛋薄饼。欢子肉丝端上桌,摊开一张薄饼,用汤勺舀几勺欢子炒肉丝,摊匀,从一头慢慢地卷起来,变成装满馅儿的细长条,咬一口,鲜得恨不得连舌头一起咽下去。再喝一口欢子豆腐汤,汤面上漂着碧绿的韭菜叶或者莴苣叶,你想想,那是个什么感觉?"神仙!"是不是?

剔了肉的欢子壳堆在桌子上,女儿很好奇,一个个抓到手里把玩。外婆见了,从中挑出些大的,请邻居在欢子壳上面钻了眼,然后手把手地教宝宝用线将欢子壳串起来。转眼间一个欢子壳风铃就做好了。孩子简直太开心了,举着欢子壳风铃到处跑,不时地停下来,听春风吹着欢子壳上下相撞、左右相碰,嗤嗤作响。

蛤蜊作为餐桌宠物,古已有之。

黄庭坚说"仙儒昔日卷龟壳,蛤蜊自可洗愁颜",问君能有几多愁,几粒蛤蜊解千愁。

"莫遣下盐伤正味,不曾著蜜若为甜。雪揩玉质全身莹,金缘冰钿半缕纤。"在诗人杨万里的眼里,蛤蜊就是人间至味,加一点盐则太咸,倒一点蜜则太甜,明玉气质,金钿外形,这通身的气派哪里是食物,分明就是一个仙子。

"嚏涕春风欺薄罗,扶头宿酒想轻歌。牡丹花满蛤蜊到,学士其如此夜何。"唐伯虎醉了,醉得一塌糊涂,别人就问啦:"您怎么喝这么多啊?"唐伯虎白了对方一眼,一脸无辜:"这能怪我吗?蛤蜊太好吃了,都是蛤蜊惹的祸啊!"

吃蛤蜊,南宋的汪元量最有情调。"潋滟湖光绿正肥。苏堤十里柳丝垂。轻便燕子低低舞,小巧莺儿恰恰啼。花似锦,酒成池。对花对酒两相宜。水边莫话长安事,且请卿卿吃蛤蜊"。

你看,十里苏堤,柳丝轻拂,燕子低飞,黄莺鸣唱。春花似锦,美酒成池,如此湖光山色,良辰美景,来呀,快来呀,朋友,我请你们吃蛤蜊!

即使没有吃过蛤蜊的,读了汪元量的这阕词,也会对蛤蜊心生向往的。

明天,就在明天,去菜市场称几斤菜花欢子回家。

也傍桑阴学种瓜

清明祭祖的途中,看见路边农夫推车上有各种菜秧卖,就停下车买了几种:茄子、胡椒、番茄各两棵,丝瓜、黄瓜和菜瓜各一棵。

种菜我是新手,连菜鸟也算不上。院子里除了大理石砖地,还有一块五六张课桌大的泥地,那便是我的试验田。已经长了两棵月季,一棵黄色、一棵红色。花开满枝的时候,微风吹过,馥郁的香气扑面而来。

买来的秧苗我划地而治。不须搭架的茄子、胡椒、番茄往里种(其实番茄也是要搭架的,只是当时我不知道);须搭架的丝瓜、黄瓜因地制宜,都种在栅栏边,顺栏杆往上爬,省去搭架的麻烦。这般种好之后,就剩菜瓜没地栽了,考察了半天,我在胡椒与茄子中间给它安了家。

浇水、施肥、除草,按下不表。眼看着各种秧苗茁壮成长,拔高,开花,结果。黄瓜可以凉拌了,茄子可以爆炒了,丝瓜可以烧汤了,我沉浸在丰收的喜悦里,美滋滋的。

当初无处安身的菜瓜开始疯长,绿油油的瓜藤从地里向大理石砖地蔓延,有的甚至漫上了台阶,爬上了墙壁,大有燎原之势。一天天看那叶子绿阴阴的,花朵黄灿灿的,可就是看不见瓜在哪里。好纳闷啊!

地里的草渐渐高了,连续高温,热浪滔天。我当然没有冒着"足蒸暑土气,背灼炎天光"去拔草的勇气,眼睁睁看着草长。终于,台风过境的两天气温稍降,甚至下了点雨,暑气消去了不少。我起了个大早,打算践行一次"晨兴理荒秽"的壮举。

花了个把钟头,草算是除了,索性把瓜藤再理一理,这一理不要紧,居然顺出两只瓜来,嫩绿的皮,三四十公分长,可不就是菜瓜吗!我不禁莞尔:顺藤摸瓜原来是这么回事儿。

中午烧饭时,我将菜瓜对剖,除去瓜子,切成薄片,洒上细盐,搁置半小时,挤去水分,放进钟爱的薄胎细瓷金边的粉色花碗中,撒上蒜泥,淋上菜油。再一看,透明的菜身,绿色的菜边,白色的蒜泥,黄色的菜油,伴着四溢的香气,那是十分的诱人呢。

餐桌上的情形可想而知,铁老师大快朵颐,其他菜都受了冷遇。这还不算,他甚至已经开始惦记剩下的那条瓜即将拌就的瓜菜来。

嘻嘻。

潘园牡丹

雨水前后,人们就喜欢往潘园跑,原因很简单——潘园的牡丹开了。

小时候读徐迟的报告文学,囫囵吞枣,除了记住写陈景润的"哥德巴赫猜想",还有就记住两个牡丹花名:姚黄、魏紫,据说是此中花王花后的级别。彼时,我们这里牡丹花很少见,更不用说看到姚黄和魏紫了。

便仓离我们这里不远,那里的枯枝牡丹闻名遐迩,我始终没有去过。我想名贵如姚黄魏紫,花朵那样的美丽娇艳,枯枝如何与之相配?说来可笑,我不愿破坏心中花王花后的形象,始终没有去便仓。

去年雨水,有了一次机会与潘园牡丹零距离接触。

那一天,春雨霏霏,杨柳依依,很契合雨水节气。

进得潘园,一株硕大的紫藤映入眼帘。屈曲盘旋的虬枝,一泻而下的紫色瀑布,深紫积淀,浅紫跳跃,深深浅浅交错杂陈。伸手轻抚,上面的小水珠轻轻滑落,丝丝清凉沁人心脾。本来,吃紫藤花饼也是我们此行的目的之一,可是,这样丝绸般的质感,这样摄人心魄的光彩,把她折下来再吃下去,想想都觉得暴殄天物。一行人且咽了咽口水,往牡丹园走去。

那是一片怎样的景象?枝繁叶茂,姹紫嫣红,满眼缤纷。

立刻飞奔过去。

浅粉色的,如童子面,层层叠叠,不老容颜,娇艳欲滴。令庭前芍药、池上芙蕖,黯然失色。

深粉色的,叫洛阳红,是牡丹中的主打,写满了花开富贵、福泽长久的美好寓意。

这边一棵是神秘庄重的紫红，花瓣绒嘟嘟的，令人拊手称奇。

一大片白牡丹，在姹紫嫣红中非常醒目，春风一吹，露出了黄色的、红色的花蕊。

就在那时，我看到了黄色的牡丹。挺拔的身姿，细硬的枝条。绽开的花朵在浓密的绿叶中如黄袍加身，"斜簪美人醉，尽绽一城狂。且倚春风里，遥思韵菊芳"，我猜，这大概就是传说中的花王姚黄吧？我没有寻花名验证我的猜想，心满意足地往下一处走。

作者2021年4月在潘园。

这株牡丹的花瓣真多啊，我凑到近前数起来，"一瓣、两瓣、三瓣……"叠叠又重重，令人无法尽数。外瓣稍硬，内瓣细碎，雍容华贵的花朵状如一顶皇冠，不消说，她就是花后魏紫。

在那个古老的传说里，姚黄和魏紫是相亲相爱的恩爱夫妻。眼前的千叶黄花，挺秀峻拔；万重嫣红，妩媚迷人，相偕相守，不离不弃，你说牡丹是富贵花，我言牡丹更是深情树，此心不移，流芳千古。游园的人群中正好有这样一对携手同行的夫妻，大家看看牡丹花再看看他们俩，为他们幸福的模样颔首喝彩。

耳畔传来同伴的轻唤，午饭时间到了。古典诗人今天投笔下厨，与中国好人大哥一起奉献了一桌美味佳肴。春水澹澹，我们一边吮吸着葱油螺蛳，一边品尝着紫藤花饼，在潘园牡丹中流连。

橙黄橘绿柿子红

一年好景君须记,最是橙黄橘绿时。初冬时节,橙子金黄,橘子青绿,柿子通红。

读陈丹燕的小说《心动如水》,两个细节记忆犹新。女主人公谢莲,总被闺蜜唤作"藕",定神一想,莲花谢了,藕不是就长成了吗?眼前浮现出枯的莲,白的藕,活色生香。

另一个细节是谢莲谈恋爱,每回约会,未婚夫总会送她一只橙子。谢莲便把玩着这只橙子走回家,然后置于案头,凝视,摩挲,轻嗅,橙香四溢,谢莲被这浓烈的幸福和甜蜜环绕着。待橙香渐散,下一回约会的日子又翩然而至。橙子,于谢莲而言,是恋爱的甜蜜,浪漫的等待,摩挲的熨帖,幸福的那端;于读者而言,是经典的片段,是朦胧的意象,是惆怅的符号,是驿动的心房,是美好的氤氲。

大学二年级那年,有一回下课走到门房被叫住,门房师傅递过来一网兜青皮橘子。看了放在一起的信,才知道是父亲托出差的同事捎来的。一只只青皮橘子在白网兜里泛着油油的光,煞是诱人,赶忙捧回寝室与室友们分享。

我一边吃着橘子,一边举着一瓣瓣近乎透明的橘瓤把玩,不由得想起小升初考试的前夜。厂区的大场上放着电影,左邻右舍都去看电影了,爸爸留在家里陪我复习功课。第二天早上,爸爸递给我一条毛巾、一个军用水壶,叮嘱道:不用慌,慢慢考,水壶里是用果子露兑的橘子水,记得喝。那次考试仿佛考的是第三名。考些什么已全然忘记,可是那满满一壶的橘子水,余味悠长,至今齿颊留香。父爱如山,难以名状,具体到生活中,就是几只橘子、一壶橘子水,呵护你、滋润你、陪伴你。

我时常在家中为柿子抱不平。那样鲜艳的颜色,那样甘甜的口味,那样饱满的造型,赏心悦目又甜美可口,总觉得人们没有给柿子应有的江湖地位。可是柿子本身好像并不在意。秋天的艳阳下,屈曲盘旋的虬枝上挂满了灯笼一样的红柿子,是最担当得起硕果累累一词的水果。入了冬,农人留在枝头上给予鸟食的红柿子,更点缀了冬天,传递了善意,奏响了人与自然的和谐乐章。

我第一次看到柿子是爷爷带给我和弟弟的。彼时爷爷刚刚摘去坏成分的帽子,第一次从老家来看他年幼的孙子、孙女。爷爷被下放到蔬菜队一待就是数十年,等到纠正误会,已是白发皓首。岁月没有让爷爷染上半分戾气,他乐呵呵地住在我们家,尽享天伦之乐。那一天,爷爷轻轻撕去柿子上那一层薄皮,让弟弟咬一口,再让我咬一口:真甜哪!我说:"爷爷吃!爷爷吃!"爷爷不作答,笑眯眯地举着柿子又送去弟弟的嘴边。

爷爷脸上的笑容就像冬日枝头的柿子,经霜愈红,历冬弥甜。

千种水果千种味,令人难忘的除了它的味道,更有附着在上面的生活瞬间和独特感受,它们装点了生活,丰盈了生命,温暖了岁月。

翠芦莉

就那么瞟了一眼，我的目光就被她吸引了过去。褐色的枝干亭亭立着，翠生生绿茵茵的叶子一对对斜着在枝干上，蓝紫色的花就在叶腋处伸出来，自顾开着，初秋蓝色的天空下，她气定神闲舒展着自己，与蓝天相映生辉。我忙问晓慧：她叫什么？晓慧笑笑，轻声吐出三个字：翠芦莉！"没听过，怎么写？""翡翠的翠，芦苇的芦，茉莉的莉。"天哪！竟然有这样诗意的名字！这样好看的花！"要了！要了！"翠芦莉就这样来到了我家。

像邂逅一个久别重逢的老朋友，我太想知道翠芦莉更多的情况了。打开度娘，惊呆了：原来她还有一个名字，兰花草。这个发现令我欣喜万分，兰花草，兰花草，这就是我一直心心念念的兰花草，心仪已久，一朝拥有，这感觉太美妙了！那首熟悉的旋律立刻回响在耳畔，不觉哼出声来：

> 我从山上来，带着兰花草，
> 种在小园中，希望花开早，
> 日日看三遍，看得花时过，
> 兰花却依然，苞也无一个……

简单灵动的旋律，带着满心的期待，又带着求之不得的淡淡惆怅，是我百听不厌，愿意一直单曲循环的曲子。作者胡适，是我喜欢的现代文学大师之一。当年他在二十多岁的年纪上，于大洋彼岸的美国写出一篇《文学改良刍议》寄往国内，令新文化运动领袖陈独秀拍案叫绝，引为知己。他们一起为新文化运动奔走呐喊,成为那个年代的思想启蒙大师,在中国现代史上留下了浓墨重彩的一笔。到了1921年,胡适应邀到香山做慈善讲演,获赠一盆兰花草,久候不见其开花。先生感慨赋诗《希望》,表达自己的期待,这首诗被收集在《尝试集》里,这是中国第一部白话诗集。

到了20世纪70年代末,台湾校园民谣作曲家将这首诗冠以《兰花草》之名谱成曲,由歌手刘文正演绎,淡淡的哀愁很契合去国怀乡的心绪,一时广为流传。之后,《兰花草》有了许多版本,我比较喜欢卓依婷和黑鸭子组合的。前者轻快欢愉,得之我幸;后者婉约悠扬,开花或者不开,就保持一份期待,也很好。

巧得很,这一天有同事在朋友圈发了粉色翠芦莉的九宫格。秋水渐长,粉色翠芦莉像一个个穿着粉色纱裙的花仙子在婆娑起舞,那情景如见绿野仙踪,那叫日日见好,这是粉色翠芦莉的花语,寄托着同事对刚刚开学的孩子们最美好的祝福。

距离胡适先生写这首诗已经过去整整一百年,令人感叹着岁月不居,时光如流。在感叹中,我依稀看到那个身着长衫、温润如玉的谦谦君子对着兰花草注目凝望,遐思赋诗。

翠芦莉来到我家的第二天就开花了,漏斗状的细长的花,蓝紫色由内而外,由深而淡,优雅自适,很是满足了我对她的期待。翠芦莉,你的故事还真不少,而此时,我更愿意叫你兰花草,仿佛这样,就跟自己喜爱的文学家、跟自己喜爱的歌曲走得更近了。

海边观月

傍晚五点多钟，正在停车，朋友来电，说他们正在淮南牛肉面店，等我们过去吃面，然后一起去海边，看明月怎样从海上升起。一场说走就走的旅行，就这样开始了。

正是下班高峰，车流密集，开开停停，那边电话不停，到哪里啦，到哪里啦，嗯，好，可以让老板下面啦，下早了面砣了就不好吃了，人还没有到面馆，朋友的一贯细致已经让人如沐春风。

晚霞在天，一路向前。

天越来越暗，路越来越窄。由疏港路而省道而围堤，及至川东闸。天完全黑了，伸手不见五指那种黑。天上星星在闪烁，路边树木往后移。我们都不大说话，感受着除了汽车马达声以外，旷远的寂静。穿过一条林荫道，坑坑洼洼的路面，车子忽上忽下，起起伏伏，大家都不嫌颠簸，反而觉得，这颠簸与周围的原生态配合得天衣无缝，这才是海边旷野该有的样子。

六点五十，到达目的地。先于我们而来的朋友，已经支好了摄影架，一张桌子，几把椅子，堆好了枯树枝，桌子上亮着一盏马灯。桌子边立着一盏高高的摄影灯。

预估七点一刻出现的月亮并没有登场。除了头上闪烁的星星，身边轻轻拍岸的海浪，远处淡淡的雾霭，什么都看不见。寂静，万籁俱寂的那种寂静。让你觉得一无所有，又觉得一切拥有。眼前的星辰大海，身边的牵手伴侣，以及隐藏在夜幕下海边的树和草、海里的鱼和石，你会想到地老天荒、海枯石烂,银河迢迢,星汉灿烂;会想到东临碣石,以观沧海,大雨幽燕,白浪滔天;还有那打鱼船在茫茫大海中穿梭千年。那个词闪现在脑海中:隐蔽而伟大。

我为自己的胡思乱想哑然失笑。此时,一个朋友为自己拍到了流星兴奋不已,另一个朋友指着最亮的那颗星告诉我:看!这就是土星。这时一缕灯光由远而近,原来是一个海边渔夫赶海归来,我们赶紧挪开桌子椅子,为他让路。这渔夫慢悠悠回答我们的问话:"月亮?当然有,你们看,不远处不是已经有了红光?"果然,灰色的云层显出一抹红,那抹红正在变深、变大。

正等待间,第三拨队友如约而至。

云层由深灰而浅灰,又变成了浅灰与橙红交织,一个橙红的火球越来越亮,穿出云层,呈现在我们眼前。火球越来越大,照见了海面,一个变成了两个,一个在天上,一个在海面,大小的礁石在橙红的月光照射下显现出来,整个海面变成了一幅莫奈笔下的印象画。你疑心莫奈到过这里,因为眼前的一切与莫奈笔下的日出何其相似,一样的影影绰绰,朦朦胧胧,所不同的是,莫奈日出的背景轻快亮丽,眼前夜月的背景深沉厚重。

又等了半小时,我们始终没有等来空明澄碧、万里清辉的那一刻,云层和雾霭遮住了月亮的脸,一阵海风轻轻吹过,夹杂着些许寒意,我们决定离开此地,去看看月夜里的麋鹿。

汽车在堤坝上疾驰,不一会儿我们就到了野鹿荡。星星闪烁,树影婆娑。去往观鹿台的必经之处设了门禁,向我们宣告此次不能成行。刚才路边停着的那一辆辆外地牌照的车,想必跟我们一样有着寻麋鹿不遇的情境,他们搭起的那一顶顶露营的帐篷,也许是他们的选择:麋鹿啊,我遇不见你,可是今夜我可以在离你不远的地方陪陪你。

春风吹　茅针长

我们的车在竹港河的海边大道旁停了下来。放眼看去，大道两旁，景色迥然。靠近农田的这边，油菜花开照眼明；靠近河堤的一边，枯草连天，堤边的柳树已然发芽，使人联想起烟波杨柳来。我们奔向堤边，体会竹港水，浪打浪的感觉，小妍没有跟上来，待我们回头喊她时，她正口中念着"茅针！茅针"，手中举着茅针奔将过来！

小妍一人分我们三五根茅针，我们迫不及待吃起来。撕去绿色的外衣，柔软的嫩蕊入口，一股清香、润泽的甘甜沁人心脾。

"哪里有？"

"就在刚才我们经过的枯草下面。"

我们折身返回枯草滩。果然，扒开枯草，有绿芽挺立，布地如针，轻轻拔出，约手掌长，小妍一边拔，一边说："以前我们常常在河边沟浜上，拔茅针带到学校里去吃。"

"哪个不是啊！"每个人都赞同。

在春寒料峭中，拔茅针的兴致和茅针的清香驱走了寒冷，我们手里拔着，嘴中吃着，不能再开心。

想起上大学时古代文学老师给我们讲《诗经·静女》：

静女其姝，俟我于城隅。爱而不见，搔首踟蹰。

静女其娈，贻我彤管。彤管有炜，说怿女美。

> 自牧归荑,洵美且异。匪女之为美,美人之贻。

老师说,两个人谈恋爱约会,男孩子给女孩带礼物,大家猜猜带什么?

带什么?当然是玫瑰花!快嘴的同学脱口而出。

老师摇摇头:非也非也,乃彤管也!彤管谓谁?茅针是也!

什么!约会带把茅针?同学们惊得睁大眼睛。

就见老师不疾不徐地说,茅针大家都见过,发芽初生时呈红色,颜色鲜亮,食之甘甜。老师顿了一顿,仿佛沉浸在那个美丽的画面里。又说,这是女孩送给男孩的礼物,手握一把茅针的女孩静静立于高高的城墙下,美不美?

听老师娓娓道来,我们也好像看到了那个散发着茅针清香的美丽姑娘。

这茅针,小的时候,颜色红红的,称为彤管,剥开来,嫩且白,又多了一个名字,叫作"荑","手如柔荑,肤若凝脂",茅针的美像少女的手一样洁白柔嫩。等到茅针再长大一些,漫上沟渠的就全是开满白花的青草,随风摇曳,这时就不叫茅针而叫白茅了。来读这首诗:

> 野有死麕,白茅包之。
> 有女怀春,吉士诱之。
> 林有朴樕,野有死鹿。
> 白茅纯束,有女如玉。

你看你看,猎手打了獐子,用白茅扎好,带给心爱的姑娘。前有彤管,后有白茅,茅针的前世今生见证了美好的爱情。

你以为茅针的使命就此打住了吗?杜甫的《茅屋为秋风所破歌》跳了出来——"八月秋高风怒号,卷我屋上三重茅",它承担起"大庇天下寒士俱欢颜"的使命了。

最令人称奇的是,相传茅草的根还会化为萤火虫,点缀夏夜的星空:"梦里有时身化鹤,人间无数草为萤"。

梦想的梯子

"让青春吹动你的长发,让它牵引你的梦。"

一次偶然的机会,我邂逅了《人民作家》。

这个微信公众号的名字既高大上又很接地气,当时心中很是疑惑:你的内容配得上这个名字吗?不忙,我且看着。

从此,我静静关注,细细品味,一个又一个惊喜接踵而至。

这里有老镇的历史,有湿地的新貌;

有为师者的殷殷厚望,有学子的成长律动;

有家长里短的寻常时光,有铁肩担道义的家国情怀;

有露天广场的老电影,有广袤滩涂的红盐蒿;

有青春期的迷惘,有人到中年的惆怅;

有专栏作家,有写作新手……

专栏,让人流连忘返:

晓晴女士兰心蕙性,文笔细腻,似鹿鸣呦呦;

袁红君潇潇洒洒,时而盘桓于古镇深处,时而游走于浩浩滩涂;

江兴林老师呈现的是校园内外美丽的人生;

韦国先生于工作、生活处自由切换,完全是一副"我见青山多妩媚,料青山见我应如此"的做派;

曹为圣先生的小小说凝练,隽永,回味绵长;

吴瑛君风格多变,涉笔成趣……

新手,小荷尖尖,灵动多姿,让人刮目相看。

中学生杨越,《翻山越岭来看你》,一段北上西行的历程,向你展示的不仅是中国广阔的大地、厚重的历史、璀璨的文化、浓烈的美酒,更向你展示了00后的眼界见识,腹有诗书,气冲云汉……

我不由得驻足,凝神于《人民作家》了。

我看见杨国美老先生镜头下的滩涂落日似火,麋鹿身姿矫健;

我听见张建国老师的朗诵深沉雄浑,抑扬顿挫;

小背篓声音甜美、陈建风格婉约……配乐老师苦心孤诣,旋律与文章浑然天成……

2016,《人民作家》为大丰人乃至更多的中国人搭建了一个造梦空间,一个又一个追梦人用文字、用图片、用声音、用旋律在《人民作家》上实现了自己的梦,让梦想照进了自己的世界,放射出炫目的光。

这些美丽的文字、精彩的图片、悦耳的声音、动听的旋律幻化成一道道靓丽的风景,点亮了更多人的梦。

造梦者谁?骆圣宏。

此人,今日之警察,作家;昔日之放牛娃,落榜生,追梦者。

你可以笑说他的童年像莫言,他的高考复读似俞敏洪,而他的成长本身实实在在就是一个普通人历经坎坷,痴心不改,让梦想变成现实的最好写照。

我豁然了:《人民作家》,源自百姓,扎根百姓,生生不息,善莫大焉!

人生因为梦想而美丽,生命因为追梦而精彩。《人民作家》就是我们普通文学爱好者梦想成真的一个梯子,是梦想照进现实的一支蜡烛,虽然光亮还很微弱,但足以温暖一片人。

向温暖出发

有一种美好叫素未谋面,神交已久;有一种快乐叫一切都是最好的安排。

过往一年,《宇之声》平台那么多的好声音伴我度过许多美好时光,今天,大丰图书馆举办迎新春诗歌朗诵会,那些好声音将从幕后走到台前,一起奉献一台诗歌盛宴,我不由得欣然前往了。

"当我的紫葡萄化为深秋的露水,

当我的鲜花依偎在别人的情怀,

我依然固执地用凝露的枯藤,

在凄凉的大地上写下:相信未来。"

倪志勇老师厚重深沉、慷慨激越的朗诵拉开了诗会的帷幕。这声音专注、投入、充满激情,一下子把观众带进了诗的氛围。时而高亢时而舒缓,时而坚定时而迷茫,他,完全沉浸在诗的境界里。他在回味,他又在眺望;他在反思,他又在引领。这是在朗诵,又是在创作。观众随着他的声音起起伏伏,信马由缰,放飞思绪,展望未来,以至于当他的朗诵结束时,不少观众都发出意犹未尽的轻叹。

小背篓和张建国老师一起朗诵《回家的路》了,这个娇小的东北女子,没有谁比她更熟悉这条回家的路了。这条路上,她穿越了三千里路的云和月来拥抱爱情;这条路上,她背来了白山黑水的人参蜂蜜谋爱又谋生。她的心始终在这条路上,一头是爱情,一头是亲情;一头是独立,一头是牵挂。她在借着诗歌对远方诉说:如今你们有了共同的名字:亲人和温暖。

感人的声音留给人的记忆是长久的,因为那是从心灵深处自然流淌出来的,那叫心声。"中国好人"陈亚平对《兰亭集序》的演绎可谓入木三分。四次手术、八次化疗的经历使他对生命的理解格外深刻,他娓娓道来、不疾不徐,好像在跟书圣对谈:天朗气清,惠风和畅,当欣于所遇,快然自足;他又驰骋于书圣广袤的内心世界,告诉他,悟言一室之内,放浪形骸之外,皆不足取,他以"专家型局长"的经历书写了第三种选择:言行有益,俯仰无愧。

"根,紧握在地下;叶,相触在云里;每一阵风过,我们都相互致意。"曹咏华老师上场了,眼波流转,顾盼生姿。倘若曼妙可以用来形容声音的话,曹老师的声音便是曼妙的,她在倾诉、她在表白,她就是那棵木棉,在表达自己热烈的、诚挚的、坚贞的爱情,那一刻,观众迷醉了。

精彩在继续。

光明集团的年轻人"不忘初心,永远在路上";

大丰图书馆的姑娘们用"阅读点亮人生";

季晨曦、袁子豪"我骄傲,我是中国人";

陈建老师告诉儿子《祖国是什么》;

茅瑞、胡铭轩等六个小朋友不好意思承认《我是一个任性的孩子》;

五个生机勃勃的少年给大家讲了《斑羚飞渡》的故事,以血淋淋的事实告诉人们万物应该共存共生的道理;

从《勿忘国耻,壮哉少年》,我们分明看到了少年强,则国强。

《带着前世的记忆来找你》是一种怎样的深情?你且听季平和陈亚平轻轻诉说:百转千回,痴心不改;前世相约,今生再见;情义无价,一诺千金!

这些痴迷于声音的人们啊,他们《读中国》,读《我的南方和北方》,在他们的声音里,你听得到南方的小桥流水,妩媚秀气;你听得到北方的黄河在咆哮,粗犷壮美。你惊奇于张建国老师刚才还归心似箭奔走在《回家路上》,此刻又注目于南方和北方,历数着祖国的兴亡和沧桑;奚晓娟老师带着满满的自豪,穿行于杏花春雨,在富春江的柔波里尽情游弋……

门外,春寒料峭;室内,暖意融融,书香氤氲。每一个人都身不由己地、心甘情愿地在《宇之声》团队的好声音引领下,向温暖出发,向春天出发,向未来出发。

最是书香能致远

"混沌本冥冥,泄为洪川流。雄哉大造化,万古横中州。"

这是唐代诗人长孙佐辅从西北来到楚州属下的盐壝(也就是今天的盐城)盐监院,在古城墙上眺远望海所看到的景象。追根溯源,大丰所在地的出现最早就见于唐朝,人们在这里煮海为盐,煮海兴利。岁月变迁,朝代更迭,海岸东渐,河沙淤积,面积越来越大,造就了大丰这样一个淤积平原。它地形南宽北窄,状似葫芦,这里物产丰饶,品类繁多,的确是一个得天独厚的宝葫芦。

受洋流影响,大丰每年新增土地两万多亩,经过复耕整理,新增耕地近五万亩,沧海变桑田的传奇每年都在大丰上演。

大丰人得自然之馈赠,感念上天之德,倍加珍惜,以辛勤的汗水回馈这块土地,打造了世界上最大的野生麋鹿自然保护区。大丰人浩浩数万亩,临海弄清荫,明月松泉农夫友麋鹿,清风江渚钓客侣鱼虾。当很多国人为环境污染所困,大丰人正静静享受着绿色生态家园的福泽。

这样的大丰自然会吸引众人的眼球。央视一句"大丰好玩呢",引来无数国人观光。你当然有理由认为这是湿地之都的魅力,亦可认为麋鹿具有"贤者亦乐此"的感召力,还可以认为是因为恒北梨园香飘万里、海洋世界旖旎梦幻、荷兰花海绚丽多姿、上海知青来寻觅逝去的青春记忆……

是,也不全是。有心的观光客会去思考让大丰声名远播背后的东西。且让我们把目光投向大丰一隅。

时在隆冬，寒风瑟瑟，地处大丰偏远之地的三渣初中的教室里却热气腾腾、书声琅琅，他们正在接受江苏省教育专家们的省级课外阅读课程基地验收，这样一所外表朴素、规模不大、地处偏远、以留守学生为主的学校，中考成绩每每在盐城市258所农村中学中名列上游，欲问何故，却道：书香致远。

是的，最是书香能致远。当观光客醉心于大丰的美丽风光时，大丰人开始埋头书海，潜心阅读，进行精神世界的跋涉追寻。全民阅读在大丰悄然进行，书香大丰渐渐呈现于众人眼前。

星期天上午九点半不到，大丰区新落成的图书馆阅读大讲堂，已经是座无虚席。父母带着孩子，老师带着学生，中年的好闺蜜，白发的老朋友，都早早来到这里，聆听南京大学潘知常教授《品三国 谈智慧》，台上妙语连珠，台下提问不断，是思想的碰撞，是思维的提升，更是精神的饕餮盛宴。

喜欢朗读的，在《宇之声》平台，用音调的抑扬顿挫，情感的起承转合，演绎自己对作品、对作家的独特解读。

书读多了，人们常常会笔抒胸臆，表达一二。《人民作家》来了！这个运行四年半的微信公众号，已发表期刊1400余期，发表原创作品6000多篇，其总编以专业的态度，极大的耐心，扶持、帮助作者，从初涉写作的小学生到充实业余生活的成年人；无关行业、无关年龄，只要你热爱阅读、热爱写作，总能得到《人民作家》的支持和鼓励。

阅读提升境界，阅读让大丰人俯仰天地、洞晓人生；阅读让大丰人察时知变、奋发进取；阅读更增加了大丰人的内涵，丰富了大丰这座城市的底蕴，引领大丰人朝着更美的明天迈进。

日前，一家大丰人自己创办的公益明德书院，已经开始与书友进行第三轮《论语》学习。书院古色古香的读书环境昭示的是"大学之道,在明明德,在亲民,在止于至善",它诉说着大丰人的夙愿:心性光明、行为努力、目标远大。

腹有诗书气自华,最是书香能致远。远处是海,近处是港,看麋鹿奔腾,听鹤鸣九皋。在大丰这个宝葫芦里生活,除了延绵不绝的福泽,你还会有别的感受吗?

带着地球去流浪

天际浩渺,木星占满整个天空,地球仿佛是浮在木星沸腾的暗红色云海上的一只气球。木星的红色巨眼盯着我们地球,大地笼罩在阴森可怖的红光中……

新春伊始,《流浪地球》成为票房黑马,吸引了全国乃至国际观众的眼球,开启了国产科幻片的壮丽航程。

这部影片投资近4亿元,导演郭帆带领团队从2014年开始筹备,历时5年,至2019年春节上映。在制作上,共绘制了3000张概念设计图,准备了10000件道具及太空场景,75%的特效由中国团队完成,布景特效完美展现了未来世界。卡梅隆发文致贺:"希望《流浪地球》的太空之旅顺利,祝中国的科幻电影之旅好运。"

影片取材于刘慈欣的同名短篇小说。话说太阳因故急速老化,不断膨胀,行将炸毁和吞没包括地球在内的所有行星。对此,联合政府制订了一场持续2500年、历经100代人的移民计划:建造12000台发动机,刹住地球自转,推动地球飞出太阳系,逃向4.2万光年外的新家园。这,就是"流浪地球"计划。影片展现的是其中一个部分:引爆木星,驱动地球。

这是科幻片,也是灾难片。《流浪地球》把人类放在地球遭遇灭顶之灾的大背景之下,利用令人目眩神迷的科幻视觉画面,让我们一会儿迷失在木星的巨大气体漩涡中,一会儿置身于滔天巨浪来袭后灰蒙蒙的冰天雪地之中,看那城市幸存的高楼形单影只地站立在冰面上,挂着长长的冰棱柱。你会觉得你就是那冰棱柱,随时会被粉碎、被融化、被摧毁……是的,天崩地裂,灾难来袭时,人类就是这样无比渺小,不再是宇宙的主宰,只是其中最微不足道的一分子。人类只能住在地下城里一面躲避、一面做着逃离太阳系的准备,而且是带上地球逃离。这就很令人尤其是西方人难以理解:你逃就逃吧,干吗带上地球,多麻烦啊!而这,正是《流浪地球》作为科幻片所呈现出的中国节拍,或者说人文精神。

"家人本是同林鸟,大难来临一起飞",数千年的农耕文明传承下的中国人,对故土、对家园始终怀有深深的眷恋,"破家值万贯",中国人是不可能扔下地球一走了之的。这种情怀使身处领航员空间站的刘培强引爆30万吨燃料,以巨大的推力拯救了地球,拯救了人类,拯救了希望。人类固然渺小,但因为心怀希望,弱小的个体团结起来,就可以激发出大大的能量。可以是一个家庭,可以是一支救援队,在大难来临之际,彼此携起手来,超越了自身的恐惧,直面宇宙的挑战,最终在这个沉重的背景下突围成功。

所谓科幻,不过是通过前所未有的视觉体验,表达人类对自身价值、对自身恐惧的思考和超越。《流浪地球》的视觉画面足够刷新人们的眼力和脑力,所传达的节拍也足够中国。越民族,越世界,成为票房冠军便不难理解。

田纳西华尔兹

终于有空坐下来看《铁道员》了。

仿佛是为高仓健量身定做一般,主人公佐藤乙松和扮演者高仓健契合度太高了。这个对职业有着信仰一样热爱的铁道员,45年爱岗如一日。铁路飞速发展,这个雪域小站行将消失,乙松终于倒在了站台上,与妻子和孩子一起永远地留在这片土地上,成为了原野的一部分。

每一个观众都被故事深深打动。当你投身到看成信仰一样的工作中,全神贯注,忘记了时间、忘记了家人,你的世界里,全是你的事业、你的工作。你会觉得,这,是你的一切,是你的全部,外面的世界被你屏蔽。

时光飞逝,逝者如斯,时代的脚步不会因为你的热爱而放慢节奏,你老了,想进入新的领域几乎不可能,实际上你也不想,你只是想留在原地,继续无怨无悔地奉献;可是,社会已经不需要你的奉献,你回头去找你挚爱的家人,可是他们也不见了,你四顾茫然,不知所措……

在《田纳西华尔兹》悠远婉转的旋律声中,汽笛长鸣,列车缓缓驶向站台又驶离站台,乙松一遍遍重复着"信号正常,后方正常",由青年而中年再老年,一面承受着爱女夭折、妻子病逝的痛苦;一面挥舞站旗,专心致志。现在火车线路取消了,小站也将不复存在了,你的暮年走向何处?

打理杂货店吗?

你回答说那车站咋办?

跟老伙计一起去度假村发挥余热吗?

你说除了铁道员你啥也不会……

人人都说你在小站是寂寞的,可是他们哪里知道,这寂寞于你而言,是莫大的享受。在寂寞中,你可以随时与亲人相见,你可以重温结婚十七年初为人父的喜悦,你可以回味为孩子买玩具的快乐,你可以想象孩子五岁、十二岁、十七岁时的模样,你甚至觉得你已经品尝到了亭亭玉立的女儿亲手为你做的饭菜……

可是现在连这寂寞的享受也将被剥夺,这寂寞中的温暖回味也将一同被剥夺。你的火车、你的小站、你梦中的妻、梦中的女、你的亲情、你的挚爱、你的世界、你一切的一切都将随着线路的取消而取消,你的世界,有形的和无形的,顷刻间轰然倒塌。

于是,你也倒下了。

人们为你的倒下唏嘘不已,可是倒下的只是你的躯体。你的精神、你的灵魂、你的信仰、你所珍惜的一切都在这里,你在倒下的那一刻已经与这一切融在了一起。你是幸福的,你和这原野一起获得了永生,连同你的初心和对妻女的爱。

每一个专注工作、忘我投入的人都是这铁道员,结局纵然不如人愿,但过程就是最大的奖赏,是莫大的幸福。

人的一生,那么长,这么短。最后回归原野,落得个白茫茫一片大地真干净,好像了无痕迹。可是,如同鱼儿游在水里,鸟儿飞在空中,大海知道,天空知道,大地知道,鱼儿游过,鸟儿飞过,我们来过。

以诗为词　雅化登堂

有宋之前,人们对词的认识普遍不高,只是把词当成"娱宾遣兴"的"诗余""小道"。在人们看来,诗言志、词言情,词为艳科,属靡靡之音。孔子摒弃之,认为它属于淫靡的"郑卫"之声,与风雅颂背道而驰。词源于民间,被划归俗文学之类,文人们认为,词只表达了人们浅层次的生活感受,没有深层的意蕴供回味。诗是道德文章,词是儿女私情,不登大雅之堂。

有一个人,他以诗为词,雅化了词,使词进入了新境界,从此,"词"登堂入室。让宋词成为中国文学史上与唐诗同放异彩的另一颗明珠,他立下了汗马功劳,而且他做这一切,皆率性而为,非刻意为之。这个人,就是苏轼。

> 首开词用题序之先河
> 使词不仅长于抒情
> 亦可用于叙事感怀

宋以前的词人在词牌外极少用标题,苏轼的不少词不但用标题,有的还有小序。苏轼开始把词变为缘事而发的抒情诗体。他的词与诗一样大量采用标题和小序的形式,有了标题和小序不但交代了词的写作时间地点和缘起,而且丰富和深化了词的内涵。

《定风波·莫听穿林打叶声》一词,苏轼就用了小序:"三月七日,沙湖道中遇雨。雨具先去,同行皆狼狈,余独不觉。已而遂晴,故作此词。"

小序交代了创作背景和写作缘由:三月七日,在沙湖道上赶上了下雨,拿着雨具的仆人先行离开了。同行的人都觉得很狼狈,只有我不这么觉得。过了一会儿天晴了,就做了这首词。

这首记事抒怀之词作于公元1082年春,当时是苏轼因"乌台诗案"被贬为黄州团练副使的第三个春天。词人与朋友春日出游,风雨忽至,朋友深感狼狈,词人却毫不在乎,缓步而行,泰然处之,吟咏自若。

苏轼通过题序,向人们叙述的是野外途中偶遇风雨这种生活小事,表达的却是旷达超脱的胸襟,展现的是超凡脱俗的人生理想,使词像诗一样可以充分表现作者的性情胸怀和人格个性。

类似的还有《江城子·密州出猎》,用词题交代了词的写作地点和背景;《水调歌头·丙辰中秋》词前小序:"丙辰中秋,欢饮达旦,大醉,作此篇,兼怀子由。"丙辰,是公元1076年,当时苏轼在密州做太守,中秋之夜他一边赏月一边饮酒,直到天亮,于是做了这首《水调歌头》,题序交代了写词的过程。

这些题序交代了词的创作动机和缘起,确定了词中所表达情感的走向,还有一些题序与词在内容上有互补作用,如《浣溪沙·山下兰芽短浸溪》词前小序,"游蕲水清泉寺,寺临兰溪,溪水西流",与词本文"谁道人生无再少?门前流水尚能西!休将白发唱黄鸡"相映成趣,互为补充,体现出苏轼热爱生活、旷达乐观的性格。

就这样,苏轼"以诗为词"将诗的表现手法移植到词中。通过题序,交代和说明了词作所抒的是何种情志或因何事生发,生活中,仕途中的任何事被苏轼轻轻信手拈来,通过词展现丰沛的生命激情、奇幻的丰富想象,充满魅力的自我形象,使词的主体性得到淋漓尽致的发挥。

首开化用诗句、典故、口语之先河
或浓缩叙事,或深婉抒情

化用诗意在诗歌中是司空见惯的,苏轼第一个大量用于词,用这种方法引发联想,扩充语言内涵。在词中用典,也开始于苏轼。《江城子·密州出猎》典型叙事纪实,作者用了李斯、汉羽林军、孙权、冯唐四个典故,将射猎打虎的过程,穷形尽相,表达了作者的壮志未酬和怀才不遇的隐痛,增强了词的历史感和现实感。

如《水龙吟》"似花还似非花",化用梁元帝《咏阳云楼檐柳》中"杨柳非花树";"抛家傍路,思量却是,无情有思"一句包含了唐韩愈《晚春》诗"杨花榆荚无才思,惟解漫天作雪飞"和杜甫《白丝行》诗"落絮游丝亦有情"两句。

"梦随风万里,寻郎去处,又还被,莺呼起"化用了唐金晶绪《春怨》"打起黄莺儿,莫教枝上啼,啼时惊妾梦,不得到辽西"诗意。

《浣溪沙·游蕲水清泉寺》中"白发唱黄鸡"出自白居易《醉歌》"谁道使君不解歌,听唱黄鸡与白日,黄鸡催晓丑时鸡,白日催年酉前设"。

苏轼就是这样在写词时化用诗意、口语、典故,将诗的表现方法移植到了词中,浓缩叙事,深婉抒情,运用自如,丰富词的情感内涵,拓展了词的时空场景。自此,词昂首阔步迈入了文学的殿堂。词不再是"小道",而成为与诗具有同等地位的抒情文体。

> 不拘音律
>
> 可唱可读
>
> 亦柔亦刚

在苏轼之前,词是音乐的附属品,苏轼"以诗为词",突破了音乐对词体的制约和束缚,使词成为一种独立的文学形式。

《江城子·乙卯正月二十日夜记梦》全词皆为平声韵,三、四、五、七言句子错综间用,叠用音韵起伏不平,和谐协调,苏轼选用这个调子写悼亡之作,将夫妻之情表达得深切诚挚,令人感叹哀婉。

东坡词能随声击节,合乐演唱。这是因为东坡对音律有一定研究,他曾应人之请为琴曲《醉翁操》缀词,脱手遂为琴中精妙。

然而,东坡虽然通词乐,明音律,但却不肯受规律的束缚。东坡词的唱法和其他曲子不同,有天风海雨的豪放。他是为了造成与柳永对峙的新词风,扩大词境,适应发展趋势有意而为的。

他不僵守词律曲调的做法,在此后的学者看来,"故自灵气仙才,所作小词,冲口而出,无穷清新,不独寓以诗人句法,能一洗绮罗香泽之态也",这"无穷清新",最为难能可贵。

那些指责东坡词非正声的人,其实是拘泥于音调而言,东坡之词与太白之诗一样,"皆是异样出色"。东坡词的不协律,正反映了一种新的创作意识从东坡开始生成:写词重辞不重乐,重总体音乐效果,不拘泥于细枝末节。

东坡词具有良好的音乐效果,他的《念奴娇·赤壁怀古》豪放杰出,在红香翠软的词坛上别开生面。有人认为,这样的作品"须关西大汉,执铜琵琶,铁绰板"来演唱,声威气势非同一般。同样风格的《江城子·密州出猎》"令东州壮士抵掌顿足而歌之,吹笛击鼓以为节,颇壮观也",东坡词冲破严守音律的陈规,抒发开阔豁达的胸怀,这种"曲中缚不住"的佳作,传诵千古,被世人引为绝唱。

苏轼写词更多的是让人阅读,并不求人演唱,他遵守词的音律规范,又不被音律束缚。他写的词,既阴柔婉约,深情款款(《江城子·乙卯正月二十日夜记梦》);亦阳刚豪放,纵情自得(《念奴娇·赤壁怀古》《江城子·密州出猎》)。苏轼挥洒自如,不拘音律,纵然偶有音律不协亦毫不为意,激情荡漾,豪气天纵,多姿多彩,强化了词的文学性,淡化了词对音乐的依附性,为以后南宋词人的发展奠下了基石,词风变了,词亦矫首昂视,登堂入室。

今天,我们能读到那么多千姿百态、余香满口、回味无穷、令人遐思的宋词,苏轼,功莫大焉。

乡 恋 如 歌

——评袁红《十座花园一座城》

如果你要找一个爱家乡爱得痴迷、执着,而又奋不顾身的人,袁红便是。有书《十座花园一座城》为证。

2016年,袁红以一篇《小城故事》走进了小城人们的视线,一碗30年前的香干臭干,激活了小城人的味蕾,那个挎着竹篮、佝偻着背的老婆婆又从人们的记忆里浮现出来,一起浮现的还有那个时代:

"甜蜜蜜,你笑得甜蜜蜜,好像花儿开在春风里,开在春风里……"邓丽君笑靥如花,袅袅娜娜;而琼瑶的小说则洞开了袁红年轻的心扉,读者和她一起走近了彼时小城的艺术圈,小城的艺术家,那里,有一个文艺青年对艺术、对爱情、对明天的全部憧憬。

然后,袁红的乡愁、袁红的寻觅、袁红的发现、袁红的感悟,一发不可收拾,一一呈现在我们眼前。

袁红出生在滨海,凛冽的寒风、冻得通红开裂的小手开启了她最初的记忆。透过她对景致和感受的白描,我们看到的是一双懵懂、好奇的眼睛,泥泞弯曲的乡间小路,长穗的雀麦,以及白花花的野荒荽。这是记忆的底色,也是写作的底色:自然、质朴、富有生命力。

有一个个高高堆起的银光闪闪的盐堆,还有简单的晒盐过程;有炎炎夏日聒噪不休,十年磨一剑的知了猴;有退伍回家,觊觎知青女教师的民兵营长:有悠闲度日、天天晒太阳的幸福的猪;有"相思相望不相亲",恨不相逢未嫁时的"十八相送"……当然,还有一台"韦如宝的麻花机",人们一边吃着滚热喷香的麻花,一边看着最初的"富二代"与"官二代"的较量……土地上的家沐浴在金色的霞光里,活色生香。

几个古镇也是袁红盘桓、勾留的所在。湿润的苔藓,嫩黄的迎春花,石竹爬满青砖地,你再看她:站在古老的石桥上,听鸣鸠声声,怀想当初闲帆点点,蟹籪渔村的模样。她会寻梦幽幽石巷,向历史更深处漫溯:高鹤年重修紫云山寺;宋代义井的水让李汝珍磨墨写成了《镜花缘》;"文革"期间古镇的家庭主妇如何急中生智保护了一对四百多岁的石狮子;甚至她还端出了刘庄陆麻子一碗有了上百年历史的卤菜老汤,浓香扑鼻,醇厚诱人。古老的小镇,经由袁红的双眼、袁红的文字,拂去岁月的蒙尘,露出文明的铅华,放出夺目光彩。

城里待得久了,就想去城外逛逛,去哪里呢?野鹿荡是最好的去处。那里有云,无边无际,变化万千;那里有水,水波潋潋,野鸟翻飞;那里有苇荡,一碧无垠,在河之洲;那里有野草、有野花、有野生麋鹿。

在密布着红艳艳的盐角草的滩涂上,四下里散布着三三两两的麋鹿,它们在微光里觅食,在阳光下奔突。开满鲜花的五月一到,高大威猛的公鹿们就会为争夺鹿王而战,那是力的较量,也是美的展现,是视觉的饕餮盛宴。袁红是医务工作者,她笔下的野草有专业的烙印:茵陈草幽香阵阵,引来萤火虫无数;飞来鹤宿根肥厚,可治毒虫咬伤;不断攀援的拉拉藤是抗癌新星植物。芦花是袁红的最爱:芦花是老太编的毛窝,至今留着老太的体温;芦花是孩童时对抗严寒的温暖武器;芦花是《诗经》的永恒传诵;芦花是被钢筋水泥覆盖的绿色记忆。银项圈,毛窝子,白

芦花,嫩芦芽……这一切,既孔武有力,又温存美丽。

生活无忧,精神富足,思虑纯粹,袁红的小城生活与她的文字没有界限。生活变成了文字,文字再现了生活,浑然天成,朴实自然,不加雕琢。吸引读者的,是生活的魔力,还有作者质朴表达的魔力。她把一路走来的小城生活打造成一座座花园:一座存放童年,一座存放成长;一座存放青春,一座存放爱情;一座存放古镇,一座存放旷野;一座存放日常,一座存放哲思;一座存放幸福,一座存放梦想……

没有深情如许,哪有乡恋如歌?晴空如洗,几朵白云轻轻掠过,诗情泉涌到碧霄。云彩之下,有人翘首仰望,把乡恋慢慢哼唱:

"十座花园,

一座城——"

生于才华，死于浮华

——读卢群老师《梦碎金谷园》

黯淡了刀光剑影，远去了鼓角铮鸣。一支笔，钩沉起51年西晋文坛的另类风云，一个个鲜活的面孔在我们面前呈现。一本书，描摹了四年金谷园的璀璨夺目，云卷云舒，把一段段沉沉浮浮、起起落落的故事说给你听。这是卢群老师的笔，这本书叫《梦碎金谷园》。

金谷园，是西晋二十四友寄情山水，推杯宴饮，诗酒酬唱的地方。二十四友，是时任西晋秘书监贾谧组织的文学社团。成员会集了当时的文坛泰斗、名门之后和当朝贵胄。他们的文学作品占据了西晋的大半壁江山，结有《金谷雅集》。东晋王羲之的《兰亭集》正是仿此诞生的。可是今世之人为何只知兰亭，不知金谷园？卢群老师以第一人称的手法追溯历史，寻访足迹，剖白心志，把二十四友尘封的人生答卷一一展开给世人看。

贾谧，晋武帝司马炎最信任的权臣贾充的外孙，晋惠帝的姨侄，太子的连襟。凭着得天独厚的条件，他大可以做一个富贵闲人，吟诗作赋，优游光景。可他不知足，权欲熏心，和姨妈贾皇后一起，毒死太子，招致杀身之祸，轰轰烈烈了四年的金谷二十四友因此做鸟兽散。贾谧这个组织者给金谷友定下了邪恶的基调，走上毁灭，在所难免。

金谷园的主人石崇，是二十四友社团活动的赞助者。他打家劫舍，巧取豪夺。作为史上第一高调炫富的富豪，他与王恺斗富的故事早已家喻户晓。

他精心打造的金谷园,坐落于洛阳近郊的青山碧水之中,雕梁画栋,楼台万状,珠翠成行,是奢靡成风的西晋王朝最奢靡的地方。在这里,他攀附权贵,望尘而拜;他金玉满堂,富贵而骄。他亦才情满怀,雅好文翰,与二十四友流连于金谷园内,日以赋诗,以文才屈节逢迎,最后因宠妾绿珠得罪新权贵而身首异处,繁华一梦,灰飞烟灭。

潘江陆海,才高八斗,笑傲江湖。潘岳,风姿俊美,掷果盈车,作为悼亡诗的始祖,情深款款,千年一叹;陆机,观古今于须臾,抚四海于一瞬,文采风流,冠盖京华,更有书法《平复帖》流传至今。明明可以靠才华,他们偏偏要逐名利。依附贾谧之后,潘岳位列二十四友之首,成为贾谧的马前卒,是陷害太子的操刀手;陆机,数易其主,卖主求荣,主子变脸,鸡飞蛋打,落得满门抄斩,三族诛灭。生于才华,死于浮华。

引发洛阳纸贵的左思,在二十四友中的存在感不强。十年一部《三都赋》,一朝成名天下闻。也许因为出身低微,也许因为有一个机敏睿智的皇妃妹妹,左思"振羽千仞岗,濯足万里流",他选择了及时止损,退隐江湖,远离名利,得以善终。

刘琨是二十四友中的一股清流,也是当中年龄最小的。他与祖逖闻鸡起舞,枕戈待旦。在纷扰的战乱中,他沉着冷静,留下了一段吹笳退敌的佳话,"何意百炼钢,化作绕指柔"至今传唱。

作者用互为印证的方法,二十六个章节,既独立成篇,又互相关联。你中有我,我中有你,前后照应,遥相唱和。书中的掌故轶事,俯拾皆是,读来饶有趣味。

晋武帝分封诸王,允许他们自立门户,拥兵自重,为八王之乱、五胡乱华埋下隐患。白痴皇帝司马衷"何不食肉糜"的发问,成为千年笑柄。妖后贾南风只手遮天,操控朝廷,何其魔幻!

八王之乱,祸起萧墙,兄弟相残,城头变幻。同室操戈,相煎太急。重臣王衍埋头玄学,崇尚清谈,被俘之后,对石勒百般谄媚,葬身泥墙倾塌之中,咎由自取。

"灵山惟岳,奇产所钟。厥生荈草,弥谷被岗。承丰壤之滋润,受甘霖之霄降",杜育的《荈赋》,首开茶文化之先河,这才有了近五百年以后陆羽的

《茶经》。

欧阳建,石崇的外甥,不骄奢,为官一任,政绩斐然;学问上,立言意之辩,书《言尽意论》,一时振聋发聩,至今犹有余音。

挚虞,博学善思,多有雅言。他被贾谧强拉进金谷友装点门面。当灾害降临,他坚贞自守,独善其身,直至饿死。

千年过后,金谷园废墟犹在。春风吹过,山花烂漫,河水潺潺。当初的文人墨客早已人面不知何处去,只有桃花依旧笑春风:你的才华,要有风骨;你的追求,要有脊梁;你的为人,要有底线。否则,便天纵之才,也落得个贻笑千古,令人侧目。

一部《梦碎金谷园》,呈现的是名利场中的众生相,富贵荣华,功名利禄,人皆爱之、人皆欲之,取之有道,方能地久天长。

卢群老师,半百之年开始写作,桃红梨白,涉笔成景;《倾镇之恋》,令人感叹;目之所及,思及千载。《梦碎金谷园》是她的第六本书,也是她的第一本长篇历史小说,别致的构思,幽默的文字,讽刺的笔法,你会被字里行间勃发的生命力所吸引。你会不由自主地想:这大概就是传说中永远年轻的人吧!